A E
& I

Mil besos prohibidos

Autores Españoles e Iberoamericanos

Sonsoles Ónega

Mil besos prohibidos

Planeta

Av. Diagonal, 662-664, 08034 Barcelona
www.editorial.planeta.es
www.planetadelibros.com

Diseño de la colección: © Compañía

Primera edición: junio de 2020
Segunda impresión: julio de 2020
Depósito legal: B. 5.547-2020
ISBN: 978-84-08-22783-0
Preimpresión: J. A. Diseño Editorial, S. L.
Impresión y encuadernación: Unigraf
Printed in Spain - Impreso en España

El papel utilizado para la impresión de este libro está calificado como **papel ecológico** y procede de bosques gestionados de manera **sostenible**

A Iago y Gonzalo, porque siempre serán

Lo que somos, de hecho, es un par de viajeros solitarios que avanzan con esfuerzo por el territorio de sus vidas, y que de vez en cuando se encuentran en el límite más alejado para intercambiar noticias sobre el estado de las fronteras.

La mujer singular y la ciudad, VIVIAN GORNIK

Líbranos, Señor,
de encontrarnos
años después
con nuestros grandes amores.

«Oración», CRISTINA PERI ROSSI

Tan importante como el destino que se busca es el origen del que se huye.

JACK KEROUAC

Todos los personajes de esta historia pudieron haber existido porque las cosas ocurrieron así.

O no.

Pero eso ya no importa.

CAPÍTULO 1

Aquella tarde del mes de septiembre, recién estrenado el otoño, ocurrió algo extraordinario en la Gran Vía de Madrid. La capital aparecía envuelta en la nobleza de la última luz del día.

Costanza Mendiola, fiscal por oposición y abogada reciente en un bufete, había cogido un taxi para visitar a su cliente. Era banquero, pero no iban a verse en la sede del banco, sino en un apartamento clandestino. Ellos dos solos. Él exigía hacerlo así.

—Prefiero que nos veamos en otro sitio —le dijo la primera vez que le escribió en un pósit amarillo la dirección de la Gran Vía.

No llegó a pronunciarla en voz alta porque no se fiaba del banco ni de las redes de extorsionadores que poblaban las alcantarillas de las ciudades con parqué.

Costanza tenía que preparar con él la declaración en el primer juicio de la Gran Estafa ante los magistrados del Tribunal Especial, las acusaciones y el fiscal experto en delitos económicos que llevaba meses, incluso años, estudiando su caso. Se lo sabía al dedillo, así que el banquero acusado tenía que ir bien preparado.

Había atasco en el prostíbulo del capitalismo, esa gran avenida que Alfonso XIII y Canalejas jamás imaginaron que se rendiría al consumismo, que el dinero haría llagas en las tiendas pequeñas y se invocarían todos los ismos para matar teatros, camiserías a medida, cafeterías de camareros con pajarita, comercios a los que la alcurnia no les garantizó la eternidad.

—Me quedaré por aquí —le dijo Costanza al taxista—. Tardo menos andando.

—Como quiera.

Pagó la carrera —siete euros con cincuenta céntimos— y bajó del taxi. No le llevaría más de cinco minutos recorrer a pie el tramo desde el número 27 hasta la esquina con la calle Alcalá. Despegó la mirada del móvil y descubrió que todos miraban el suyo campando por los márgenes de las aceras, sin reparar en el rojo del semáforo o en el coche eléctrico que ya no hacía ruido al avanzar sinuoso por el asfalto de la ciudad minada de objetivos y cámaras.

Cámaras que todo lo ven y que aquella tarde, a las seis menos siete minutos, registraron la siguiente imagen:

> Mujer vestida con gabardina beis, bota de tacón hasta la rodilla, maletín brocado en la mano izquierda, se baja de un taxi y se encuentra con un hombre alto, forrado con abrigo negro. Negros son también el pantalón y los zapatos.

Las pantallas no registraron la magia del momento. Ni lo que él sintió cuando la vio, ni el temblor de sus manos en la despedida.

Era ella y solo ella: Costanza Mendiola. Sin atributos, desnuda de abalorios. Esencial. La última mujer de sus recuerdos, la única a la que había amado, surgía entre la multitud tal y como la había archivado su memoria. Parecía de hierro. Pero seguía siendo de cristal. Hermosa y frágil.

Mauro, el primer hombre al que ella había deseado, el que se marchó sin decir nada. Un cuerpo a acuarela que se fue difuminando en el horizonte, pero que nunca dejó de estar, y por eso, aunque el tiempo corrió veloz en sus vidas, el hombre volvió a ser en la Gran Vía lo que siempre había sido. Todo seguía igual. Había permanecido inalterable. Su sonrisa amplia. Su voz profunda y algo desgastada. Su mirada de ojos verdes.

Aunque no lo dijeron, aunque los dos solo se miraron y apenas intercambiaron algunas frases sueltas; aunque todo eso fue así, sintieron que nada había cambiado después de su largo viaje. Por fin habían vuelto de las trincheras de sus vidas.

Las cámaras certificaron la última escena:

Él la besó en la frente y la dejó marchar.

Y en el aire flotó un manto de amargura y el aliento de terciopelo coloreó las palabras.

—Nunca pensé que volvería a verte, Costanza.

Costanza Mendiola caminó rápido hasta el despacho de su cliente. Los pensamientos la recorrieron como una cascada. Aquel día entendió que nada había sido casual.

Pero...

—La casualidad nunca es un desenlace.

Sonrió mientras una bocanada de aire fresco entraba en sus pulmones.

El origen del que nunca pudo huir fue la piel que ahora necesitaba habitar.

CAPÍTULO 2

La piel de Mauro había sido tierra proscrita por Costanza. O por el propio Mauro, que cerró su cuerpo con llave y la tiró al mar. Fuera por él o por ella, lo cierto es que sus vidas se separaron veinte años atrás y lo que pasó en ese tiempo transcurrió por caminos insondables para ambos. Ahora Costanza pensaba que una casualidad aleatoria, un atasco inoportuno que provocó que ella bajara del taxi antes de tiempo, o ese cambio de trabajo que la había llevado a colgar la toga de fiscal para ser abogada de un tipo con despacho en la Gran Vía los había colocado en la misma acera.

—Pero la casualidad nunca es un desenlace… —repitió.

Resultaba pueril e inmaduro. La vida le estaba dando la oportunidad de reencontrarse con ese hombre idealizado durante tantos días como sumaban los años de la distancia impuesta. El amor de joven es un tatuaje en el corazón. Nunca se olvida. Nadie puede borrarlo. Ni siquiera el tiempo, que es la cura de la nostalgia.

Costanza se preguntó si le había perdonado después de todo lo que pasó.

—Sí —se contestó con el miedo asomando en sus labios.

Era algo más que miedo. Se le revolvió el estómago y notó cómo todo su pasado se abalanzaba sobre ella.

Y ahora, en la misma línea del perdón, volvió a preguntarse si había reparado en el detalle de su cuello.

En efecto, bajo el negro de su vestimenta asomaba blanco el alzacuellos del padre Mauro. Nunca lo había visto vestido así, tocado por su condición. La señal de lo prohibido. Sagrado.

No quiso contestar la pregunta porque la conciencia habría clamado contra ella tratando de sacudirse la imagen de su cabeza antes de golpear con los nudillos la puerta de la oficina clandestina.

El timbre estaba desconectado porque alguien le había dicho a su cliente que los cables podían ser utilizados para hacer un puente y colocar un micrófono.

«Golpeas tres veces seguidas y yo te abriré.»

A Costanza le pareció delirante, pero entendió que era su forma de defenderse de los fantasmas.

Esperó unos segundos y oyó sus pasos.

—Gerardo, soy Costanza. ¿Me abres?

A don Gerardo Barrios se le cayó el don tras las primeras entrevistas que mantuvo con la abogada.

«Llámame Gerardo a secas. Y trátame de tú, por favor», le dijo una vez franqueada la barrera entre cliente y letrada.

Costanza sonrió y asintió.

«Pero en el juicio volveré a tratarte de usted.»

«Eso será en el juicio...», contestó el banquero como si fuera un remoto destino, una parada de tren en la que no se bajaría.

La puerta se abrió y la realidad volvió a imponerse con su terca intransigencia. Estaba ahí, ahora. Lo sucedido en Gran Vía tendría que esperar. Costanza silenció su móvil, no sin antes comprobar que había archivado correctamente el número de teléfono de Mauro después de que él hiciera una llamada perdida. Deslizó el dedo veloz por las letras del abecedario hasta la M.

Y se repitió lo que él le había dicho:

«Acabo de volver de Roma. Me esperan cambios importantes, pero si me necesitas podrás encontrarme en la parroquia de San José. Vivo ahí.»

A Costanza le había recorrido un escalofrío, pero no se había inmutado. No había dicho nada. Ni preguntado nada porque, de haberlo hecho, se habría sentido en la obligación de contarle dónde vivía ella y que llevaba once meses separada de JL, concretamente desde enero de ese año, cuando su matrimonio hizo aguas como un pantano desbordado. Después le habría tenido que explicar que, por las mismas fechas, había colgado la toga de fiscal para empezar a ejercer la abogacía, pero que el cambio de trabajo solo había generado en ella un espejismo de recuperación. Una suerte de virtualidad.

«Como los tiempos que nos ha tocado vivir, Mauro. Virtuales y mentirosos», habría añadido.

En ese momento, y precisamente para no mentir, Costanza Mendiola habría tragado saliva y obviado el capítulo de su madre, doña Rosalinda, que seguía viva, aunque se publicó una esquela para anunciar su muerte.

Y habría continuado nombrando a su hija:

«Mi linda Valeria, que murió en 2012.»

El relato de todas esas realidades sin remedio ni solución no podía ser entonado de cualquier manera en medio del tumulto, interrumpido por los cláxones de los coches de la Gran Vía.

Sin embargo, aquella tarde de septiembre, Costanza sintió que esa misma vida que le había tocado vivir, con todas sus desgracias juntas, se hacía ligera al saber que él estaba de vuelta. La simple presencia de Mauro en la ciudad apaciguó su sentimiento de orfandad y calmó una pena que no admitía etiquetas. Las tenía tan usadas que ya no servían para clasificar sus estados de ánimo.

Solo la tira blanca bajo las telas negras agitaba un extraño sentimiento de culpa en ese lugar preciso o impreciso entre el estómago y la garganta, cerca del corazón, pero sin rozarlo, agazapado entre las costillas y el esternón. A medio camino de todo y de nada.

CAPÍTULO 3

Gerardo Barrios la saludó con la educación en él habitual. Sujetó la puerta y le indicó con la mano que podía pasar al apartamento reconvertido en despacho.

—No es grande, pero aquí estamos a salvo —dijo mientras echaba el cerrojo.

Se había desabrochado los primeros botones de la camisa blanca con sus iniciales —G. B.— bordadas en hilo azul a la derecha de los tirantes del mismo color con acabados en piel. Varias vueltas a los puños descubrían sus antebrazos velludos. Costanza vio la corbata sobre un sofá de piel negra junto a la chaqueta del traje. El espacio era diáfano y sencillo. Cuadrado. Poco mobiliario. El sofá, una mesa de madera, dos sillas y una tercera sobre la que identificó la pila de carpetas de distintos colores que ya había visto en la oficina del banco. Al lado, la maleta con ruedas que Gerardo Barrios usaba para trasladar de un sitio a otro las carpetas y todo lo demás. Las persianas de las ventanas estaban bajadas, una lámpara de luz blanca iluminaba el escenario y una estufa de bombillas halógenas lo calentaba. A la izquierda había una pequeña cocina con una cafetera y, por un momento, Costanza deseó un café antes de empezar a trabajar. Sabía que aquella tarde se convertiría en noche. Y sería larga.

—¿Dónde quieres que me siente?

—Vas ligera —advirtió el banquero señalando su maletín.

—Lo tengo todo aquí —contestó la abogada llevándose el dedo índice a la frente y desabrochándose la gabardina.

Gerardo sonrió.

—Me gustan las mujeres listas. Me habló muy bien de ti Lerma.

Costanza tragó saliva.

—No sabía que os conocierais.

—Es el abogado de tu familia, ¿no? —preguntó Gerardo Barrios.

—Sí.

—Con tu padre coincidí en alguna ocasión. Es un tipo sublime.

«Los círculos del poder acaban siendo pequeños y atosigantes», pensó Costanza antes de desviar la conversación.

—Los jueces y el fiscal también son listos. No perderán detalle de tu declaración.

—Esos solo buscan fama —contestó con desprecio—. No quieren justicia.

—No empecemos.

Gerardo se sentó en la silla de espaldas a las ventanas cerradas y sacó un taco de folios de una cajonera que quedaba a su derecha, debajo de la mesa. En una esquina asomaba su familia en una fotografía enmarcada en plata. Su esposa, Ana, los dos niños y un perro de color blanco.

Costanza volvió a desear un café, pero pidió agua y Gerardo abrió otro cajón, cogió una botella de plástico y la dejó en la mesa.

—Aquí tienes.

Ella la abrió y dio un trago largo. Estaba sedienta y desconcentrada. O quizá sería más preciso decir que estaba ansiosa. Pero sabía que su cliente no debía apreciarlo, así que cerró la botellita, se pasó la lengua por los labios y empezó a hablar:

—Si contestas al fiscal, los magistrados no preguntarán —explicó mientras arrancaba su ordenador portátil—. Les valdrá con las contestaciones que le des a él. Se fiarán. Pero tienes que contestar, Gerardo.

—No lo haré. Solo contestaré a mi abogada. A ti.

—Es mala estrategia de defensa. Lo he hablado con el señor Suárez. Él también está de acuerdo.

—¿Irá a la declaración?

—Sí, y quiere que contestes.

—¿Sabe que estamos aquí?

—No. No lo sabe. Pero sí me pide que te haga llegar su opinión.

El señor Suárez era el jefe del departamento de Derecho Penal del despacho de abogados Roth & Co. que había fichado a Costanza. Un tipo con experiencia en el Tribunal Especial que iba a juzgar a Gerardo Barrios. Letrado de peso jurídico y buena fama entre jueces y fiscales. No se trataba de apabullar, pero Costanza creía que su presencia barnizaría la figura de su cliente. Cuando el señor Suárez aparecía en las vistas, el ambiente se revestía de solemnidad, y a ella eso le gustaba porque entendía que, bajo su palio, operaba la prudencia.

No hacía calor, pero el banquero había empezado a sudar.

—¿Por dónde irá el fiscal? —preguntó.

—Querrá saber quién fijó la cantidad de las jubilaciones. Quién acordó pagaros, a ti y a los otros dos acusados, cinco millones de euros. En base a qué principio…

—¡El consejo! —la interrumpió Gerardo Barrios—. ¿Quién iba a ser?

—Gerardo…

—Déjame que te lo explique… —insistió él.

—Ya me lo has explicado muchas veces. Todo lo acordó el consejo, pero eso no le convencerá. Y menos al tribunal. Las jubilaciones estaban infladas.

Las palabras de la abogada inyectaron rabia en la mirada de su cliente.

—¿Infladas?

—No es una opinión. Es la acusación —afirmó Costanza con rotundidad—. ¿Quién decidió las cantidades, Gerardo?

—¡Vuelvo a decírtelo! —rugió él—. ¿Estás conmigo o con ellos? —preguntó encendido de cólera.

—¿Dudas de mí? —preguntó Costanza—. Si dudas de mí, no tenemos nada más que hablar.

Gerardo se levantó de la silla y mesándose el pelo con las dos manos se dirigió a la cocina. Costanza oyó el agua del grifo y lo imaginó bebiendo o mojándose la cara.

Tardó unos minutos en volver.

—Sigamos, por favor —le pidió Costanza—. Pasemos al préstamo a la constructora. ¿Recibisteis un chalé gratis como contrapartida a las beneficiosas condiciones del crédito? ¿Fue así o no?

—¡También lo aprobó el consejo de administración!

—Reconoce, al menos, que se os adjudicó una vivienda...

Gerardo Barrios no quiso seguir escuchando.

—Costanza —dijo acercándose a ella a una distancia poco prudente—, te diré algo: no iré a la cárcel. No iré —repitió.

—Gerardo...

—¡No iré a la cárcel! —bramó—. Y si quieres seguir siendo mi abogada, harás todo lo que haya que hacer para que yo no vaya a la cárcel. Y si no lo haces, lo haré yo.

—No depende de mí. Si contestas, si conseguimos ordenar todo eso —dijo señalando las carpetas de colores—, si colaboras, no irás a la cárcel. De momento.

—¿De momento? ¿Qué estás insinuando?

—Nada que no sepas. Te acusan de delitos que acarrean penas de prisión.

—No iré a la cárcel y conviene que se te grabe aquí —contestó colocando el dedo índice en la frente de la letrada—. Y ahora, sigamos.

Y siguieron.

A las diez de la noche Costanza sintió un hormigueo de hambre en el estómago. Pero, igual que no pidió café, no pidió comer.

A las once, se levantó al baño y se refrescó los ojos con suero fisiológico.

A las doce, Gerardo había fumado tanto que el ambiente era irrespirable. Ella le pidió abrir las ventanas para que, aún con las persianas bajadas, entrara algo de aire.

A la una, Costanza consiguió que memorizara una frase.

—Señores, el crédito a la constructora Barecon y las cantidades de las jubilaciones fueron decisiones votadas en el consejo de administración.

A las dos, Gerardo admitió que la cantidad de cinco millones de euros era abusiva y que nunca debieron aceptar una vivienda gratis.

A las tres, Costanza logró que reconociera eso ante los fiscales.

—Les gustará que asumas esas dos responsabilidades. Al menos esas.

A las cuatro, Gerardo esnifó una raya de cocaína sobre la mesa donde estaban esparcidas las pruebas de sus delitos y de su inocencia.

—Si no es mucho pedirte, te rogaría que no lo hicieras delante de mí —sugirió Costanza retirando la mirada.

Pasaban unos minutos de las cinco cuando Costanza decidió que ya no había más defensa que explorar. Lo que quería decirle se lo había dicho. No todo, pero sí lo sustancial. Era regla número uno de un abogado no mezclar opiniones personales con argumentos jurídicos.

A las seis menos cuarto, cerró su ordenador, desenchufó el teléfono móvil, que se había quedado sin batería pasada la medianoche, enrolló los cables, lo metió todo en su maletín, se puso la gabardina y esperó a que él ordenara su mesa, se adecentara la camisa, recolocara los tirantes. El banquero metió la corbata en el bolsillo de la chaqueta del traje y apagó las luces.

Bajaron juntos en el ascensor. Costanza desvió la mirada del rostro agotado que le devolvía el espejo del habitáculo. Cuando llegaron al portal, Gerardo agarró el pomo con las dos manos.

—Costanza, tú solo puedes ganar porque te pago muy bien. Recuérdalo siempre. Pero yo…

—¿Tú qué, Gerardo?

—Yo no voy a perder lo único que me queda.

El aire de la calle se coló por la puerta cuando él la abrió para dejarla pasar. La acera brillaba bajo los destellos de las farolas. Costanza se subió el cuello de la gabardina hasta taparse la boca.

—No me hables a mí de perder —replicó ella con humildad.

Rumió las palabras como hierba fresca en la boca.

—A mí no me hables de perder —repitió, como si *perder* fuera un verbo que resumiera su existencia.

Y recordó que Mauro también ocupaba espacio en esas pérdidas que había ido coleccionando.

CAPÍTULO 4

No fue algo voluntario, fue del todo irreflexivo que aquella noche de septiembre, mientras Costanza luchaba contra sí misma en un despacho de la Gran Vía, en la calle Cinca de Madrid, Mauro pidiera a su madre las llaves del armario de plástico del garaje donde guardó sus pertenencias cuando se marchó de aquella casa. La señora Elisa lo miró sorprendida porque él nunca antes se había interesado por aquel material al que ella, en cambio, sí recurría cuando quería viajar al pasado. Giraba la llave, abría las dos hojas del armario y, una a una, cogía las cajas, las dejaba en el suelo, se sentaba a su lado y las iba abriendo. Podía pasar una mañana entera. O una tarde. O un día con su mañana y su tarde.

Ya no le quedaban hijos en casa. Vivía con su marido. El nido se había quedado desierto y, pese a las advertencias de las mujeres de su edad, no se había preparado para asumirlo. El día que sentía el vacío, abría las cajas.

Mauro lo empaquetó todo: el despertador, sus primeras zapatillas de baloncesto, un balón desinflado con los nombres a rotulador de todos los compañeros del equipo, un guante de béisbol, un bolígrafo que ya no pintaba, entradas de cine, fotografías y más fotografías de excursiones del colegio, del viaje familiar a Nueva York, a las cataratas del Niágara, a Disney World, a París, a la playa de Valencia, cuadernos, apuntes de matemáticas, el libro *Un viejo que leía historias de amor* que Costanza le regaló con una bonita dedicatoria que, al releer, le aguó la mirada, una escuadra, un compás, un tubo de pegamento seco, una goma de borrar con el escudo del Real Madrid.

Mauro sabía dónde quería llegar y llegó: en el fondo de la caja, atado con un trozo de cuerda, encontró el taco de sobres con las cartas que Costanza le fue enviando durante años. Todas escritas a mano. Con su firma y a su nombre.

Abrió la primera. Y la segunda. Y abrió también la tercera. En el anverso, el remite se repetía: «Villa Gelsomino. Lezzeno».

Eran de la época en la que el señor Mendiola, diplomático de carrera, estaba esperando destino. En vez de quedarse en Madrid, la familia se instaló en Lezzeno, en las orillas del lago Como, en tierra de la madre de Costanza, doña Rosalinda, sin fecha de retorno.

«Costanza M.»

Nunca escribía su apellido.

—¿Cómo pude quererla tanto, Dios mío?

El paso del tiempo hace que lo escaso parezca abundante.

—¿Cómo he podido quererla tanto, Dios mío? —repitió.

Él ya no era el mismo. Tampoco Costanza sería la misma mujer, pero que se quisieron no era una circunstancia que el padre Mauro pudiera sepultar bajo su condición de sacerdote. Siempre formaría parte de su biografía íntima. Se enamoraron el uno del otro sin que supieran explicar con precisión qué los imantó para siempre. Naturalmente en aquellos años no sabían qué era eso que les hacía buscarse en los patios del colegio o a la salida de clase o en las excursiones. Pero el hecho cierto es que no había noche que no soñaran con verse al día siguiente. Padecieron una suerte de enamoramiento que escribían con las letras prestadas de las canciones de la época.

Mauro recordó que, a su lado, todo era sencillo, pese a las constantes idas y venidas de Costanza y los viajes de la familia Mendiola. Las largas estancias que pasaban fuera de España nunca dejaban tiempo para el siguiente capítulo del romance.

Y aun así, cuando Costanza recalaba en Madrid, se veían a escondidas y se guiaban por el mundo buscando los finales felices de las películas. Soñaban con despertarse juntos, con acostarse sobre una almohada compartida y, llegado el día, Mauro soñaba con preñar de vida su cuerpo. Eran jóvenes, apenas unos niños. Tenían catorce años. Quizá quince. Se creían inmortales. Lo desconocían todo. Todo lo ignoraban y por eso diseñaron una parcela verde con una casa de contraventanas de madera blanca en la que vivirían entre hijos, perros, gatos, pájaros y gusanos de seda. Mauro sonrió al constatar que la juventud es una trampa.

Se recordó abrazado a ella, rodeando su cintura, besándola. Se reconoció en la frescura del cuerpo de Costanza, explorado por esas manos que, ahora, observadas de cerca, resultaban molestas.

Aquellas escenas siempre llevarían consigo la figura algo desdibujada de la costurera de la señora de Mendiola.

—Benita, se llamaba —dijo a media voz.

Esa mujer diminuta, algo chepuda, de manos de piel seca, pelo lacio que empezaba a clarear, siempre recogido en un moño y siempre vestida de impecable uniforme de faena doméstica, era la encargada de organizar las citas con unas coartadas que nunca fueron descubiertas por los adultos.

—¿Qué habrá sido de ella? —se preguntó Mauro.

Las discusiones con la costurera se hicieron nítidas en su cabeza.

«¡Benita, por Dios, relájese! Que no estamos cometiendo un delito», decía Mauro cuando lo obligaba a abandonar la casa a toda prisa porque el señor Mendiola estaba a punto de volver.

«¡Qué sabrás tú! —le recriminaba la mujer—. ¡Si te descubre don Santiago, no tienes Madrid para correr!»

Don Santiago habría muerto de un infarto si hubiera sabido que su hija estaba viéndose con un hombre en su propia casa. Ni la mediación de doña Rosalinda, a quien el joven le parecía un pretendiente para tener en cuenta, habría servido para apaciguarlo. «Cuide de que el señor no los descubra —le había encomendado a su costurera—. Me gusta para Costanza.»

Los jóvenes enamorados desenlazaban sus manos y se besuqueaban como si no fueran a volver a verse.

Así fue hasta que la familia Mendiola tuvo que partir a Italia.

—Esta vez —admitió Costanza— tardaremos en volver.

La noche antes de la partida Mauro se atrevió a marcar el número de teléfono de los señores de Mendiola. Temió que fuera doña Rosalinda la que descolgara. Por suerte, lo hizo Benita. Ella dejaba a Costanza utilizar el aparato del servicio. La conversación se hizo interminable. Mauro sabía que pasarían mucho tiempo sin verse.

—¿Me quieres? —le preguntó él.

—¿Y tú?

—Te quiero, Costanza. Aunque te vayas.

—Pero nos esperaremos toda la vida.

Los dos se creyeron esa promesa. En aquellos años las palabras contenían verdades sin matices. Eran profesionales en sus afectos. No mentían ni pronunciaban compromisos que no pudieran cumplir. A fin de cuentas, cuando se separaban, el ejercicio del amor consistía en recibir una carta y en contestarla de vuelta. Fueron tiempos de un amor feroz en los que escribían folios enteros por las dos caras. Tenían que contarse hasta el último detalle de sus vidas. Su grafía acababa desfigurada por el agotamiento de los dedos que arrasaban las líneas en blanco, en las que incluso podía leerse el silencio. También las lágrimas.

—No debí dejarla ir.

Mauro se sorprendió silabeando esas palabras ciertas y cansadas de volver una y otra vez a sus labios.

—No debí hacerlo —repitió.

No fue fácil, pero fue una decisión consciente y meditada. Los peores augurios se cumplieron. Pasaron los meses y después cumplieron el primer año separados, y esa circunstancia les hizo ver que la distancia desacostumbra al amor de sus rutinas ordinarias y escarcha ese tiempo perfecto en el que todo es para siempre. Se sentían cerca, pero la correspondencia empezó a ser escasa y los sobres dejaron de llegar a diario. Tardaban días. Luego, semanas que fueron meses. Hasta que llegó el último. Mauro leyó lo más parecido a una carta de despedida. No llegaba a entonarla, pero entendió que, con sus últimas tres palabras, Costanza se estaba alejando de él:

«Espérame en Madrid.»

Ella tampoco precisó cuánto debía esperarla ni explicó por qué. Si Madrid era un deseo o un destino al que encomendarse.

Pero a partir de ahí, el tiempo volvió a interponerse entre ellos con sus días largos y sin noticias. El tiempo sin Costanza. La vida resumida en una ausencia. Sin desenlace a la vista. Seca y áspera. Sin ella.

Nada podía pasar ya hasta que ocurrió lo inesperado. Como un aguacero en verano que riega el paisaje baldío, Costanza se hizo visible a través de una invitación que Mauro, naturalmente, jamás habría imaginado: la fiesta de verano de los señores de Mendiola en Lezzeno. No dudó ni un minuto en asistir. No pensó en las consecuencias. Ni si la rapidez con la que descolgó el teléfono para confirmar delataría sus ganas indisimuladas de volver a verla. Era lo único que deseaba. Benita lo arregló todo para que el joven viajara a Milán y, de ahí, a la pequeña villa donde se encontraría con Costanza al anochecer de un viernes del mes de junio que Mauro nunca olvidaría. El plan se cumplió sin imprevistos y, a la hora convenida por la costurera, un coche lo recogió para llevarlo hasta Villa Gelsomino. Aún podía recordar la combinación de emociones, nerviosismo infantil, ansia desbocada por ver a Costanza cuanto antes, pudor y algo de vergüenza por descubrirse solo en aquel escenario que Mauro no apreció en su justa medida. Benita lo guio hasta llegar al jardín donde Costanza disfrutaba de la velada.

Mauro la observó de lejos. Sí, el tiempo había pasado, pero seguía siendo hermosa en cada uno de sus perfiles. Se movía con elegancia entre los invitados. Sonreía al aire. La oyó hablar italiano y cambiar al inglés y mezclarlo con español en una misma frase. El sonido de su voz le provocó un escalofrío que él supuso que era la manera en la que el amor se manifestaba. Costanza estaba ahí, no tenían que *esperarse en Madrid,* podían tocarse, los separaban apenas unos metros, la distancia se había recortado tanto que solo tenía que acercarse a ella para que los besos dibujados con palabras se hicieran realidad.

—¿No vas a acercarte, muchacho? —le preguntó Benita—. ¡Venga! ¿A qué esperas?

Mauro avanzó unos metros hasta colocarse frente a ella. Por más que lo deseara, no pudo llegar a abrazarla. Se quedó paralizado sin saber qué hacer ni qué decir.

—¡Mauro! —exclamó Costanza.

Ella le rodeó el cuello con los brazos y lo besó en la mejilla. Lo miró y descubrió que su mirada de ojos verdes no había cambiado. Tampoco su sonrisa. Ni el contorno de su mandíbula. Ni las manos que Costanza cogió entre las suyas.

—Yo… —consiguió decir Mauro—. Yo…

—No digas nada. ¡Me hace muy feliz que estés aquí! Quiero que disfrutemos de esta noche.

Para Mauro el verdadero disfrute era estar solo con ella. Volvió a enmudecer durante los minutos que duraron las presentaciones. Uno a uno, Costanza fue introduciéndolo entre aquellas nuevas amistades que él observaba lejanas y distantes, distintas a las gentes de Madrid. De repente, sintió un vértigo hasta entonces desconocido cuando un joven alto y espigado, vestido con un traje impecable, camisa blanca, corbata aflojada en el cuello, pasó rozándolos. Costanza se dirigió a él:

—¿Dónde vas, Gianni? Espera. Quiero presentarte a mi amigo Mauro. ¡Ha venido desde Madrid!

Se estrecharon la mano con cordialidad, pero en ese momento Mauro descubrió que él ya solo era *el amigo de Madrid* y ella nunca más sería la niña de la que se había enamorado. Era una mujer que podía ser cortejada por cualquier hombre sin necesidad de que mediara Benita, envuelta en la pompa de una familia que dispondría de un porvenir en el que Mauro se sintió ajeno. Los mil quinientos kilómetros que los habían separado ya no eran el problema. El problema había sido crecer. Y recordó el suave tarareo que entonaba su madre cuando, de niño, lo acunaba entre los brazos y le decía: «No crezcas nunca».

Sintió dentro de él una punzada transparente que le recorrió el cuerpo cuando ella agarró su mano y lo condujo hasta el embarcadero que se adentraba en el lago Como, sumergido en la oscuridad de la noche. Se besaron, pero Mauro supo que aquellos besos quedarían suspendidos en el aire y al alcance de cualquiera. Se besaron, sí, pero Mauro también supo que aquella sería la última vez. Costanza había tejido los mimbres de otra vida en la que él no tenía un papel protagonista. Cuando el amanecer estaba a punto de despuntar y los invitados se empezaban a recoger, Mauro se acercó a Costanza.

—Solo he venido para saber que estás bien y eres feliz, y me voy contento al comprobar que es así.

—Nunca contestaste a mi última carta —dijo ella con la voz pringosa que deja el alcohol.

—No requería respuesta, Costanza. En todo caso, eres tú la que tienes que decirme hasta cuándo quieres que te espere en Madrid.

—No lo sé, Mauro. No depende de mí —contestó ella mientras su cabeza recorría veloz las estaciones ya conocidas. «La de la Despedida. La estación del Adiós. Allá queda la del Olvido», señaló su pensamiento.

—Creo que lo mejor es que lo dejemos por un tiempo. Tú tienes una vida aquí, yo tengo otra en Madrid. Quiero que te sientas libre.

—No me hagas esto, Mauro —le rogó ella.

—Lo hago por ti, mi amor.

Mauro la besó en la frente, se dio la vuelta y recorrió el mismo camino que había hecho con Benita, convencido de que algún día la vida le devolvería el sacrificio de dejarla ir.

La costurera lo invitó a quedarse a dormir: «No te vayas, muchacho. Aquí hay sitio para ti». Pero él contestó que no, que se iba al hotel que había reservado según sus indicaciones. «¿Volverás?», le preguntó. «No lo creo, Benita.» «¿Te vas para siempre?», insistió la costurera. Y Mauro le dijo que no, que no se iba para siempre, que se iba mientras tanto, pero la mujer no entendió qué demonios significaba eso y siguió insistiendo hasta que Mauro, con lágrimas en los ojos, se volvió hacia ella y le confesó lo que sentía: que Costanza merecía vivir sin la tensión permanente de un amor que la distancia se había ocupado de resumir en una línea de tres palabras.

—No hay sitio para mí en el nuevo mundo de Costanza. Yo quiero ser el aire de sus alas y no un peso que le impida volar. ¡Ella tiene que volar, Benita! ¿No lo entiende? Haré lo que me ha pedido. La esperaré en Madrid. Tenemos toda la vida por delante. Si tiene que ser, será.

La costurera tampoco entendió bien qué quiso decir, pero lo dejó marchar.

Y así fue como Mauro volvió a Madrid entregado a la misión de olvidarse de Costanza Mendiola. Y en ese *mientras tanto* lleno de angustias, Cecilia se cruzó en su camino.

—¿Por qué, Señor?

Esta pregunta también se la había hecho cientos de veces y siempre hallaba la misma respuesta.

—Para olvidarme de Costanza.

Las cosas se quedaron así, imprecisas, difusas, mal entendidas.

Y de la misma manera que Mauro se marchó sin decir nada, decidió templar sus sentimientos en el cuerpo de otra mujer, sin saber que Costanza volvería a la ciudad para buscarlo.

Los sobres de Lezzeno se escurrieron de sus manos. Cecilia lo trasladó al 28 de agosto de 1992, una fecha que había conseguido borrar de su memoria.

Hasta ahora.

Los señores de Mendiola acababan de volver a Madrid. Es una máxima del diplomático: siempre vuelve. Aunque tarde, siempre vuelve.

Mauro y Costanza no se habían olvidado de ellos mismos, pero la vida siguió escribiéndose y su distancia se hizo océano. En aquella época, no había redes sociales para actualizar el estado de ánimo. Tampoco había teléfonos móviles para mandarse un mensaje: «Te echo de menos, me acuerdo de ti». No había manera de improvisar un *te quiero* ni de preguntar: «¿Quieres que te siga esperando en Madrid?». El vacío se fue llenando de vacío.

Nadie supo que los señores de Mendiola habían planeado quedarse un año entero en la ciudad. Costanza retomaría las clases en su colegio de siempre, con las amistades de siempre, en el entorno de siempre, al que había soñado volver desde que se marchó.

Aquel día de agosto las tardes empezaban a saber a otoño. Era sábado de fiesta en el jardín de la casa de Cecilia. Celebraban el fin del verano y el comienzo del último año escolar antes de la universidad. Mauro jamás pensó que aquel día volvería a encontrarse con Costanza. Ni siquiera había tenido noticia de que había regresado a la ciudad. Nadie se lo había dicho. Tampoco ella, que prefirió buscar la manera de reencontrarse con él sin necesidad de que mediara la conversación que quedó pendiente. En cuanto Costanza puso un pie en Madrid, descolgó el teléfono, anunció a sus amigas que ya estaba de vuelta y esperó que surgiera el imprevisto perfecto. No tardó en llegar. La fiesta de Cecilia los reuniría a todos. Y Costanza estaría allí.

La piscina había sido decorada con velas flotantes y pétalos de rosa. En la barbacoa asaban carne y verduras. Un mastín color canela se colaba entre las faldas y los manteles con el objetivo de llegar a las brasas.

Los padres de Cecilia estaban a punto de marcharse cuando, de repente, el padre llamó al perro con un sonoro grito que hizo que todos los invitados se callaran.

—Rocco, ¡ven aquí!

El mastín corrió hasta su dueño.

—¿Ha llegado Mauro?

Mauro se entretenía con algunos amigos en un corrillo.

—Aquí estoy —contestó sonrojado.

—Ven aquí, anda.

Mauro se acercó sin saber qué quería de él.

—Y ahora, ¡todos atentos! —dijo el anfitrión dirigiéndose al resto de los jóvenes—. ¿Dónde está mi hija?

Mauro encogió los hombros.

—¿Quieres que la busque?

—No hace falta. Debe de estar cotorreando por ahí. ¡Todas las mujeres son iguales! —dijo entre risas.

Se acercó a un baúl de madera colocado bajo el porche y sacó un arma de caza. El padre de Cecilia era un conocido abogado de pleitos en los que siempre mediaban sumas importantes. También era cazador de palomas, jabalíes y conejos. Alguna vez había matado un corzo y presumía de haber tenido a tiro un oso en Rumanía.

—¡Atentos, chavales! —volvió a exclamar con fanfarronería—. Este perro es un maestro de la caza. Te ve apuntando con una escopeta y se lanza a por su presa. Mauro, lo vas a comprobar tú mismo —añadió dirigiéndose al joven—. Posición de disparo, chaval.

Nadie pudo advertir que a Mauro le temblaban las manos en el gatillo de la Benelli Super 90. Apuntó y el arma se disparó. Se disparó sola. No tenía previsto hacerlo, pero lo hizo.

Mauro nunca sería capaz de recordar las palabras exactas que sucedieron a la descarga.

«¿Un disparo?»

«¿Por error?»

«¿He sido yo?»

Cecilia estaba sentada detrás de unos hermosos prunos, en su rincón preferido, el del balancín de hierro, meciendo su vida, hablando de Mauro con otra invitada.

El perro corrió veloz en la dirección de la bala y empezó a aullar.

—Será una paloma… —dijo el padre.

Pero el perro siguió aullando por Cecilia y el horror se dibujó en las miradas de los invitados cuando oyeron los primeros gritos.

—¡Está herida! ¡Llamen corriendo a una ambulancia! —exclamó alguien.

—¡Ha sido Mauro, el novio de Cecilia! Ha disparado y le ha dado en el pecho —dijo otro.

Mauro tampoco recordaría esas palabras que Costanza, en cambio, jamás podría guiar hacia el olvido. Justo acababa de llegar a la fiesta de Cecilia y, en el revuelo, acertó a descubrir la figura de Mauro, de espaldas, con la escopeta entre las manos.

Se acercó a él y sus ojos verdes se congelaron al verla.

Sin mediar más amaneceres, anocheció en la vida de Mauro. En aquel preciso instante, se alojó en él un sentimiento irreparable de venganza contra sí mismo. Todo se desplomó en un segundo, en una minúscula partícula de tiempo. El vacío quedó al descubierto. La nada convertida en un todo.

Sin matices, se hizo el silencio.

Y Mauro solo quería olvidar el ruido que lo precedió.

Y que había matado a una mujer.

Y que en el último segundo que era capaz de recordar Costanza estaba allí.

Si aquello era un castigo de Dios, Mauro supo que debería pagar por él.

Cuando Mauro volvió al salón de sus padres, la noche se colaba por los visillos, atravesando el cristal e iluminando los adornos de la mesa camilla con el resplandor de las farolas. Se metió el taco de cartas en el bolsillo interior de la chaqueta, entregó las llaves del armario a su madre y se despidió de ella con un abrazo. Necesitaba volver a San José y abandonar aquella casa. Al cerrar la puerta, los besos en los labios de Costanza revolvieron el sabor de su boca.

CAPÍTULO 5

La estación de metro estaba casi desierta a esa hora. Se le había hecho tarde, pero no le importó demasiado. Desde que había vuelto de Roma, el padre Mauro vivía en uno de los apartamentos de la llamada Casa del Cura de la parroquia de San José. Nadie lo esperaba.

El olor a la humanidad caducada de ese día aún flotaba en el ambiente.

Una pareja se besaba en un banco de hierro.

Una mujer con las bolsas de plástico de la compra colgadas en las muñecas tecleaba un mensaje en su teléfono móvil.

Y un hombre miraba al túnel negro esperando que se hiciera la luz en los faros del convoy que no tardó en llegar.

El ruido de la frenada interrumpió el beso de los enamorados y el relato de la pantalla de la mujer, y sació la impaciencia del hombre cansado. Las compuertas se abrieron y los pasajeros fueron descendiendo arrastrando los pies.

Mauro siempre había pensado que dentro de un vagón el tiempo se detenía de todas las maneras posibles.

En un libro.

En las manos del que se miraba las manos.

En el reflejo de la ventana que devolvía las cabezadas del agotado jornalero temporal.

O en un teléfono móvil.

Consultó el suyo. No tenía mensajes nuevos ni en la aplicación de mensajería ni en la de WhatsApp. El grupo de Roma era silencioso. Sus miembros apenas lo utilizaban. El de su familia, en cambio, siempre estaba lleno de chistes machistas o de fotos de sus sobrinos en todas las actitudes que uno pudiera imaginar: en el parque, en la piscina, en el cine, en una hamburguesería, con los abuelos, con los otros abuelos. Gracias a eso tenía la sensación de no estar perdiéndose nada de sus vidas. El tío Mauro estaba allí cada vez que mandaba un emoticono con ojos de corazones.

Su móvil también le daba acceso a las redes por las que circulaban las sociedades de todas las orillas del mundo. Llegó tarde a abrirse una cuenta en la más popular: Facebook. No tenía claro que fuera oportuna su presencia allí, pero, después de consultarlo con sus instructores y de recibir el visto bueno, lo hizo. En la foto principal del muro, Mauro posaba sonriente sobre el Tíber. De impecable negro, peinado con raya a la derecha, solo se le veía medio cuerpo y el paisaje difuminado al fondo.

Ya sentado en el metro, entre una mujer vestida con ropa deportiva y un hombre con barba, Mauro tecleó: «Costanza Mendiola».

¿Por qué no lo había hecho antes? ¿Acaso no se había acordado de ella en estos años? ¿Jamás pensó que pudiera estar allí?

Tampoco ella había dado muestras de su existencia. Tampoco ella, en efecto, lo había buscado.

La red los presentó de inmediato: «¿Agregar a mis amigos?».

Dudó. Sus dedos temblaron y, como en una película, la de su vida pasó acelerada en su cabeza.

Después de la muerte fortuita y desgraciada de Cecilia, Mauro se encerró en su habitación del chalé de la calle Cinca. Aunque los hechos pudieron ser tipificados, todo quedó en un accidente. No mediaron los jueces y el padre de Cecilia asumió toda la responsabilidad. Pero Mauro empezó a pagar por su crimen en aquel encierro entre cuatro paredes. Una ventana. Una persiana cerrada a cal y canto.

No asistió al entierro de Cecilia ni al funeral que se ofició en su nombre. Tampoco volvió al colegio ni quiso ver a sus compañeros. Le llevaban los apuntes a casa y su madre doña Elisa los dejaba junto a la puerta de su habitación. Igual que los platos de comida.

Por la noche, él abría apenas una rendija, los recogía y la pasaba estudiando. Cuando el sol despuntaba, buscaba la oscuridad y dormía el día. Para soportarlo.

Mauro nunca supo que Costanza sí fue al entierro y a la misa que se celebró una semana después en una iglesia de Madrid. Y que allí, escuchando al sacerdote, ella descubrió que de rabia también se enferma. La rabia de pensar, de manera compulsiva, que Mauro había matado a una mujer que, además, era su novia. Naturalmente que Costanza se tragó la rabia y las ganas de llorar. Por ella. Y por él. Y también por Cecilia. Las jóvenes de su edad no acostumbraban a morir de un disparo.

El luto lo invadió todo y a todos hasta que un buen día, cuando Mauro ya no esperaba que la vida pudiera sorprenderlo, oyó la voz de Costanza a las puertas de su casa. Sonaba igual que aquella noche en Lezzeno, la última que tenía archivada su memoria.

Como hacía con todas las visitas, su madre la invitó a marcharse.

—Vuelve otro día —le oyó decir—. Agradecemos tu preocupación y cariño, pero Mauro no quiere ver a nadie.

—No es posible, doña Elisa —contestó Costanza—. No me iré. Necesito hablar con él.

Doña Elisa debió de verla tan apurada que no pudo negarse a intentarlo. Mauro notó el latigazo del estómago cuando su madre tocó con los nudillos en la puerta de su habitación.

—Déjala pasar —le dijo.

Y así fue como Costanza entró en aquella caverna en penumbra en la que Mauro había empezado a consumirse. Estaba disminuido. Su imagen había palidecido. Sus ojos verdes estaban enmarcados por dos cercos negros. Pelo revuelto. Camiseta arrugada. Pantalón que le quedaba grande y zapatillas sin cordones. Delgado y sin el músculo que tallaba sus brazos y sus piernas.

—Has venido —dijo con incredulidad.

—Gracias por dejarme verte —contestó Costanza con miedo a equivocarse en las palabras—. Necesitaba hacerlo.

—Pensé que nunca lo harías.

—No digas eso.

—No merezco tu presencia. Es lo que siento —admitió Mauro llevándose la mano al pecho.

—Solo quiero saber cómo estás... Y me iré.

—Ni yo lo sé... —contestó—. No puedo quitarme de la cabeza todo lo que ha pasado. Siéntate, por favor —añadió ofreciéndole una silla al lado de la que ocupaba él.

—Tienes que darte tiempo —dijo ella agarrando su mano.

—Todos decís lo mismo, que el tiempo me acabará sanando.

—El tiempo nos sana a todos —musitó Costanza a pesar de que su paso implacable no había conseguido atenuar su pena de amor por él.

—¿Sabes una cosa? —preguntó Mauro.

—Dímela.

—En este tiempo solo he soñado con que sucediera esto, con volver a verte para pedirte perdón también a ti. Tú lo viste todo. El día más terrible de cuantos he vivido, ¡tú estabas allí! —gritó—. No tengo apenas recuerdos, los he borrado todos salvo uno: el momento en el que te acercaste a mí y nos miramos a los ojos. Me redimiste con tu mirada.

Se llevó las manos a la cabeza y se revolvió el pelo como si así fuera a agitar los pensamientos que lo transportaban a aquel día funesto.

—Créeme: había perdido toda esperanza de volver a verte.

—¡Oh, no! Mauro, ven, acércate. Tengo que decirte algo

más: he venido para quedarme. Aunque a mi padre lo destinen fuera de Madrid, yo ya no me iré. Estudiaré la carrera aquí. Y, si me dejas, estaré a tu lado.

Mauro agachó la cabeza y escondió su mirada. Se levantó de la silla. La habitación comunicaba con un baño en el que vomitó tres veces seguidas. Después se oyó la cisterna y después el agua de la ducha. Tardó quince minutos en volver y, cuando lo hizo, estaba llorando.

—No quiero verte así —dijo Costanza al descubrirlo lleno de lágrimas.

—Mi vida es un infierno, Costanza. Si no nos hubiéramos separado, quizá nada de esto habría ocurrido. No sé por qué lo hice, pero cuando fui a verte a Lezzeno supe que debía dejarte libre para que pudieras vivir sin estar pendiente de mí. Lo hice por ti, ¡solo por ti! Pero todo me ha salido mal.

—Es la vida. ¡La vida! —exclamó ella—. Las cosas sucedieron así, pero ahora volvemos a estar juntos…

—Yo no podré…

—¿Qué no podrás? Dímelo…

—Cargo con demasiadas culpas. ¡He matado a una mujer! Nunca me lo podré perdonar. ¡Mi vida es un infierno! —repitió a gritos—. A veces pienso que Dios me castigó por no cumplir con la promesa que nos hicimos de esperarnos toda la vida.

—No quiero escuchar eso. —Costanza cogió su cara entre las manos—. Dios no castiga, Mauro.

Lloraron juntos y se abrazaron durante horas sobre el edredón. Susurrando él, susurrando ella, reconstruyeron lo que fueron sin detenerse en el 28 de aquel mes de agosto que pasó a tener treinta días.

—Costanza.

—Dime, Mauro.

—Ahí fuera solo está mi penitencia —sentenció.

Las palabras salieron de su boca con una firmeza que hasta a él le asustó, pero sabía que la cumpliría.

Pese a todo, siguieron viéndose. El tiempo pasaba volando cuando estaban juntos y era lento y silencioso cuando cada uno volvía a su particular celda.

Se veían en aquella habitación cerrada con llave por dentro y, un día, cuando la casa estaba vacía, Mauro rodeó a Costanza por los hombros y la besó en la boca.

—Nada me hará desistir de la decisión que he tomado, pero necesitaba volver a besarte.

—Me angustian tus palabras, Mauro —dijo ella consciente de que él nunca más sería el mismo.

La tristeza se había apoderado de aquella mirada que la enamoró desde la primera vez que se cruzó con ella.

—No digas nada. Te lo ruego... No preguntes nada.

Mauro y Costanza se descubrieron con urgencia, se acariciaron y se sintieron húmedos. Nunca antes lo habían hecho. Ocurrió de forma torpe y acelerada, pero fue la manera de saciar su sed. Sus hambres y sus deseos. Hasta entonces no habían traspasado los límites que imponía la decencia de la época, pero aquel día, sin testigos que pudieran oírlos, se recorrieron en su desnudez hasta que el temblor de sus labios les hizo perder el control. El resultado fue un delirio de felicidad en el que soñaron con la eterna excitación de sus cuerpos.

—Nunca he dejado de quererte, Mauro.

Estaban recostados sobre la cama, envueltos en ellos mismos y en el vaho de sus pensamientos.

—¿Por qué no dices nada? —insistió ella.

Mauro no contestó. Costanza se había convertido en una obsesión ante la que él no podía doblegarse. Si también la quería era algo que no podía compartir.

—Solo sé que cada vez que te pienso... —se atrevió a decir.

—Dime. ¿Qué pasa? —preguntó ella.

«Que me muero de ganas de hacerte el amor, Costanza, y que solo en tu horizonte encuentro mi cura.»

Mauro deseó decírselo y deseó que ambos enseñaran en su

desnudez aquello de lo que eran capaces. Lo deseó tantas veces que el tiempo había perdido su cuenta. Pero nunca fue capaz de pronunciarlo porque, de haberlo hecho, de haber confesado que él también sentía un tipo de amor por Costanza, habría traicionado su férreo compromiso de no corresponder nunca más a una mujer. Contuvo las palabras cuando lo que necesitaba era domar las ganas de vivir con ella el resto de su vida.

A partir de entonces, Mauro concertaba las citas cuando sabía que no habría nadie en la casa. Ella se dejaba desnudar y se excitaba al sentir sus manos en la piel. Obraban el milagro de un placer desconocido hasta entonces. Él actuaba como si pudiera controlar el instinto del hombre que se imponía, terco y obstinado, hasta soliviantarlo por dentro.

Pero en aquellos días Mauro también descubrió el miedo. Miedo a enamorarse. Miedo a que el tiempo volviera a detenerse en la imagen de la mujer desnuda, hermosa en sus formas y delicada en la manera en la que lo arrastraba hacia el abismo. Y, al final, miedo al desenlace que él mismo escribió de su puño y letra solo unos meses después. Sin aviso previo, Mauro desapareció de ese mundo habitado por ellos dos, dejando la breve carta que durante tanto tiempo había imaginado entre los dedos de Costanza.

> Costanza, he decidido marcharme e ingresar en un seminario para cumplir mi penitencia. ¿Cuántas veces me has preguntado por esa palabra? *Penitencia.* Ahora ya sabes qué quise decir cuando la pronuncié por primera vez. Tengo que pagar por mis pecados. Asesiné a una mujer joven. He sido la vergüenza de mi familia. Y acabé traicionándote. Aunque tú no lo sientas, Costanza, para mí sí fue una traición. Debí esperarte, en vez de buscar a otra mujer para olvidarte. No hay marcha atrás en la decisión. Sé que sabrás perdonarme porque, allí donde esté, llevaré dentro de mí tu recuerdo. Eso nadie podrá arrebatármelo. Siempre seremos nuestra primera vez.

Aquellas letras certificaron que todo había acabado.

Junto a la carta, Costanza encontró la pulsera que Mauro siempre llevaba en su muñeca derecha. Era sencilla: una cuerda y una pequeña cruz de madera que aún hoy ella conserva como único testimonio cierto de su amor.

Mauro se fue y esa realidad no admitía matices. Mauro se fue sin que Costanza supiera…

Si llegó a amarla y se arrepintió.

Si la pensó en la pureza de su cuerpo y se ruborizó.

Si la soñó y fue una pesadilla.

Sentado en el vagón del metro, el padre Mauro sintió que todo aquello que ocurrió cobraba su vigencia.

«Siempre seremos nuestra primera vez.»

La frase que escribió a mano retumbó en su cabeza. Ahora, si él quería, Facebook podría completar el reencuentro con Costanza en la Gran Vía creando una ficción que no requería mirarse a los ojos.

Su perfil no había sido actualizado desde enero de ese año, coincidiendo con la separación de JL, dato que el padre Mauro ignoraba. Su última fotografía era de unas Navidades. En ella Costanza aparecía de espaldas frente a un enorme abeto decorado con luces y bolas plateadas.

Sintió excitación. Presión en el pecho. Retiró el teléfono de sus ojos por miedo a que la luz artificial de la pantalla volviera a tentarlo. Los cerró y contuvo las ganas con todas sus fuerzas.

Se levantó y se agarró a la barra de hierro atornillada al techo del vagón. Se llevó la mano a la frente. Estaba sudando. Un hormigueo le rodeaba la cintura y bajaba hasta los talones. Era el mismo que sentía cuando Costanza entraba en la habitación de Cinca. No conocía otro.

Encogió los dedos de los pies en los zapatos negros. Notó su rigidez y se sintió sucio. Volvió a su asiento y cruzó las piernas por ver si así domaba el instinto. Contuvo la respiración imaginándose muerto, pero su corazón seguía palpitando. Notaba la sangre fluyendo por las muñecas. Los puños apretados a la altura del cinturón de cuero. Soltó el aire en suaves suspiros. Una, dos, tres veces. Así hasta que llegó a la estación de Banco de España.

Estaba cansado. Desgastado. Algo mareado también.

Caminó rápido hasta la iglesia de San José. Al llegar al portalón de la Casa del Cura, rebuscó con nerviosismo la llave.

—¿Dónde la habré metido?

En el bolsillo del pantalón, su mano rozó la terca realidad. Giró la cabeza al notar que alguien se acercaba a él por la espalda.

—Don Adamino, ¡vaya susto me ha dado! —dijo Mauro.

—Y dale con don Adamino. ¿Cuántas veces tengo que decirle que así solo me llama el párroco? El resto me trata de tú, ¡hasta los más remilgados de la parroquia! —exclamó sonriendo—. Cómo se nota que lleva poco tiempo en Madrid.

El sacristán de San José, de nombre Adamino, de apellido desconocido, de edad incierta, pero avanzada, de formas redondeadas y prominente barriga, sacó un aro con decenas de llaves. Todas parecían iguales, pero cada una abría una puerta. Con el simple tacto de sus dedos sobre las hendiduras, identificó la del portalón y la introdujo en la cerradura.

—Pase, padre Mauro, pase.

—Gracias. ¡Que descanse! —Se despidió con una tímida sonrisa y enfiló la escalera hacia el tercer piso en el que se situaba su apartamento.

Se desplomó sobre la cama, encima de la colcha. No se descalzó ni se aflojó el pantalón. No tenía sueño, pero se obligó a dormir.

—Duerme, maldito pecador. ¡Duerme!

El cuerpo lo obedeció al recordar el campo de remolacha en el que le habían enseñado a ejercer la castidad. Era la primera vez que necesitaba recordar lo aprendido en el seminario.

Horas después, sin saber cuántas habían pasado bajo el efecto del castigo, Mauro se despertó, se puso en pie, buscó en el bolsillo de la cazadora las cartas de Costanza y prendió una cerilla. En el pequeño lavabo del aseo las quemó todas como si también pudiera convertir en ceniza su recuerdo. Abrió el grifo, se mojó la cara y el cuello. Y al pasar la toalla por la piel descubrió que las llamas tampoco habían devorado las ganas de volver a verla. La odió y se sintió ruin y miserable. La odió hasta desear que nunca hubiera existido.

Encendió el aparato de radio que siempre llevaba consigo en las sucesivas maletas que había hecho a lo largo de su vida; el locutor comentaba el último suceso en Madrid: una manifestación.

El ruido del descontento acabó por invadir el vacío y el silencio de la noche. Y el padre Mauro se sintió reparado en el eco de aquellas voces. En su desazón pensó que el caos de fuera lo aliviaba por dentro.

Pero se tapó los oídos para no seguir escuchando.

CAPÍTULO 6

Cuando Costanza Mendiola abandonó el despacho de su cliente, al amanecer apenas le restaba una hora. Enfiló Gran Vía y sintió el agotamiento en sus pies. La cabeza estaba a punto de estallarle. Apenas podía despegar los párpados, pero al llegar al cruce con Alcalá, en ese paisaje de Antonio López, en el punto exacto en el que los turistas se adentraban en las callejuelas de esquinas mojadas por los borrachos de las deshoras capitalinas, Costanza sintió la necesidad de acercarse a la iglesia de San José que quedaba enfrente. No le resultaba un escenario ajeno. La había visitado en otros tiempos en compañía de sus padres.

«Qué cerca volvemos a estar, Mauro», pensó.

El tiempo también comete estas imprudencias. Acerca lo que está lejos solo porque una vez lo estuvo. Sonrió con añoranza.

«Pero esta vez, sin cartas de por medio ni llamadas a cobro revertido.»

Costanza agitó sus recuerdos.

Tragó saliva. No quería volver ahí porque suponía recordarse inundada de lágrimas, con los ojos inflamados, en noches en vela. Se le encogió el estómago como si resucitaran las mismas sensaciones de hacía veinte años.

Se subió los cuellos de la gabardina y siguió caminando hasta su apartamento de la calle Piamonte número 25, segundo exterior izquierda. Quedaba a pocos minutos de la parroquia. Esa era su nueva casa tras la separación de JL. Tenía algo más de sesenta metros cuadrados con vistas a la fachada del número 22, ocupado por una tienda francesa de decoración. «Es demasiado pequeño —le dijo su padre—. No te cabrán ni los libros», añadió. Pero a Costanza le pareció perfecto. «No necesito más», aseguró.

Después de haber vivido toda su vida demasiado holgada, no quería espacios grandes que acabaría recorriendo medio sonámbula en las noches de insomnio. Además, la calle Piamonte también quedaba a solo dos manzanas de la residencia de su madre, pero esta circunstancia la obvió porque doña Rosalinda, a todos los efectos, estaba muerta.

Formalizaron la compra en menos de cuarenta y ocho horas: lo que tardó el banco en disponer del dinero. Trescientos cincuenta mil euros. Y pronto Costanza se convirtió en la vecina perfecta. Aprendió a ser como el resto.

No saludaba por las mañanas a quien se cruzaba con ella en el rellano de los buzones.

No le había dejado a nadie una copia de la llave del apartamento porque a nadie conocía.

Y reciclaba, como ordenaba la modernidad.

En eso consistía la buena vecindad del 25 de Piamonte.

Se desplomó vestida sobre el sofá y el recuerdo de Mauro brotó con un ímpetu extraordinario. Sin duda, el encuentro le había provocado una sacudida. Un navajazo a su cordura. Un imprevisto que aún no sabía cómo resolver.

Lo que Costanza sentía por ese hombre no había desaparecido, ni siquiera había sido tamizado por los veinte años transcurridos. Nunca se olvidó de él. El olvido no se domestica, ni se ensaya. Tampoco se aprende a olvidar. Es un verbo que no debería tener conjugación.

Desde que él se fue, no hubo día que no lo recordara. Al principio, le martirizó no haber sido capaz de advertir el peso de su angustia ni la hondura de su dolor por haber matado a Cecilia. Después entendió que, aunque lo hubiera hecho, ella no habría evitado que se marchara al seminario. Y al final, se contagió de una tristeza, a ratos rabiosa, que le hizo creer que no podría volver a amar a otro hombre. Y no estaba equivocada. Aunque Costanza se casó con JL y tuvo a su hija Valeria, solo llegó a acostumbrarse a la vida sin Mauro. Incluso el día de su boda lo imaginó en el templo convertido en su marido. Era él, el padre Mauro, el que sacudía su miedo a amarse el resto de la vida sin importarle el paso del tiempo, que acaba oxidándolo todo hasta convertir el amor en una emoción irreconocible.

Aquella noche Costanza concluyó que las pasiones no resueltas y los amores que calan no desaparecen nunca. Quedan guarecidos. Como un zorro al acecho. Ahora, cuando ya no esperaba que pudiera ocurrir, Mauro había vuelto. No tenía más que su número de teléfono, pero, llegado el caso, podría marcarlo para concertar una cita.

De repente se acordó de la pulsera de cuerda que él le regaló el día que se fue al seminario. No conservaba nada más.

Rebuscó en las bolsitas de fieltro del joyero.

—¿Dónde la metí?

Abrió una. Abrió otra. Tocó con los dedos la tercera.

—¡La caja de tela!

No le falló la memoria. Al fondo de uno de los cajones de la cómoda halló la cajita entelada con todos aquellos recuerdos que había dejado estar como el que no quiere volver a un paisaje doloroso. La alianza de su boda, los últimos pendientes de Valeria, la pulsera de Mauro. La sacó y se la colocó en la muñeca derecha. Besó la cruz con los labios y sonrió.

Volvían a tenerse (cerca). Ellos.

—Nosotros —musitó en voz baja.

Quizá había llegado el momento de compartir con él la verdad de la muerte de su madre doña Rosalinda y así despojarse de la dolorosa impostura en la que se había instalado cuando ordenó publicar la esquela que la certificó.

Negó con la cabeza.

—No. Eso no lo harás, Costanza —se dijo.

Todos albergamos secretos.

Todos tenemos una caja escondida en el altillo del armario.

Todos borramos un mensaje de texto o una foto inconveniente.

Y todos esperamos que llegue el día en que los secretos pierdan su categoría y dejen de importarnos y de hacernos daño. Que no ocupen espacio entre los pensamientos. Ni peleen por convertirse en palabra.

Todos albergamos secretos. Que nos incomodan.

El suyo tenía la forma de la dolorosa decisión que ejecutó consciente de que sería el último gesto de amor a su madre. Doña Rosalinda había querido que las cosas se hicieran a su manera, que nadie lo supiera, que su muerte (en vida) fuera un secreto, pero acabó convirtiéndose en una pesada sensación de culpa que Costanza Mendiola arrastraría toda la vida.

Relamió las palabras en el paladar al pensar que Mauro también cargaba con su culpa. Y solo en su frontera se veía capaz de difuminar los remordimientos.

Volvió al salón. El bolso se había quedado tirado sobre la alfombra. Sacó un tubo de crema de La Maison de la Vanille. Era la preferida de doña Rosalinda y la que Costanza siempre utilizaba porque le recordaba a ella. Se acercó las manos a la cara y el simple olor en su piel fue suficiente para sentir la caricia de su madre. Le gustaba imaginarla con toda su opulencia. Vestida de gala y siempre del brazo de su padre, el señor Mendiola. En ellos el amor fue cierto.

Fue natural que los señores de Mendiola se conocieran en una fiesta de pompa rebosante y fue natural que él se encaprichara nada más verla. Era, con toda seguridad, la mujer más guapa de cuantas debieron asistir a la residencia de los señores de Muns con motivo de la recepción a Frank Pace, exsecretario del Tesoro del Gobierno de Estados Unidos y presidente de General Dynamics. No pudo ser en otro escenario porque doña Rosalinda solo salía de casa para ese tipo de citas.

Y para ir a misa.

La joven aún no había cumplido los dieciocho, de tal forma que el señor Mendiola tuvo que esperar para pedir su mano. Guardó la debida compostura y, cuando llegó el momento, el futuro esposo agasajó a la novia con el palacete en el que se conocieron y que, con el tiempo, fue el hogar de Costanza.

En aquellos años sesenta, las mujeres de la alta sociedad tenían dos sueños: vivir en un palacio y ser como Fabiola de Mora y Aragón. Doña Rosalinda tenía trece años cuando se anunció su enlace con el príncipe Balduino, pero, hasta que dejó de recordar, recordaba haber salido de casa de la mano de su madre a las once en punto del 6 de diciembre de 1960 para asistir a la comitiva que, desde el palacio de los marqueses de Casa Riera, la acompañó hasta el aeropuerto de Barajas. La niña la vio pasar por Zurbano, Génova y la plaza de Colón.

Hasta que dejó de recordar, doña Rosalinda recordaba los vítores y los gritos de «¡Viva Fabiola!» que Madrid tributó a esa mujer, que quiso ser monja y acabó convirtiéndose en reina de los belgas. Fabiola se casó en la catedral de San Miguel y Santa Gúdula de Bruselas, vestida de Balenciaga, con el rey más taciturno de las cortes europeas. La vida de Fabiola y Balduino llegaba a España a través del No-Do. Franco aprovechó su historia de amor para lanzar mensajes dirigidos a la moral de las mujeres. Una chica recatada, educada y española. Pero no todo salió como el régimen hubiera querido, y Fabiola fue reina consorte y reina viuda, pero nunca fue madre. Y eso provocó en su mirada el parpadeo constante de la pena.

Y, por último, hasta que dejó de recordar, doña Rosalinda recordaba la fortuna de su matrimonio con el señor Mendiola que, aunque no fue rey, la amó con locura desde el mismo momento en el que se dieron el *sí quiero* un sábado de mayo de 1965 en la Real Basílica de Nuestra Señora de Atocha, templo acostumbrado a presenciar enlaces monárquicos como el de la princesa doña Teresa María de Borbón-Dos Sicilias, el de Isabel II y el de Alfonso XII.

Don Santiago tenía treinta años. Doña Rosalinda, dieciocho, espléndida en su lozanía y tocada de brillantes en la cinta que sujetaba el velo de encaje de Bruselas que le colocó su madre, rica, noble y muy guapa, como su hija. Esa belleza, por sí misma, no le hubiera dado acceso a nada. En el mundo de entonces, las guapas podían quedarse en sirvientas y las feas convertirse en señoras. Pero doña Rosalinda tenía el visado perfecto. Como dote de la novia, la pareja recibió Gelsomino, una hermosa propiedad en la villa de Lezzeno, a orillas del lago Como. Fue una herencia consumada en vida de la que jamás podría deshacerse.

—A esas tierras llegamos tu padre y yo por una casualidad del destino —le dijo su madre—. Os la lego en este momento de vuestro enlace porque están regadas con nuestra felicidad. Y junto a Gelsomino cuidaréis del mausoleo del cementerio de Lezzeno, donde tu padre está enterrado y donde yo quisiera descansar junto a él.

—Su voluntad será cumplida, señora —contestó don Santiago.

—Y espero —añadió— que puedas dar a mi hija los hijos que a mí me negó la vida. Solo la pude tener a ella y ahora es tuya.

La pobre mujer moriría siete años y seis meses después sin ver cómo se hacía realidad el maleficio de la familia: doña Rosalinda no pudo alumbrar tantos hijos como deseó.

Y mira que lo intentó.

Y mira que rezaba novenas a santa Rita.

Y mira que pedía a Benita, su fiel costurera, que le dejara tela de sobra en los trajes a medida por si se quedaba embarazada.

Pero doña Rosalinda solo tuvo a Costanza en aquel mundo de plétora y alabanzas.

Un mundo en el que hubo de todo, menos silencio.

Hubo lámparas de araña que se desmontaban una vez al año para limpiarlas cristal a cristal. Hubo sillones de terciopelo. Alfombras de lana, teteras de cerámica. Hubo *champagne* y lambruscos y tintos de la Ribera. Hubo poder y poderosos. Hubo tanto que Costanza acabó naufragando en un mar de riqueza en el que se negó a ahogarse. Aunque era consciente de que el barniz de su procedencia la acompañaría siempre, tenía muy claro que a ella no la definiría su apellido, sino todo lo que ya no tenía.

Su hija Valeria.

Lo que había perdido.

Su secreto.

Doña Rosalinda.

El amor de Mauro.

CAPÍTULO 7

En la calle Gravina número 20, detrás de la fachada del edificio estrecho de cuatro plantas con tres filas de ventanas que daban a la calle y otras tantas al patio interior decorado con árboles de plástico y bancos de piedra, la vida escocía envuelta en el manto de la vejez.

—Buenas —dijo Costanza a la recepcionista de la residencia de mayores.

—Buenas —contestó sin levantar la mirada. Apenas asomaba un palmo del mostrador.

Costanza abandonó el recibidor y subió hasta la tercera planta por las escaleras. Después, conteniendo la respiración, recorrió los pasillos. Siempre lo hacía así. Olía a lejía. A veces al hedor de los pañales con orines.

Habitación 324. Agarró con fuerza el pomo de la puerta antes de girarlo para abrir sin llamar. En ese momento recordó que debía avisar a su jefe de Roth & Co. de que llegaría más tarde. Sacó el móvil de su bolso y tecleó una disculpa, no sin antes informarle de que se había acostado de madrugada preparando el interrogatorio de Gerardo Barrios.

> La reunión fue bien. Conseguí convencerle de que la mejor estrategia es contestar a los fiscales. Necesito unas horas esta mañana para arreglar un asunto personal. Iré al despacho por la tarde para organizar papeles.

Enviar.

Desde que había empezado a trabajar en el despacho de abogados no tenía ni un minuto libre. Eso había sido lo peor del cambio. En la fiscalía era distinto. Podía coger tardes enteras para dedicárselas a su madre o para ir al cementerio donde reposaba Valeria. Ahora le atosigaba la horrible sensación de que su tiempo también pertenecía a Roth & Co.

—¿Se puede? —preguntó aflautando el tono de la voz.

Doña Rosalinda estaba tumbada en su cama, arropada bajo una colcha de flores, de cara a la ventana con vistas a las copas de los árboles, escuálidos en aquella época del año. Costanza dejó el bolso en la cómoda que había junto a la puerta, se arrodilló, la besó en la mejilla y acarició su pelo corto y gris. Nunca se acostumbraría a esa imagen, pero exclamó:

—¡Qué guapa estás! Déjame que te vea.

Doña Rosalinda abrió los ojos en su mapa de arrugas y fijó las pupilas en su hija sin reconocerla.

Eso era lo que peor llevaba, que la mirase de frente.

—¿Y este camisón tan bonito? —preguntó Costanza descorriendo la colcha, la manta y las sábanas.

—Ay, esta pierna... ¿Qué demonios te ha pasado aquí?

La espinilla izquierda de doña Rosalinda estaba amoratada e hinchada.

—No, no, no... Esto no puede ser —dijo Costanza con voz melosa.

Cogió el taburete de tela granate que había a los pies de la cama, lo acercó hasta el cabecero y se sentó.

—¿Sabes qué te pasó?

Su madre no contestó.

La sensación de que el reloj se paraba cuando ella traspasaba la puerta de la habitación 324 no había cambiado. Siempre era igual. La vida se detenía allí, se escurría entre los nudillos escarpados de su madre, en el violeta de sus labios cosidos de silencio.

—Maldita sea —murmuró restregándose los ojos con un pañuelo de papel que sacó de la manga de la camisa.

No haría justicia a Costanza decir que fue algo precipitado porque, en efecto, no lo fue. Doña Rosalinda había organizado su muerte y lo había dejado todo atado y bien atado. Por escrito y ante notario. No se le escapó ni un detalle de cómo quería abandonar el mundo. Lúcida (plena y viva), dio las órdenes precisas de lo que su hija Costanza, designada intérprete de su última voluntad, debía hacer.

Los médicos que trataron a doña Rosalinda no pudieron engañarla. Don Santiago Mendiola buscó absurdos eufemismos, pero ella supo antes que nadie que, más pronto que tarde, acabaría convirtiéndose en un cuerpo sin mente y un corazón sin alma. Y obró en consecuencia.

Con fecha de 14 de mayo de 2015, citó en su residencia al abogado de la familia, el señor Lerma, y al señor Arsuaga, notario que siempre había trabajado para los señores de Mendiola. Los sentó en el salón, cerró las puertas y corrió las cortinas para que nadie pudiera verlos. Sonaba el *Concierto de Aranjuez*, la obra del maestro Rodrigo que muchas noches había acunado la sempiterna tristeza de doña Rosalinda en los años en que se le negaba una y otra vez un hijo.

Se sirvió amaretto en una copa de balón. Mandó traer hielos. Y dos copas más para el abogado y el notario.

—¿Empezamos, señor Arsuaga? Tome nota.

—Podemos seguir tuteándonos, Rosalinda —repuso el notario sorprendido por la solemnidad.

—En este momento nos debemos un respeto superior a nuestra amistad —contestó doña Rosalinda, que se levantó del sofá en el que se había sentado con las piernas juntas y las palmas de las manos extendidas sobre las rodillas. Sorbió de la copa y empezó a dictar—: Dada la discreción que siempre ha definido a mi esposo, supongo que ignoráis que me voy a morir.

Los dos hombres se miraron sin atreverse a articular palabra.

—No sé cuánto me queda. Dios dispondrá, pero, antes de que mis facultades se vean mermadas por la enfermedad degenerativa sin nombre concreto que me han diagnosticado, quiero resolver algunos asuntos. —Hizo una pausa para coger aire—. Señor notario, tome nota de mi dictado.

El señor Arsuaga sacó una libreta de anillas, papel blanco sin cuadrícula y una pluma de tinta negra.

—Rosalinda...

—No me haga preguntas. Se lo ruego. Procedo. —Volvió a coger aire y continuó—: En primer lugar, nombro a mi hija intérprete de mi última voluntad. En el día de mi muerte, quiero disponer de mi derecho a que nadie, ni siquiera mi marido, me vea sin vida. Quiero morir en mi casa, bajo ningún concepto seré trasladada a un hospital y no seré sometida a tratamiento médico alguno. Moriré rodeada de mis recuerdos íntimos: una foto de mi esposo, otra de mis padres y una tercera de mi hija Costanza. Las tres me acompañarán en el ataúd, que será comprado dentro de un tiempo razonable desde la redacción de este testamento vital. Será de madera de pino sin tratar y con una cruz de hierro como único adorno exterior. Una vez adquirido, se guardará detrás de la caseta de los aperos del jardinero. Es un lugar al que nunca accede mi marido. Lo cubrirán con una sábana blanca. No hay por qué recordar a nadie que me voy a morir.

El notario y el letrado no se inmutaron. La música invadía el salón con el adagio del marqués, que a doña Rosalinda le revolvía las vísceras porque sabía que fue compuesto cuando su esposa, la señora Victoria Kamhi, parió un hijo muerto.

—No me dejaré llevar por la emoción... —dijo al borde del sollozo—. Continúe tomando nota, señor notario. —Volvió a sorber de la copa—. Deseo vestir un traje blanco de seda que estará colgado en el armario de mi dormitorio. Pies descalzos, por favor. —Señaló sus zapatos con el dedo—. El pelo, a poder ser, recogido en un moño con una redecilla sin horquillas. ¡Y nada de esos horrorosos maquillajes para muertos! —puntualizó—. En mi tocador Costanza encontrará la esencia de jazmín de Lezzeno con la que quiero que me perfumen las muñecas y un poquito aquí —precisó tocándose con los dedos el cuello a la altura de las orejas—. Creo que no me olvido de nada más…

Dudó un segundo antes de volver a hablar.

—¡Oh, sí! Olvidaba algo… No quiero, por supuesto, que se organice velatorio. Quiero pasar aquí, en este salón, una única noche de vigilia en la más absoluta soledad. Solo podrá estar Costanza. Ella lo entenderá. La casa será desalojada, las puertas se cerrarán con llave y todas las luces estarán encendidas. Concretamente esta —dijo acercándose a una hermosa lámpara de bronce situada al lado del secreter al que doña Rosalinda acostumbraba a sentarse cuando quería concentrarse en el estudio de algún libro de arte—. Heredé esta lámpara de mi madre. Ella, a su vez, la heredó de la suya. Quizá fue de mi tatarabuela. Nunca pude confirmarlo.

De súbito calló y la espesura del silencio hizo que la siguiente pieza del maestro Rodrigo resultara imperceptible.

—Rosalinda, me falta saber lo fundamental —se atrevió a decir el notario.

—¿Qué es lo fundamental, querido señor Arsuaga?

—¿Dónde quieres ser enterrada?

Doña Rosalinda se sintió incómoda ante la pregunta. Tardó unos minutos en contestar. Rellenó la copa de licor y se giró dando la espalda a los dos hombres.

—¿Dónde va a ser? ¡Qué preguntas hace! —exclamó con cierta arrogancia.

—¿Quizá en Lezzeno? —se atrevió a decir el notario.

—Sería oportuno en ese caso —añadió el señor Lerma— que expresaras ese deseo…

Doña Rosalinda no le dejó terminar:

—¿Cómo pueden dudar de eso? ¡Yo siempre he llevado Lezeno aquí! —dijo acercando la mano al corazón—. ¡Aquí, en mi corazón!

No pudo seguir hablando. Doña Rosalinda rompió a llorar ante la mirada de aquellos dos hombres que jamás imaginaron que la cita, convocada a una hora impropia en la señora, la hora del té, que solía dedicar a la lectura o a las pruebas de costura o a la decoración floral de la residencia, acabaría convirtiéndose en el dictado de un testamento.

El señor Lerma se levantó y abrazó a doña Rosalinda.

—Todo irá bien… Todo irá bien —susurró sobre su cuello con sabor a jazmín.

—Solo le pido una cosa, señor Lerma —balbuceó entre lágrimas en un tono que más parecía un susurro—. Llegará el día en que mi hija Costanza le pida ayuda. No se la niegue, señor Lerma. No se la niegue.

Se volvió hacia el notario y, repasando con la yema de los dedos las comisuras de los párpados para retirarse las lágrimas, añadió:

—Y ahora, díganme cómo debo proceder.

Entre ambos le explicaron a Rosalinda los trámites burocráticos, que a ella le importaban bien poco. Solo necesitaba tener atada y bien atada su muerte para que nadie dudara de que se había producido.

Ese día, cuando los señores Lerma y Arsuaga se marcharon de la residencia de los Mendiola, Rosalinda empezó a escribir el verdadero testamento que entregaría a su hija y que ella leería un año después.

Mi querida hija, mi querida Costanza:

Te escribo estas líneas antes de que no pueda siquiera empuñar una pluma. Los médicos no han puesto nombre a la enfermedad que me carcome por dentro, pero no lo necesito. Mi vida se adentra en la oscuridad del ocaso. Ha emprendido un camino sin retorno. Dentro de poco ni siquiera tendré la facultad de tomar decisiones, por eso lo hago ahora. Sé que te cargo de responsabilidad depositando en ti mi último deseo.

No quiero que tu padre, mi esposo, me vea convertida en un guiñapo. Me niego a que la mujer de la que se enamoró sea para él un trozo de carne al que llegue a repudiar.

No puedo consentir que eso ocurra y que lo que fuimos se convierta en sufrimiento, dolor y desconsuelo.

¡Prefiero morirme!

Si pudiéramos decidir cómo nos despedimos de este mundo, te juro que no haría nada de esto. Créeme: yo misma tomaría la decisión de quitarme la vida.

Pero como nada es así, Costanza, te pido que actúes de la siguiente manera. Cuando ya no sepa quién soy, cuando tú descubras que para papá soy una carga; cuando lo veas sufrir por mí, ingrésame en una residencia sin que la opinión de tu padre importe en la decisión. No debes decirle nada, no debes consultárselo, debes actuar sabiendo que es mi deseo. Simularás mi muerte. Publicarás una esquela con mi nombre, el de mis padres, el de mi querido esposo, el tuyo, querida hija, y el de la pequeña Valeria. Una semana después organizarás un funeral y ahí habrá acabado todo.

Te imagino desconsolada y aterrada. Pero yo estaré a tu lado y mi propia decadencia será tu fuerza para saber que hiciste bien.

Tu padre no podrá seguir viviendo sin que nos amemos cada noche. Así ha sido desde que nos casamos. Aun ahora nos miramos a los ojos y nos seguimos reconociendo en nuestro amor. No les ocurre a muchas parejas. Pero a nosotros, sí. Prefiero que crea que estoy muerta a convertirme en su lastre.

¡Ese hombre que me lo ha dado todo, que hizo germinar en mí una semilla que acabó convirtiéndose en ti! ¡No lo merece, Costanza!

Te autorizo a que enseñes esta carta a nuestro abogado. El

señor Lerma ha sido un hombre discreto y leal a esta familia. Sé que entenderá por qué tomo esta decisión. Y no la juzgará.

Costanza, mi vida, escucha mi voz en estas líneas.

Quédate para ti lo mejor de nuestra vida vivida. Quédate con nuestros veranos en Lezzeno. Consérvame a orillas del lago Como. Rescátame en Villa Gelsomino. Escúchame en tu niñez, sentadas en el embarcadero de madera desde el que jugábamos a contar barcos. Búscame en las ranas verdes de panza del color de la mantequilla que cazábamos a mano. En los cangrejos que aparecían y desaparecían por arte de magia. En los peces de colores que coleccionábamos en aquellos cubos de plástico que siempre quedaban desperdigados entre las piedras a última hora del día.

Esa soy yo. Y no quiero que la mujer en la que acabaré convirtiéndome apague lo que fui.

Y cuando muera de verdad, incinerarás mi cuerpo y llevarás a Lezzeno mis cenizas. Con mis bisabuelos, mis abuelos, con mis padres. Quiero descansar a su lado.

Sé que lo harás, hija mía…

Sé que lo harás.

Firma estas letras tu madre Rosalinda antes de que se olvide de que te ha querido.

P. D.: No tengo predilección por ninguna residencia. No sabré dónde estoy. Pero sí te pido que me ingreses con la medalla de oro de la Virgen del Carmen y la sortija de amatista en el dedo anular de la mano izquierda. Fue un regalo de tu padre y quiero tenerlo cerca del corazón.

Cuando terminó de leer la carta que había llegado en el correo ordinario a la dirección de su casa de casada, a Costanza le invadió el pánico, un llanto sin tregua, y sintió una punzante presión en el pecho. Cogió el coche y, en menos de treinta minutos, estaba en el salón de la residencia de sus padres. Encontró a doña Rosalinda sentada en el orejero, cubiertas las piernas con una manta de lana, la mirada perdida hacia el jardín en el que prendían las flores en primavera y olía al jazmín que trepaba por la fachada.

—Mamá, ¿qué es esto? —preguntó sujetando la carta a la altura de sus ojos.

—No sé, cariño. Déjame ver.

Doña Rosalinda cogió la carta, empezó a leerla y, sin llegar al segundo párrafo, la dejó caer al suelo.

—No tengo ni la más remota idea de quién ha podido escribir eso.

—¡Mamá! —exclamó Costanza. Se arrodilló frente a ella y la miró fijamente—. ¿No reconoces tu letra?

—No tengo ni idea de qué me hablas, hija —insistió recogiéndose el pelo que se le había soltado del moño a la altura de la nuca—. Habrá sido Benita o alguna de las muchachas del servicio.

—Mamá, no me puedo creer que me estés haciendo esto. —El pánico invadió a Costanza—. ¿No crees que ya he sufrido demasiado?

Solo había pasado algo más de un año desde que su madre escribió esas letras.

«¡Un año! —pensó—. Y ya no es capaz de recordar.»

Cogió el papel del suelo y, como si en efecto la única persona con la que pudiera compartirlo fuera el señor Lerma, descolgó el teléfono y marcó su número.

—¿Por qué…? ¿Por qué me haces esto, mamá? —gimió mientras pulsaba las teclas—. ¿Por qué?

Le temblaban las manos, bombeaba el corazón bajo la blusa, le faltaba el aire.

—Mi madre, señor Lerma, me está pidiendo que simule su muerte y que la ingrese en una residencia. Quiere que ahorre a mi padre el sufrimiento de verla arrasada por su enfermedad. ¡Todo esto es una locura!

—¿Has hablado con ella?

—Sí, señor Lerma. Acabo de hacerlo —balbuceó—. Y ni siquiera ha sido capaz de reconocer su letra en la carta que me escribió hace un año. ¡No recuerda haberla escrito! Esto es dramático —sollozó.

Cuando Costanza terminó de hablar, el abogado enmudeció al otro lado del teléfono.

—¡No podré, señor Lerma! Yo no podré hacer eso.

—Yo te ayudaré. Solo necesitaremos un certificado de defunción. Conozco a un médico que nos ayudará. Lo haremos juntos, Costanza. Tu madre lo ha dejado todo atado y bien atado —contestó sabiendo que estaba colocando la última pieza del puzle.

Costanza sintió que el mismo demonio estaba ahogándola por dentro.

—Yo no podré... —repitió.

Pero, mientras negaba sus propias fuerzas, supo que lo haría. Y supo también que no rompería el secreto. Que a nadie se lo contaría. Ni siquiera a JL. No sintió ninguna necesidad de hacerlo y, en ese momento, supo que la fractura era irremediable. JL aún seguía siendo su marido, pero solo era una circunstancia, una etiqueta, una coletilla en las presentaciones.

Nada más.

CAPÍTULO 8

Las horas se abalanzaron sobre los perfiles de la madre y la hija en la habitación 324. Costanza había estado jugueteando entre sus dedos con el anillo de amatista de doña Rosalinda y no había advertido el paso veloz de las horas. Lo devolvió a su escondite, bajo las mudas y los camisones al fondo de la mesilla.

—Hoy comeremos juntas —susurró al oído de doña Rosalinda justo cuando las auxiliares de planta empezaron a recorrer los pasillos con los carros llenos de bandejas envueltas en plástico.

El ruido invadió el silencio. Costanza retiró la colcha y el aire removió el olor a orín reciente. Tocó las sábanas. Estaban mojadas. También el camisón y la entrepierna y sus bragas de algodón con puntilla en la ingle.

—Maldita sea —gruñó.

Costanza quitó la ropa de cama y la arrojó a un rincón. Levantó el camisón y tiró de la muda hasta que consiguió bajarla a la altura de las rodillas. Después una pierna. Luego la otra. La desnudez de su madre la sobrecogió de tal manera que le bajó el camisón para no descubrir su pubis lampiño y abultado por los años. Intentó girar su cuerpo para deshacerse de la bajera, pero, cada vez que lo empujaba, volvía a caer sobre sí mismo.

—¿Era esto lo que querías? —preguntó Costanza mirándola a los ojos—. ¿Era esto, mamá? ¿Era esto lo que pretendías cuando me escribiste la carta? ¡Oh, sí, tan resuelta tú! ¿Lo imaginaste así? A veces pienso que fue solo un capricho, uno más de tu vida llena de consentimientos… No, mamá, no podemos escapar de nuestra vejez. ¿Te creías única? A ver, dime, contesta. ¡Contesta!

De pronto, dejó de hablar. Odiaba esos cambios de humor. Le abrían la herida y la hundían en el ahogo. Costanza respiró profundo. «¿Cómo he sido capaz de decirle esto?», se preguntó sintiendo el navajazo del arrepentimiento.

—Perdona, mamá. ¡Perdóname!

Doña Rosalinda no se inmutó. Costanza descolgó el teléfono y marcó los números de la centralita.

—Buenas tardes. Mi… Doña Milagros —corrigió sobre la marcha— se ha orinado encima. ¡Está empapada! Llevo aquí tres horas y nadie se ha preocupado de llevarla al baño.

—Cuando hay visita, la orden de dirección es no molestar, señora —le contestaron al otro lado—. Se ocupa el familiar.

—Yo no soy… —carraspeó—. ¡Hagan el favor de venir cuanto antes! Esta mujer no puede estar así.

Costanza estrelló el teléfono contra la mesilla de noche. Debía marcharse de allí cuanto antes. No podía toparse con alguien que le preguntara más de la cuenta. Abrazó a su madre y, mojando sus mejillas de lágrimas, susurró lo que solo podía ser un deseo:

—Dios no puede disponer este suplicio. ¡Sé clemente con ella!

La besó, acarició su pelo blanco, se detuvo en sus ojos agrietados.

—Te prometo que comeremos juntas otro día. Te lo prometo.

Recogió sus cosas y salió de la habitación antes de que la enfermera o quien estuviera al mando de estos sucesos cotidianos llamara a la puerta. Cerró con sigilo y recorrió los pasillos a toda velocidad, pero cuando ya casi había alcanzado la salida, una mano se posó en su hombro.

Costanza contuvo la respiración.

—¿Es usted familiar de doña Milagros?

—¿Ocurre algo? —contestó Costanza.

—Discúlpeme, no me he presentado. Soy María Tomé, la nueva responsable de la planta tres —dijo extendiendo la mano derecha.

Ella la estrechó con cortesía, pero no fue capaz de presentarse.

—Usted es la única persona que viene a visitarla y me preguntaba si quizá...

—Dígame qué pasa.

—¿Usted se llama?

—Costanza —contestó sin más detalles.

—Bien, Costanza, hace unos días tuvimos que alimentar a doña Milagros por sonda nasogástrica porque se negó a comer. Por suerte, ya no la necesita. Parece que se ha recuperado. No sabemos cuánto aguantará y quizá necesitemos una autorización para iniciar el tratamiento de paliativos. No le puedo dar más información porque, como sabe, solo se la facilitamos a los familiares, y usted no consta como persona autorizada por ellos.

Costanza negó con la mano como si quisiera sacudirse las palabras de encima.

—La familia se pondrá de inmediato en contacto con usted —titubeó—. Yo conozco al hermano de doña Milagros. Mañana mismo le llamará. Sí, mañana mismo lo hará. Le agradezco mucho la atención, pero tengo que marcharme.

No dejó que la señora Tomé volviera a intervenir. Costanza se dio la vuelta, abrió el portón principal y empezó a correr por la acera de Gravina.

—Algún día sabré si hice bien, si fui culpable o inocente... Si cumplir con los últimos deseos de mi madre fue un error o un acierto. ¡Por Dios, que alguien afloje el yugo! —se lamentó entre lágrimas.

La vida.

La vida de doña Rosalinda.

En muchas ocasiones Costanza se miró en su espejo queriendo ser ella. Quiso amar como lo hizo su madre. Toda una vida y hasta el final. Sin dudar en tiempos de dudas. Sin cuestionar la fuerza que los atrajo. Un cortejo constante.

Doña Rosalinda amó con palabras y sin ellas. A dos manos y de la mano. Amó como en los cuentos que le contaba a su hija, con esa irreverencia capaz de vencer a la modernidad. A un divorcio. Por ejemplo.

Sí, Costanza quiso ser como su madre, pero el amor rara vez repite la misma secuencia. Es único. Cada historia. Única. Como los guiones son únicos. Como los actores. Las actrices. Los directores. Una obra de arte. La letra de una canción. Un poema.

A veces riman las melodías, o los recuerdos de una escena nos llevan a otras que quisiéramos protagonizar solo porque allí descubrimos una felicidad ajena que deseamos hacer nuestra. Costanza aspiró a quedarse con todo, pero hasta el desenlace alambicado que su madre diseñó demostraba que doña Rosalinda era única. E impar. Una mujer que se decoraba el pelo con flores frescas para que todo estuviera vivo en ella... Para él.

La mujer que quiso guardarse su muerte, que por amor a ese hombre no permitió ser (des)cuidada, ni (des)amparada, ni (des)querida porque sabía que solo podía ofrecer vejez, ocaso y desamor.

En efecto, después del primer intento que hizo Costanza por hablar con doña Rosalinda, madre e hija no volvieron a intercambiar una sola palabra más sobre el asunto. Doña Rosalinda nunca llegó a saber si su hija había leído la carta y también se olvidó de preocuparse por ello. Quizá —solo era una suposición— en el último instante de lucidez, se convenció de que Costanza cumpliría. Y cumplió un día de abril, el cuarto del mes, del año 2018.

La madrugada lamía la noche. La residencia de los señores de Mendiola estaba en silencio. No se oían ni las uñas de las ratas recorriendo los recovecos del tejado. Costanza se había quedado a dormir allí para acompañar a su padre. Doña Rosalinda había pasado mal día, inquieta. Quizá sabía que se acercaba a los arrabales de su desmemoria. Que todo estaba a punto de acabar.

Ella se tumbó en la cama rendida de agotamiento y, en pocos minutos, un sueño profundo la devoró sin saber que pocas horas después los gritos de su madre acabarían por desvelarla.

—¡Cerdo bastardo! —Oyó desde su dormitorio.

Costanza se despertó agitada creyendo que la voz era el eco de su pesadilla.

—Me quiere violar. ¡Salga de mi cama ahora mismo! —Volvió a oír.

Saltó del colchón y recorrió descalza el pasillo hasta la habitación de sus padres. Aguardó unos segundos al otro lado de la puerta aterida de miedo e incredulidad.

—No puede ser… —susurró.

—¡Que alguien venga a echar a este intruso! —gritó doña Rosalinda.

—Cariño, cálmate…

Costanza oyó a su padre y una sensación de vergüenza la recorrió por dentro.

—¡No quiero volver a verle! ¿Quién es usted? ¿Quién le ha dejado entrar aquí? —preguntó doña Rosalinda fuera de sí.

—Mi amor, escúchame… —rogaba don Santiago.

—Si mi marido se entera, lo mata.

—Tu marido soy yo. ¡Soy yo!

—Usted es un impostor. ¡Un intruso! —repitió—. Usted lo único que quiere es llevarse mis alhajas, me quiere robar en mi propia casa.

—Rosalinda, vida mía, nadie te quiere robar.

—¡Asesino! —vociferó—. Robarme y matarme. ¡Eso es lo que usted quiere hacerme! ¡Fuera, fuera!

De repente se oyó un golpe seco contra el suelo y el estallido de una cerámica o un cristal o a saber qué. Costanza no quiso seguir escuchando. Se ajustó el lazo que cerraba el cuello del camisón y volvió de puntillas a su dormitorio. Se sentó en la silla del escritorio y dejó que pasaran las horas, interrumpidas por los alaridos de doña Rosalinda y el ir y venir de su padre, escaleras arriba, escaleras abajo. Nadie del servicio salió de sus habitaciones. Nadie quiso hacer de notario de aquella noche en la que doña Rosalinda empezó a abandonar este mundo poblado por seres que viven en sus cabales o mueren en sus locuras. Ni siquiera Benita, la costurera de doña Rosalinda y la mujer que mejor conocía sus debilidades, se atrevió a asomar la nariz por la puerta hasta que los pájaros empezaron a trinar en las ramas de los árboles que sombreaban la residencia de los señores de Mendiola.

Al amanecer, pálida por el sueño y aterrada por lo que acontecería a partir de entonces, Costanza bajó a la cocina y escrutó la expresión de cuantos formaban el servicio. Sintió que le retiraban la mirada por miedo a tener que confesar que oyeron los gritos igual que ella. Y que, como ella, decidieron no comprometer con su presencia al señor Mendiola. Dos horas después Costanza estaba reunida con el señor Lerma en su despacho de la calle Jorge Juan, en torno a la mesa de la sala de juntas y a una pila de documentos. No había ni un alma en el edificio de oficinas. Nadie la vio entrar y nadie la vería salir.

—Ha llegado el momento de cumplir su voluntad, señor Lerma —dijo Costanza con contundencia sin dejar que lo ocurrido aquella noche sembrara de dramatismo sus palabras—. Ahora sé lo que ella quiso decirme en aquella carta. ¡No quiere que mi padre la vea en ese estado! ¡Loca! ¡Ida! ¡Fuera de sí! Después de oír a mi madre soltar por su boca barbaridades, acusaciones gravísimas, le puedo asegurar que para mi padre será un tormento. Será una condena en vida. No lo soportará. Y mi madre, a fin de cuentas, ha querido evitarle ese trago que amargaría el resto de sus días.

El abogado la había escuchado en silencio, sin intervenir,

sin preguntar, conteniendo las ganas de entrar en los detalles que le permitieran tener las garantías de que, en efecto, había llegado el momento de cumplir su voluntad.

—¿Estás absolutamente convencida de que es irreversible?

—Sí, señor Lerma.

—Está bien.

Costanza sentía la urgencia de planificar y ejecutar el plan cuanto antes.

—Recuerdo que usted me habló de un médico... Dijo que podría ayudarnos. No veo la forma de..., de hacer un falso levantamiento de un cadáver. Nos enfrentamos a...

Lerma no la dejó terminar:

—El doctor Manises lo hará. Me debe un favor. Le he librado de una demanda que podría haberle arruinado la vida. Lo hará —remarcó—. Estoy convencido de ello.

—¿Solo necesitamos el certificado de defunción?

—Sí. Solo tienes que decirme cuándo quieres proceder —contestó con sequedad el señor Lerma.

—Mi padre viaja a Venezuela acompañando a una delegación diplomática en dos semanas. Hagámoslo mientras esté volando. No le dará tiempo a volver. Como mucho, llegaría al entierro —contestó.

—Perfecto —rumió el señor Lerma—. Además de esa carta que obra en tu poder, tu madre dictó un testamento vital ante notario. Actuó de fedatario el señor Arsuaga. Yo estuve presente aquel día. Coincide exactamente con la fecha en la que te escribió a ti. Ella dispuso absolutamente todo, cómo quería simular hasta el velatorio —dijo extendiendo la copia—. No dejó nada a la improvisación.

Costanza empezó a leer sin entender lo que su madre pretendía.

—¿Compró el ataúd? —preguntó devorada por la ansiedad—. ¿Dónde está?

—Está en vuestra casa, Costanza. En la caseta de los utensilios del jardinero. Escondido. Nadie ha podido verlo. ¡Ni tú misma!

Costanza tragó saliva.

—¿No habrá velatorio en un tanatorio?

—Tu madre pidió pasar la noche previa al entierro en su casa…

—Lo estoy leyendo. Aún no puedo creérmelo.

—Sí, Costanza —dijo el letrado—. Tu madre hizo esto para garantizar que todo fuera rodado el día que decidiéramos ejecutar su última voluntad. Para que nadie sospechara nada. Para que tu propio padre no sufriera por no verla. Y recuerdo como si fuera ayer que me pidió que te ayudara. Han pasado tres años y solo ahora soy capaz de entender el alcance de aquellas palabras suyas que se me quedaron clavadas aquí —añadió tocándose la frente. Sus recuerdos reprodujeron el ruego de doña Rosalinda—: Llegará el día en que mi hija le pida ayuda. No se la niegue, señor Lerma. No se la niegue.

Y como si fuera el impulso que necesitaba para poner en marcha la maquinaria, el abogado diseñó el plan con determinación.

—Tendrás que despejar la casa —dijo con tono autoritario—. ¡Mandas al personal a sus casas! ¡O de viaje! O donde quieran, pero los quiero fuera. —Cogió un calendario y repasó las fechas—. ¿Qué día viaja tu padre?

—El 9 de abril —confirmó Costanza.

—Será ese día.

Costanza se tapó la cara con las manos para que el señor Lerma no la viera llorar. El abogado se mordió los labios para contener sus ganas, se levantó de la silla y la abrazó.

—¿Has elegido la residencia? —preguntó.

—Sí… —gimió Costanza—. Es esta. —Le entregó una carpeta con toda la documentación que el señor Lerma necesitaría para hacer el ingreso—. Está en el número 20 de la calle Gravina.

La decisión no había sido fácil. Las mejores residencias estaban a las afueras de Madrid, pero ella amaba la ciudad, y aunque no supiera ni dónde estaba no podía condenar a su madre a ese destierro. La residencia de Gravina no era lujosa, era sencilla. Las habitaciones no eran grandes, pero sí individuales. Los cuartos de baño eran amplios y la cocina, que también visitó, tenía un aspecto aseado. Además, disponía de un patio al aire libre que ella misma recorrió. Aquel día le resultó imposible imaginar a doña Rosalinda sentada en los bancos de piedra compartiendo con otras ancianas las horas púrpuras de la ciudad; imposible suponerla entre ellas consumiendo los días y arrugando el entrecejo. Bata atada a la cintura, zapatillas de chinela, pelo desordenado. No, cuando se decidió por la residencia de Gravina no quiso verla allí, pero se llevó los papeles que el señor Lerma estaba a punto de rellenar con caligrafía de letrado.

—¿Quién va a ser mi madre? —preguntó por fin.

—Milagros Lerma. Será mi hermana. Sin hijos. Sin nadie vivo más que yo.

Sin poder quitarse de la cabeza lo que había sucedido en la residencia de Gravina, Costanza se dirigió al despacho de Roth & Co. Al abrir el portal, se retiró las lágrimas de la cara.

—Nadie podrá reparar este martirio.

En ese momento, Costanza recordó las palabras del padre Mauro en la Gran Vía:

«No pude hacerte llegar mis condolencias cuando murió tu madre —le dijo llevándose la mano al pecho—, pero lo sentí mucho. Fue una mujer maravillosa. Rosalinda.»

Por primera vez en mucho tiempo, Costanza escuchó el nombre de su madre y un escalofrío recorrió su cuerpo. Esa mujer no volvió a ser Rosalinda. Doña Rosalinda dejó de existir en la esquela del periódico y en la residencia de Gravina.

Y ella, al revés que el padre Mauro, jamás regresaría.

CAPÍTULO 9

—Dígame, don Adamino, ¿se casó o no se casó aquí Simón Bolívar con María Teresa Rodríguez del Toro y Alaysa?

El padre Mauro se había despertado de buen ánimo y aceptó la invitación del sacristán, que quería enseñarle la iglesia y sus joyas artísticas aprovechando la ausencia del párroco y las horas tranquilas tras el primer oficio de las siete de la mañana. No tenía mucho tiempo, pero le pareció descortés negarse.

—Simón Bolívar —explicó don Adamino— se casó en la parroquia de San José, pero es que la parroquia de San José no estaba aquí físicamente, ¿lo entiende, padre Mauro?

—Entonces, ¿a cuento de qué esa placa rememora el matrimonio en esta iglesia?

Mauro se acercó a la enorme placa de mármol blanco y leyó:

—«El día 26 de mayo de 1802, en la parroquia de San José de esta villa y corte de Madrid, capital entonces de España y de sus indias, Simón de Bolívar contrajo matrimonio con la madrileña María Teresa del Toro y Alaysa. En este año sesquicentenario de la muerte del libertador, el Gobierno de Venezuela ofrece esta lápida a la iglesia parroquial de San José.» ¡Usted dirá!

Se acercó aún más y señaló con el dedo la última frase que remataba la inscripción.

—«Madrid, 17 de diciembre de 1980.» ¡Es de anteayer, don Adamino!

—Mandaba Tarancón en la Conferencia Episcopal. ¿Qué

quiere? Se plegó a los venezolanos, que estaban forrados de oro, diamantes y petróleo. Yo le oí decir: «¡Pues si se casó en San José, se casó en San José!». Pero no fue exactamente aquí, ni ante ese altar —dijo señalando con el dedo el altar mayor y la imagen de la Virgen del Carmen que lo presidía—. Esto que ve tal cual es la parroquia de San José desde 1838. Y no se hable más.

Al padre Mauro le valieron las explicaciones porque las fechas eran las que eran y no había vuelta de hoja.

—Don Adamino…

—Y dale…

—Pienso llamarle don Adamino hasta que me muera —dijo el padre Mauro—. Así que vaya haciéndose a la idea.

—Pues no le queda a usted... Antes tendré que morirme yo. Tengo noventa años y llevo aquí setenta y cuatro. De lunes a viernes y fiestas de guardar con un día a la semana de descanso, el miércoles, por aquello de diferenciarme de las muchachas de servicio, que salen los jueves.

—¡Setenta y cuatro años! ¡Toda una vida de entrega a esta parroquia! —exclamó el padre Mauro.

—¡Y lo que ha sido! Los ministros de Franco ocupaban las jamugas del presbiterio y los grandes de España se sentaban en los primeros bancos. Entraban aquí como Perico el de los Palotes. «¡A ver! ¿Dónde hay un cura que me quite los pecados?», decía uno que ahora no me acuerdo cómo se llamaba. Pero sí, sí…, aquí hemos llegado a abrir las puertas laterales porque no cabía ni un alfiler. Se han hecho hasta doscientas bodas al mes y hemos llegado a tener trece sacerdotes.

Pudientes de todas las casas habían llenado los cepillos y los buzones adosados a las columnas de mármol. Ahora estaban vacíos. Las donaciones en vida eran frecuentes, como si el cielo se pudiera comprar.

—¿Ve usted las cinco arañas que iluminan el altar mayor? Pues fueron regalo de familias con posibles. Cada una lleva inscrita el apellido del donante. Los Kindelán, los Benjumea, los

Lellún Figueroa... Piense que este barrio ha sido muy monárquico, hasta que dejó de serlo, claro. Desde las Salesas hasta aquí, todo eran palacios de pelotas del rey Fernando VI. El Borbón subía por Barquillo con su esposa Bárbara de Braganza a supervisar las obras del convento y salían a recibirlo. «Majestad por aquí, majestad por allá, aquí tiene su casa...» Eso le decían. ¡Pelotas!

—¡Usted es un libro abierto!

—¡Ay, si yo contara todo lo que he visto!

Tenía ganas de hablar y el ovillo de su memoria era ilimitado. Podría pasar horas y horas tirando de él. Don Adamino Pérez de Alcolea lo había visto todo y nada había quedado sumergido en el olvido. Nació en la iglesia, siendo su padre el sacristán, y de él heredó el cargo y el oficio de abrir, cerrar, custodiar y atender a los fieles.

—No vi a Alfonso XIII darle con el piolet de plata en la fachada de la Casa del Cura de casualidad. Eso fue en el año diez del siglo pasado. ¡Por los pelos!

Era exagerado hasta la saciedad, pero daba igual porque parecía que siempre había estado vivo para contarlo. Su padre sí que asistió, en esa esquina de Alcalá con la entonces llamada calle de las Torres, al acto inaugural de las obras de la Gran Vía, que se celebró en la Casa del Cura, el domicilio del párroco de San José, sus vicarios y su sacristán. Lo presidió el rey Alfonso XIII y su esposa Victoria Eugenia, tocada para la ocasión por plumas negras engarzadas en un sombrero azul y con una boa de armiño que le cubría hasta los pies y le protegía el cuello del frío de aquella mañana. El pueblo de Madrid se echó a la calle, en parte porque los republicanos decían con mala leche que los curas habían escondido en los muros de ese edificio monedas de oro que saldrían como chorros de agua según entrara la piqueta. Y quizá por eso, de todo el recién estrenado Gobierno de Canalejas, solo faltó el ministro de Hacienda. El resto ahí estaba, y solo cuando el rey dio el primer piquetazo y el polvo lo ensució todo, respiraron aliviados. Tocaba la Sinfónica Municipal y tañeron las campanas de San José con tal estrépito que hasta los pobres se olvidaron del oro que tenía que caer del cielo.

Las cosas se torcieron con la guerra del 36. San José echó el cierre y todos los que allí vivían salieron huyendo por miedo a ser perseguidos o ajusticiados. Lo fueron los párrocos don Bonifacio y don Antidio en Paracuellos después de pasar por la Modelo. Don Adamino y su familia se salvaron de purísimo milagro. Pero, antes de huir con lo puesto, don Adamino siempre recordaría la imagen de su padre comiéndose las formas del santísimo para que no fueran profanadas. Primero llegaron a Albacete, a casa de un primo lejano que los repudió por miedo a represalias, y después a Cuenca. Y cuando acabó la contienda, volvieron a San José. Entonces tampoco olvidaría cómo su padre retiró del atrio una talla del Niño Jesús vestido de miliciano con una pistola en una mano y un cartel en la otra en el que podía leerse: «Traicioneros, fascistas, me he hecho comunista». A partir de ahí empezó la nueva vida de Adamino y los suyos en aquella iglesia que fue almacén de patatas durante la guerra y que olió a podrido hasta bien entrado el año 40, cuando el párroco don Manuel Rubio Cercas empezó a devolverle la solemnidad perdida. Fue una época de compras y avituallamiento: los relojes, que aún funcionaban, se adquirieron de una vez en la relojería más famosa de Madrid, en la calle de la Sal, y las alfombras llegaron de la Real Fábrica de Stuyck.

—Gracias a mi padre, la imaginería se salvó. Él se ocupó de guardarla. Las diecisiete vírgenes se salvaron. San Espidito, san Francisco de Asís, san Antonio de Padua y el Cristo del Desamparo tallado en madera de cedro también. Tres años duró la reforma. Hasta 1943.

Don Adamino suspiró agotado por sus recuerdos. Habían recorrido la nave central y las capillas de santa Teresa hasta llegar al pasillo de la Virgen del Rosario, obra de Bellver, que comunicaba con la sacristía.

—Yo le he contado todo y nada me ha contado de usted, padre Mauro. ¿Qué cree, que no me he dado cuenta de que se ha salido por la tangente?

El padre Mauro no tenía ninguna intención de hacerle partícipe de sus planes en Madrid, pero no tuvo más remedio que ofrecerle algo a cambio de su hospitalidad.

—El arzobispo me quiere en Madrid —dijo sin ofrecer más detalles y casi susurrando para que nadie pudiera oírlo—. Me trajeron de vuelta de Roma, pero aún no he hablado con él. Me hará algún encargo —añadió restándole importancia.

—Un encargo ¿de qué?

—Don Adamino, ¡si yo lo supiera! Lo importante es que me han asignado esta parroquia. Estoy contento de compartirla con ustedes.

—Padre Mauro, ¡no vaya a creer que soy un chismoso! —exclamó negando con las dos manos a la altura del pecho.

—¡Quiere saber mucho! —rio el padre Mauro.

—Le diré algo. Sea lo que sea, le llaman en tiempos difíciles. En los peores, diría yo. Madrid está imposible. Cuídese de las calles. ¡Cuídese de ellas! Espero que sea fiel a sus principios. La sociedad no se da cuenta del deterioro de nuestra moral. Los jóvenes ya no van a misa, hijo. El pecado ya no les asusta.

—Eso es verdad —concluyó el padre Mauro.

Se despidieron con educación y, cuando estaba a punto de salir por la puerta de Marqués de Valdeiglesias, don Adamino corrió hacia él a un trotecillo renqueante.

—Padre Mauro, espere.

—¿En qué más puedo ayudarle?

—Verá, acabo de acordarme de algo. El nieto de unos amigos míos de la Gran Peña, fíjese si hace años que los conozco, es sacerdote en San Ginés y formador de novicios. El otro día vino para despachar con el párroco, pero no pudo atenderlo. Lo vi muy angustiado. Yo creo que lo que necesita es una confesión larga y pienso que, por su juventud, surtiría más efecto si fuera con usted.

—Si le dijo que quería hablar con el párroco, debería hacerlo con él.

—No quiero meterme donde no me llaman, pero es un sacerdote joven que quizá ande atravesando una crisis y me da a mí aquí —dijo tocándose la nariz— que se entenderá mejor con usted. Hágame el favor, que es el nieto de unos amigos de toda la vida. Buena gente de Madrid.

—Dígale que pase por el arzobispado esta tarde.

—Gracias, padre Mauro. Ya mismo lo llamo y se lo digo.

El padre Mauro se marchó a toda prisa al comprobar en su reloj de pulsera que se le había hecho tarde. Aligeró la marcha por Alcalá hasta Sol y, de ahí, cogió Arenal hacia la catedral de la Almudena.

El arzobispado había dispuesto para él un despacho sin explicarle qué esperaban de él. Solo le había recibido el secretario del arzobispo, quien le dio tres indicaciones. La primera, que San José sería su parroquia. La segunda, que debía celebrar el oficio de las ocho de la tarde. Y la tercera, que tuviera paciencia hasta que el arzobispo lo recibiera.

En las altas esferas de la Iglesia se había deslizado su nombre como futuro encargado de la comunicación del arzobispado de Madrid. Todo eran especulaciones, aunque formación no le faltaba. De hecho, le sugirieron que se licenciara en la Santa Croce de Roma y justo acababa de terminar los estudios. Su último trabajo de carrera no había pasado inadvertido: un estudio profundo sobre la necesidad estratégica de adaptar el discurso de la Iglesia a los nuevos tiempos. Si es que había que hacerlo porque él, como san Ignacio de Loyola, creía que en tiempos de tribulación no había que hacer mudanza.

Tenía claro, eso sí, que los tiempos corrían veloces al margen de los púlpitos y de la publicación de las homilías en el boletín diocesano. La evangelización no solo debía transmitirse a través de los medios de comunicación tradicionales, sino que también debía ocupar los nuevos canales. El padre Mauro se preguntaba con frecuencia de qué valía que los escucharan doscientos ancianos un domingo. La gente vivía en los teléfonos y en YouTube. En Twitter y en Instagram. Allí los jóvenes habían encontrado un nuevo hogar.

Ya nadie escribía en papel ni había bolígrafos en las mochilas de los colegios y las universidades. La crisis de vocaciones era una realidad objetiva y no había seminario ni instructor que domesticara el amor anónimo que se alojaba en Tinder. Y en Meetic. Y en tantas otras.

La Iglesia y sus escándalos sexuales. La Iglesia y los niños. La Iglesia.

Los sacerdotes como el padre Mauro que abominaban de los indignos, merecedores de la más absoluta execración, querían mano dura.

Y quería escuchar de cerca el malestar que se había apoderado de la ciudad y de sus gentes.

El ruido en la calle.

El inconformismo que se respiraba en las paradas de los autobuses.

En las aceras.

En las colas de los comedores sociales.

Una clase de miedo al derrumbe de los últimos cuarenta años ocupaba los discursos de gentes como su padre, militar de carrera, general de brigada en la reserva, o de cualquiera de sus amigos.

O del señor Mendiola. Por citar otro ejemplo.

Se sentó a la mesa del despacho y el recuerdo de los Mendiola volvió a sacudirlo. Si no hubiera sido por el encuentro con Costanza, no se habría acordado de don Santiago, pero en ese momento fue consciente de que todo lo que creía superado volvía a convertirse en obstáculo, frontera, barrera.

Un problema.

Un inesperado retorno a un tiempo atravesado de dolor del que había huido para no volver. O quizá fuera más exacto decir que rezaba para que no le atormentaran las ganas de volver. Ella ya no era un recuerdo. Era una mujer de carne y hueso que habitaba en su misma ciudad; una silueta que podría aparecer en cualquier momento, en cualquier lugar; un cuerpo terso que imaginaba idéntico al que recorrió con sus manos; el mismo que desnudó preso de las ansias propias del hombre.

Se pasó los dedos por los labios secos y agrietados. Apretó las muelas y sintió grima al oír el chasquido.

Si no se hubiera cruzado con Costanza. Si se hubiera detenido en el escaparate de la Casa del Libro a ver las novedades. Si hubiera caminado por la acera contraria. Si no la hubiera visto...

—Habríamos seguido transitando por la fina cuerda que nos sostiene de pie. Como equilibristas.

Las sentencias del destino son inapelables.

«Inapelables», repitió para sus adentros.

Aunque se había entrenado a conciencia para que Costanza solo fuera una línea escasa en un relato a dos, esa mujer lo estaba devorando convirtiéndose en un martirio que le provocaba temblores y ganas de llorar.

Después de tantos años sin que nadie le diera cuerda, su vida se había oxidado, pero hasta ahora no le había importado: había convertido su carne en hierro.

«Y así debe seguir siendo», pensó.

Un único mandamiento: no recordar, aprender a olvidar, profesar la fe. Se esforzó en recuperar las enseñanzas del árido y frío seminario hasta que fue ordenado diácono doce años después de iniciar su formación.

A aquella ceremonia le reservaba todo el espacio de su memoria. Fue más importante que la sacerdotal, que tuvo lugar un año después en Roma. A diácono no llegaban todos. Muchos renunciaban al descubrir su indisciplina personal o su ineptitud moral, en palabras de los formadores, que los declaraban sujetos incapacitados para interiorizar la vida espiritual.

Mauro llegó y, arrodillado ante Dios, selló sus miedos y creyó sellar sus dudas. Alojó dentro de él la hermosa sensación del deber cumplido, el firme propósito de entregarse al servicio de la Iglesia, mantenerse fiel a ella todos los días de su vida y asumir sus promesas. La primera, el celibato, vigente en la Iglesia desde el siglo IV. Una gracia, un don. Una entrega a Dios voluntaria. ¿Una renuncia? Sí, también una renuncia.

—Querido hijo, ¿quieres, ante Dios y ante la Iglesia, en señal de tu entrega a Cristo, guardar perpetuamente el celibato por el reino de los cielos y para el servicio de Dios y de los hombres?

Mauro contestó firme y comprometido:

—Sí, quiero.

—Que el Señor te conceda perseverar en tu santo propósito.

Uno a uno, Mauro fue aceptando el resto de los compromisos. Su deseo de desempeñar con humildad su ministerio:

—Sí, quiero.

Vivir la fe con alma limpia y obrar según el evangelio:

—Sí, quiero.

Mantener y fomentar el espíritu de oración y cumplir fielmente con la celebración de la liturgia en nombre de la Iglesia y de toda la humanidad:

—Sí, quiero con la ayuda de Dios imitar en mi vida el ejemplo de Cristo.

—¿Prometes, Mauro, obediencia y respeto a mí y a mis sucesores? —preguntó el arzobispo antes del momento de la postración ante Dios.

—Prometo.

—Que Dios, que comenzó en ti esta obra nueva, la lleve a término. —El arzobispo se despojó de la mitra y juntó las manos a la altura de la boca—: Oremos.

Los cantores comenzaron las letanías: «Señor, ten piedad».

Y el eco:

—Señor, ten piedad.

—Cristo, ten piedad.

—Cristo, ten piedad.

Desde Santa María, Madre de Dios, hasta el último ruego:

—Para que bendigas, santifiques y consagres a este elegido.

—Te rogamos, óyenos.

El padre Mauro no pudo evitar que las lágrimas humedecieran su mirada cuando los padrinos de ordenación le colocaron la estola, una banda larga y estrecha que colgaba desde su cuello, y la dalmática, una vestidura que representaba el reinado de Cristo. Una vez vestido, Mauro se acercó al arzobispo y, de rodillas, recibió el libro de los Evangelios.

—La paz sea contigo.

—Y con tu espíritu.

—He cumplido mi penitencia —susurró aliviado—. Puedo empezar a vivir en paz.

Ese día la memoria dejó de sangrar. Y con ella, el recuerdo de Cecilia. Y el de Costanza Mendiola, que tornó en palidez y olvido.

Hasta ahora.

El día se fue consumiendo y se le echó encima la hora de recibir al padre Juan. No se percató hasta que anunciaron que ya estaba allí. Lo invitó a pasar.

—Tome asiento, hermano —repuso—. Usted dirá.

—¿Aquí? —preguntó el joven sacerdote.

—Sí, por favor —contestó con amabilidad.

—Necesitaría la humillación de arrodillarme en el confesionario, padre Mauro.

—¡No entienda la confesión como una humillación! —exclamó—. Sé que usted es el nieto de unos amigos del sacristán de mi parroquia, San José, y que se dedica a la formación de novicios. Estoy dispuesto a escucharle y haré lo imposible por entenderle. Es mi obligación salvar lo que esté perdido. Entiendo, corríjame si me equivoco, que necesita hablar de una crisis sobrevenida en su fe.

—Sí, padre. A veces dudo de mi fe.

El padre Mauro se reclinó en el butacón. Mantuvo la compostura y notó cómo el regusto amargo de Costanza se iba instalando en su paladar.

—De un tiempo a esta parte, no sé si me equivoqué al creer que podía entregar mi vida a Dios —añadió el padre Juan.

—En consecuencia, debo entender que también duda de sus cualidades para ser formador de novicios.

—Sí, también dudo.

—A veces nos adelantamos al emitir nuestra opinión y acaso sea eso lo que le ha ocurrido a usted. Se ha apresurado —contestó el padre Mauro.

Sentía compasión por ese hombre. Quizá la misma que empezaba a sentir por sí mismo. Respiró profundo hasta que el aire hinchó su pecho y la botonadura de la camisa negra cedió en los ojales.

—Usted ha sido llamado para estimular a los jóvenes hacia el ideal del sacerdocio. Si duda, dudarán de su propia fe. Estoy convencido de que fue elegido por sus cualidades, por su armonía, por su efectiva capacidad para conducir vocaciones de acuerdo con los criterios y normas que ya señalaba el Sagrado Concilio Ecuménico Vaticano II.

El joven se removió en la silla. Los cortinones de terciopelo granate atados con un cordón trenzado de color ocre no dejaban entrar la luz en la estancia. En la mesa distinguió una biblia con tapas de piel sobre la que el padre Mauro colocaba su mano cada vez que hacía referencia a las Sagradas Escrituras.

—Todo está aquí, hermano. Acaso lo mejor del ser humano. El Señor no nos quiso sumisos. Nos quiso libres, y fue un acto de libertad que usted eligiera este camino y no otro. Fue sincero y espontáneo. Asumió de forma consciente sus responsabilidades y se formó en el dominio del instinto más primario. Repito: en el dominio del instinto.

El padre Mauro percibió la sensación de calor que le recorría las piernas al referirse al instinto que él había sido capaz de controlar. O eso creía.

—¿Recuerda las palabras del papa Benedicto poco después de iniciar su pontificado?

—No. Discúlpeme. No sé a qué palabras se refiere —musitó el padre Juan.

—No se preocupe, se las recitaré yo mismo: «¿Acaso no tenemos todos miedo de que Él pueda quitarnos algo de nuestra vida? ¿Acaso no tenemos miedo de renunciar a algo grande, único, que hace la vida más bella? ¿No corremos el riesgo de encontrarnos luego en la angustia y vernos privados de la libertad?». Eso dijo el santo pontífice y eso es lo que usted tiene: miedo de dejar entrar a Cristo.

—No, padre Mauro. Me está malinterpretando. Solo digo que yo…

No le dejó terminar:

—Usted solo necesita la palabra de Dios. ¡Reconcíliese con sus miedos! Coloque las piezas y experimente lo que dice Jesús en el Evangelio. ¡Hay más alegría en dar que en recibir! El hombre más feliz es el que más da.

—No sé si eso aliviará el nudo que siento aquí… —admitió el padre Juan colocando su mano derecha en la nuez pronunciada que alteraba la línea recta del cuello.

De repente, Mauro sintió rabia. De alguna manera se sentía identificado con ese joven, pero no podía hacer nada por ayudarlo.

«Se tiene que salvar él solo», pensó.

Se esforzó en no verbalizar todo aquello que rondaba su mente. La debilidad de espíritu era algo que no podía soportar toda vez que él había luchado contra la suya y creía haber ganado la batalla a las tentaciones de la carne, convirtiéndolas en fatuos artificios que podía controlar. Entrelazó los dedos y los llevó a la altura de la boca.

—La vida sacerdotal —continuó—, a la que se consagró de forma libre y voluntaria, impone una disciplina personal y comunitaria. Son palabras de su santidad Pablo VI que debería conocer. La falta de tal disciplina resulta lamentable. La-men-ta-ble.

El padre Mauro separó cada sílaba del adjetivo. Lo había escuchado cientos de veces para calificar el comportamiento de todos aquellos débiles que se habían quedado en la cuneta. Pobres novicios que no llegaron a más. Curas que tuvieron que renunciar a sus votos. Sacerdotes que incumplieron el mandato de Dios y que incluso delinquieron avergonzando a la Santa Madre Iglesia. «Malditos todos», pensó.

—Esa actitud lamentable —repitió— expone a la Iglesia a unos riesgos que no deben ser soportados. El ardor es una cualidad admirable en la juventud. Supongo que sus formadores no le escondieron las dificultades que afrontaba con su elección —le preguntó.

—No, no lo hicieron —contestó el padre Juan sin retirar la mirada de una grieta del suelo en la que se había concentrado mientras las palabras discurrían por el camino de la dolorosa letanía.

—¿Entonces? —preguntó el padre Mauro masticando la pregunta contra los dientes.

—Yo miro con gratitud a Dios, que me ha dado la gracia de perseverar hasta hoy. Pero de repente he sido consciente de que la vida es una y el tiempo es limitado. He aprendido quién soy, cuáles son mis cualidades y mis deseos, y he concluido que no quiero encerrarme en un seminario. Quiero estar en las calles...

—¿Tiene usted ansias de rebelión? ¿Es eso acaso? No me diga que también se ha contagiado del ambiente de esta ciudad que masca el pecado, que lo persigue hasta derribar la barrera del orden.

Le asustó el tono empleado, pero no se disculpó.

—Padre, yo…

—¡No he terminado! —exclamó interrumpiéndolo—. Si Dios se ha convertido en algo insuficiente para usted, ¡aléjese de la Iglesia! No es merecedor de estar en ella.

—Padre…

—Tenemos que ir acabando. Tome la mejor decisión para usted y para la Santa Madre Iglesia. Pero le diré algo: sus dudas son superficiales, producto de un vacío que deberá llenar con la paz interior que, a su edad, ya tendría que haber alcanzado.

El padre Mauro se levantó de la butaca y sintió que le temblaban las piernas. Las dudas de ese joven del que lo desconocía todo hicieron que él mismo se tambaleara. Era consciente de que no lo había ayudado. Quizá incluso lo había removido más.

—Sírvase de la gracia divina para equilibrar sus virtudes. Sé que las tiene, pero cuídese del mundo de ahí fuera.

Fueron sus últimas palabras antes de que el joven abandonara el despacho. La estancia se quedó vacía y el padre Mauro empezó a llorar como no recordaba haberlo hecho desde los años del seminario. Pero ni siquiera entonces el llanto se parecía a ese: abundante y descontrolado. Descorrió las cortinas, abrió las ventanas, respiró el aire de la calle. Y, al borde del ahogo, recitó:

—Jesús anduvo sobre el agua y bajo la tormenta. Y cuando Pedro le pidió una señal, Jesús se la dio y, tendiéndole la mano, le dijo: «Hombre de poca fe, ¿por qué dudaste?».

Salió del edificio del arzobispado de manera apresurada, dobló la esquina y entró en la catedral de la Almudena. Era zona recorrida por sacerdotes. Jóvenes y ancianos. Vestidos de largo o de pantalón negro. Algunos identificables por su vestimenta. Otros pasaban inadvertidos. Se acercó al altar y en la primera fila se reclinó. Apoyó los codos y las rodillas en la madera. Hundió su rostro en las manos hasta que las empapó de lágrimas. Rezó con fervor salpicando con su aliento cada estrofa. Clavó sus uñas en la sien para amortiguar la presión de su pecho. Acababa la oración y volvía a empezar.

Desde el principio.

Más deprisa.

Ahora lento.

Ahora, silencio.

Y otra vez.

Costanza. Costanza. Costanza.

Ante Dios.

CAPÍTULO 10

Costanza no pegó ojo en toda la noche dándole vueltas a la conversación con la señora Tomé y a la autorización para administrar paliativos a doña Rosalinda. Tampoco se había podido concentrar en el bufete. Su madre, Mauro, el juicio de la Gran Estafa. Todo se le había juntado y se le hacía grande. Inabarcable, como una ola gigante que la devoraría a su paso. Que la rompería. Una vez más.

Decidió meterse en la cama, pero las pesadillas la asaltaron a las doce, a la una, a las dos. También a las tres y a las cuatro de la madrugada; cansada de dar vueltas, decidió salir al balcón a respirar el aire. Antes había rebuscado un cigarrillo en los cajones de la mesilla. El humo del tabaco entró por su garganta incendiando las culpas que la inundaban como una ola gigante que lo arrasa todo.

Volvió a la cama y el edredón caliente le resultó reconfortante. A la noche aún le quedaban algunas horas para amanecer. Dejó que el padre Mauro ocupara el espacio de la ensoñación. Era la única manera de que el resto de las preocupaciones se evaporaran.

Lo recreó en los tiempos pasados.

Antes de que sucediera el sexo, a ellos les bastaba con estar uno al lado del otro. Era suficiente. Se acariciaban en la comisura de los labios y se intuían mirándose los ojos.

Costanza Mendiola nunca llegó a entender por qué él la dejó marchar después de la visita en Lezzeno. Mauro se equivocó, pero ya daba igual.

Después ocurrió lo de Cecilia y después llegaron los años del seminario, que para ella fueron oscuros y sedientos.

Y al final del viaje, el reencuentro de la Gran Vía.

Se detuvo en el beso que le dio en la frente y deseó que la escena se repitiera hasta agotarse. Se concentró en su mirada. Aquellos ojos verdes. Aquella maldita manera de mirar que la revolvía con solo imaginarla. Y, al final, la conversación.

«¿Qué palabras utilizó?», pensó.

Cerró los ojos y susurró:

—Nunca pensé que volvería a verte.

Se giró hacia la mesilla de noche, abrió la Moleskine por la última página y, con un bolígrafo a media tinta, la escribió para que nunca se le olvidara.

Todos necesitamos volver al instante en el que fuimos felices. Es un recurso de la naturaleza, el salvavidas de los mortales. La vida no es como la hemos vivido sino como la hemos archivado, y la memoria la agita a su conveniencia.

Releyó algunas otras frases que había escrito en esas mismas páginas a lo largo de los años. Debió poner la fecha para saber situarlas en el abanico del tiempo.

Líbranos, Señor,
de encontrarnos
años después
con nuestros grandes amores.

—Líbranos, Señor —musitó.

Los ojos abiertos y parpadeantes, la pupila dilatada.

No sabemos si las cosas no son mejor así,
escasas a propósito.

—Escasas a propósito.

Se paró a pensar en sus escaseces y de todo había, pero había poco. Poca vida con Mauro. Poca vida con JL. Una historia mínima con su hija Valeria.

De todos los nombres propios, solo había uno a su alcance. Si quisiera, podría teclear el número de teléfono del sacerdote. Sintió ganas de hacerlo.

«Hagamos que siga —le habría dicho—. No dejemos que el relato sea tan corto.»

Se contuvo. Mauro no habría entendido nada, pero en la soledad de aquella noche se sintió cerca de él solo porque ahora formaba parte de su agenda. Ese detalle despertaba en Costanza una sensación de seguridad que rayaba la insoportable bisoñez que creía superada.

Saber que aquel hombre estaba al alcance de sus dedos, a una distancia de solo nueve números, fue el único consuelo que encontró antes de conciliar un sueño corto que quedó roto cuando el reloj marcó las ocho en punto.

Saltó de la cama, se mojó la cara con el agua del grifo del baño y, sin dudarlo un minuto, Costanza agarró el móvil y pulsó sobre el contacto del señor Lerma. El abogado tardó en contestar. Era demasiado pronto y notó la preocupación en su voz.

—¿Ha pasado algo, Costanza? —preguntó el señor Lerma acostumbrado a enredar en la cama hasta más tarde.

—Llame a Gravina —dijo Costanza en un tono que revelaba el abotargamiento propio de la noche en vela—. Llame y pregunte por la señora… Espere, señor Lerma, que he olvidado el nombre. Espere, espere, que apunté su nombre en un papel.

—¿Va todo bien? —preguntó el abogado con preocupación.

El teléfono se había quedado sobre el colchón.

—¿Va todo bien? —le oyó repetir.

Costanza se apresuró a abrir el bolso para sacar el papel en el que había anotado el nombre de la mujer.

—¡María Tomé! —exclamó—. Señor Lerma, llame a Gravina y pregunte por María Tomé. Así se llama la nueva responsable de la planta de mi madre. Quiere hablar con usted. Me lo dijo ayer.

—Costanza, no entiendo qué me estás diciendo —contestó el abogado.

—Señor Lerma, estoy muy cansada… No he podido dormir en toda la noche. No me haga repetírselo. —Su voz era apenas un hilo inaudible.

—¿Le ha pasado algo a tu madre? —preguntó el abogado impaciente.

—María Tomé, esa señora que me abordó ayer cuando salía de la residencia, me dijo que necesitaba una autorización para iniciar un tratamiento de paliativos.

—¿Paliativos?

—Eso me dijo, señor Lerma. Eso me dijo...

—Llamaré enseguida. No me extraña que estés agotada. Ya me ha dicho tu padre que llevas el caso de Gerardo Barrios… El juicio está al caer, ¿no?

—Sí, es el 15 de octubre y Gerardo es un capullo, señor Lerma —dijo Costanza sin pensar.

El abogado la reprendió:

—Ha sido un gran amigo mío, Costanza. No digas eso. Piensa que tienes entre manos el caso de tu vida.

—Mi vida, señor Lerma… ¿De qué vida me habla? —Costanza calló y decidió que la conversación ya no tenía ningún sentido—. Haga las gestiones y llámeme, por favor.

—Así haré.

Costanza colgó y volvió a tumbarse sobre el colchón de aquella cama vacía y vaciada. Cerró los ojos.

En cuanto el señor Mendiola cogió el avión rumbo a Venezuela todo aquello que doña Rosalinda dejó escrito se cumplió a rajatabla. El 9 de abril de 2018 el doctor Manises certificó su muerte por causas naturales en un parte de defunción que el abogado extendió sobre la mesa del salón de los señores de Mendiola. Costanza no preguntó nada. No quiso saber.

La casa había sido previamente desalojada. Nadie del servicio había vuelto el domingo por la noche. La que más se resistió fue la testaruda Benita, la costurera de doña Rosalinda.

«No podrás hacerte cargo de tu madre. ¡Te quedas sola!»

«Es lo que necesito: estar sola con mi madre. Sola, Benita. Yo entiendo que usted quiera ayudarme, pero debo aprovechar que mi padre se marcha para tener un espacio de soledad con ella. Nunca lo he tenido...»

«No te molestaré —insistió la mujer—. No saldré de mi habitación.»

«Benita, no me lo ponga más difícil. Se lo pido por favor.»

Cuando la casa ya solo era un tejado en penumbra, sin nadie más que ella, el abogado y doña Rosalinda, le rogó al señor Lerma que actuara con determinación, que no dudara.

—Estamos haciendo lo correcto —le dijo—. Las últimas voluntades están para ser cumplidas. Solo le pido que llame usted a mi padre. Yo no puedo.

El señor Lerma contactó con el hotel en el que se hospedaría el señor Mendiola en cuanto aterrizara en la ciudad de Caracas y pidió que, de manera urgente, le devolviera la llamada. Aún tuvieron que pasar un par de horas hasta que, mediodía en Madrid, el abogado y Costanza recibieron la llamada que estaban esperando.

—Santiago, ¿me escuchas? —preguntó el señor Lerma intentando mantener la calma.

La respuesta llegó con un segundo de retardo en la conferencia.

—Te oigo, Lerma. ¿Qué ha pasado?

El abogado no se anduvo con paños calientes:

—Rosalinda ha muerto de un infarto cuando estaba en la cama. No ha sufrido.

No dejó que hubiera más palabras. Solo las justas y necesarias para comunicar la noticia.

La reacción del señor Mendiola provocó el silencio del abogado. Se quedó mudo con el auricular en la oreja y Costanza no pudo contener el llanto, que ahogó en el pañuelito de seda que había sacado del bolso de su madre junto a la vieja cartera en la que metió el nuevo documento con la nueva (y falsa) identidad.

—Quiero saber —continuó el abogado cuando notó que el señor Mendiola se había repuesto del disgusto— cuándo puedes estar de vuelta. Aun así, yo me encargaré de todo. Rosalinda dejó un testamento vital en el que dispuso su última voluntad.

—Lo ignoraba, Lerma. ¿Por qué nunca me lo dijiste? —preguntó con un hilo de voz.

—Te ruego que no me hagas esa pregunta.

—Me gustaría darle un beso... Verla por última vez.

—Santiago...

Al señor Lerma, testigo fehaciente del amor que hubo en el matrimonio de los señores de Mendiola, de las atenciones que ambos se procuraron, de las caricias que nunca se negaron pese a que la rutina se empeñara en ocupar sus flancos, le costó decirle que doña Rosalinda no quiso un último beso. Prefirió suavizarlo en la voluntad generosa de su esposa:

—Ella dispuso que no quería que la vieras muerta, Santiago. Así fue.

Y don Santiago Mendiola, que siempre cumplió con todo lo que ansió doña Rosalinda, que le consintió caprichos y antojos, deseos vanos y fantasías extravagantes, que la amó con todo lo que tenía, volvió a sumergirse en el silencio de su tristeza y embarcó en el primer avión que partió de Caracas con destino a Madrid.

Todo ocurrió rápido.

Demasiado rápido.

Y la forma en la que se hizo demostró a Costanza, una vez más, el poder del Poder y de los Poderosos.

La esquela se publicó en el periódico; el servicio de la funeraria, previo pago de una cantidad que constituiría un delito, recogió una caja ya cerrada; le entregaron las copias de las llaves a la hija y se dio cuenta al Cementerio Sur para proceder al falso entierro en el panteón de la familia.

Todo ocurrió rápido.

Demasiado rápido.

Doña Rosalinda fue trasladada al número 20 de la calle Gravina y el señor Lerma la inscribió con sus apellidos. La madre de Costanza nunca preguntó «¿dónde estoy?». Tampoco replicó cuando las enfermeras la llamaron Milagros.

Sí, todo ocurrió rápido.

... Pero, al menos, don Santiago tuvo tiempo de besar la madera de pino sin tratar. Llegó justo en el momento en el que el personal del cementerio abría la lápida para introducir la caja (vacía) de doña Rosalinda. Llegó agitado, pero llegó, y Costanza siempre lo recordaría corriendo por el camino de grava que conducía a la sepultura. Le faltaba el aire cuando se desplomó sobre el féretro y clavó su frente en la cruz de hierro.

—Al menos, descansa con su nieta Valeria —dijo su padre entre lágrimas.

Costanza se removió y sintió el leve agotamiento del corredor que termina la carrera y se arrodilla para tocar la tierra firme de la meta. Agarrada del brazo de JL, agradeció los pésames. JL ni abrió la boca. Lo que sintió aquel día fue un misterio para Costanza. En él era habitual el silencio.

Después de todo aquello, Costanza creyó que podría reinventarse, que podría hacer del papelujo de defunción de doña Rosalinda su nueva verdad sin que le atenazara la tortura. Pensó que podría rezar en balde. O no rezar, porque después de lo de su hija Valeria, Costanza se había enfadado con Dios y aún no habían vuelto a entenderse.

Pero nada fue así. Desde entonces y hasta ahora, seguía en ruinas. Se parecía demasiado (ella) al país camuflado en las manifestaciones y el cabreo. De ahí brotaba todo. No le faltaría nunca un duro para vivir, pero le sobraban motivos para encararse a su tiempo y salir a la calle a berrear contra los desahuciados de sus ilusiones, contra la charlatanería del Estado, contra la impostura de la sociedad, la suya, la de Costanza, que amanecía cada mañana sabiendo que su madre muerta aún vivía y que su hija, que debería estar viva, estaba muerta.

Y pensó que solo el padre Mauro, que lo sabía (casi) todo de ella, podría repararla y pegar los cientos de trozos que habían quedado desperdigados por el suelo.

CAPÍTULO 11

La noche que Costanza pasó en vela fabulando con las frases escritas a mano y pensando en la cercanía imaginaria y en la distancia impuesta, recreando la sonrisa de sus dieciocho —aquella juventud en sombra—, tan parecida a la sonrisa madura, rebobinando en su imaginación como si volver atrás sirviera de algo, el padre Mauro buscó el silencio. Desactivó el teléfono móvil, apagó el transistor, bajó la persiana de madera. A tientas se metió en la cama y, después de dar vueltas sobre el jergón, dejó que le venciera el sueño. El canto de la Sibila del Divino le fue guiando por el camino y el padre Mauro soñó en color.

Se tumbó en la capilla Sixtina y desde ahí contempló extasiado los frescos de Miguel Ángel. Igual que las Sibilas de Volterrano en la basílica de la Santa Croce obraron el milagro de la fascinación en Henri Beyle, el padre Mauro inició su particular camino hacia el éxtasis y la emoción. Durante tantas horas como duró la primera parte del sueño, oyó un susurro que contenía sus designios coloreados por la paleta de Miguel Ángel. La Sixtina, tantas veces recorrida por sus ojos, estaba al alcance de sus dedos. El padre Mauro fue también el Che en 1969, cuando, de paso por Roma camino de Sudán, pidió visitarla y se le pasaron las horas contemplando los techos de la capilla.

La creación del mundo. Un Dios poderoso da vida.

El hermoso Adán conecta con el dedo magnífico de Dios.

Eva desnuda se pliega con una rodilla flexionada.

Los dos pecadores desobedecen y caen en la tentación del fruto prohibido.

El juicio final llega a su pesadilla.

Los personajes cobran vida. Le increpan. Señalan al padre Mauro con el dedo índice acusador. Se descubre entre los condenados al averno. Él es incapaz de expresar su queja, pero otros príncipes de la Iglesia católica se arremolinan ante Miguel Ángel y le insultan:

«¡Buonarroti, hereje!»

Miguel Ángel se cae del andamio. Y en el suelo, suda la hipocresía vaticana. Vuelve a subir y los ojos se le llenan de lágrimas que camufla en la irritación provocada por las salpicaduras de pintura y yeso.

«La paciencia de Cristo aún llueve sobre ellos», dejó escrito el maestro.

Ahora es Mauro el que suda envuelto en las sábanas y en la manta apolillada que ha rescatado del armario con puertas de espejo frente a su cama. Helado de frío, entumecidos los gemelos, estira las piernas antes de volver a tumbarse. Entonces, una voz que no puede identificar le recita la encíclica dada en Roma, en San Pedro, el 24 del mes de junio del año 1967, quinto del pontificado de Pablo VI: *Sacerdotalis caelibatus.*

El celibato eleva al hombre que domina sus apetitos sin despreciar el instinto de su cuerpo. Es su lúcida comprensión lo que lo libera y lo acerca a la perfección. El deseo es superado. La soledad, que pesa y que duele, será compensada.

«También Cristo —dice la voz—, en las horas más trágicas de su vida, fue abandonado por los mismos que él había escogido como testigos y a los que había amado hasta el fin. Pero supo que el Padre estaba con él. Y le dio fuerza para vencer el desaliento.»

Mauro da vueltas en la cama y gira su cuerpo hacia la pared desconchada.

«La clave es la formación del seminario. ¡Es la formación! El

Sagrado Concilio Ecuménico Vaticano II ha indicado criterios y normas sapientísimas. Tu auxilio estuvo dentro de ti, en la ascesis severa y sofocante que liberó tu espíritu. ¡Recuerda el campo de remolacha!»

Mauro volvió al calor, a las vejigas en las manos, a las llagas que supuraban al tirar de la raíz, a la sangre derramada sobre la tierra agrietada.

Durante aquel tiempo, acaso el más duro de su vida, las pesadillas también tenían forma de remolacha que se multiplicaban en el espacio de su celda de descanso y se desparramaban a los pies de la cama sobre el suelo de fría losa. Despertaba sudado de dudas. Y lloraba. Lo hacía en silencio, ahogando el suspiro en la almohada para no despertar al compañero.

Recordaba a la perfección a aquel centinela de su castidad, un soldado que vigilaba que no traicionara el voto. Se llamaba Amaro. Fue el custodio del experimento más íntimo al que fue sometido. Nunca le quitaba el ojo de encima hasta que Mauro dio prueba de la madurez de su compromiso.

«¡No puedes fallar!», rugió la voz del sueño.

De repente, una mujer de cuerdas finas y delicadas empezó a hablarle:

«Mírame, no soy rival de Dios.»

En el sueño de esa noche en Madrid, tiene la cara de la Sibila de Delfos. Una mujer de porcelana, ojos del color de la miel, pómulos delineados bajo la cuenca púrpura de su mirada. Brazos musculados al detalle.

«Escúchame: te acostarás con Costanza, la penetrarás hasta que su cuerpo se hunda en tu placer y descubrirás que la tentación no estaba a resguardo. Nunca lo está.»

La mujer le toca la mejilla y rueda su mano por el cuello hasta llegar al pecho. Sus dedos rozan el pezón alerta y severo del padre Mauro.

«La castidad no se adquiere de una vez y para siempre. Es una conquista diaria.»

Los botones de la camisa se sueltan de los ojales, los pantalones caen al suelo.

«Encara el pecado. ¡Afróntalo! Mira al demonio de cerca y a los ojos. ¡Y mírala también a ella!»

Los ojos de Costanza Mendiola aparecen frente a su sien.

«Tienes que ser fuerte, mi amor.»

«¿Quién me habla? ¿Eres tú, Costanza?»

«No estás solo. Yo te acompaño. Nunca más me marcharé de tu lado.»

«¡Qué hermosa eres!»

«¿Ves como puedes? ¡Encara el pecado! No tenemos certezas absolutas. Los dos lo sabemos.»

«¡No tenemos certezas absolutas! —repite Mauro—. Caminamos en la oscuridad y entre tinieblas, pero yo no puedo dudar en la sombra de lo que vi en la luz.»

«Yo soy tu luz. ¿No me ves?»

La pregunta lo despierta aturdido y entre lágrimas.

—Soy un hombre expuesto.

Costanza ya no está. La mujer del sueño se arrodilla, la boca muda el gesto al hallar su verga. La acaricia con la lengua y todo es Bernini.

CAPÍTULO 12

Los días pasaron como un remolino. Entre un café y otro, entre reunión y reunión, Costanza Mendiola se preguntaba por qué el señor Lerma tardaba tanto en informar sobre el estado de doña Rosalinda, pero al instante se sacudía el pensamiento. En realidad, preferiría que nunca llamara. Que se olvidara de la conversación que habían mantenido. Que no se hubiera producido el encuentro con María Tomé. Y que su madre no necesitara esos malditos paliativos que tanto la inquietaban.

Costanza solo tenía tiempo para Roth & Co. y para su jefe, el señor Suárez, que, cada dos por tres, la asaltaba con una duda o con una hipótesis que no habían tenido en cuenta. En el despacho no se hablaba de otra cosa. La Gran Estafa. Era un tema presente en cualquier conversación. Imposible abstraerse de él. Todos le preguntaban por la estrategia de defensa o por las mentiras que publicaban los periódicos.

Cuando conseguía parar unos minutos, se evadía pensando en el padre Mauro. Era lo único que la reconfortaba. Fabulaba con su imagen y se encomendaba al nudo de esa narrativa del retorno de los viejos amores. Le hubiera gustado no salir de su casa hasta el día del juicio. Como mucho, habría aceptado pasear Piamonte y sus calles aledañas, detenerse en un café a recapitular, deambular por el barrio sin hablar con nadie. Pasar inadvertida. Las gentes con las que se cruzaba no sabían quién era. Ricos y pobres, mendigos, repartidores de Glovo, furgonetas, puestos de la ONCE. Además, apenas había niños y eso la ayudaba a no recordar a su hija muerta. Solo había un parque frente al Tribunal Supremo por el que evitaba pasar para no cruzarse con las Valerias que poblaban el mundo y que jugaban a empujarse en un columpio cada vez más fuerte, cada vez más alto.

Reparó en que también tenía desatendidas a sus amistades. Desde que se había hecho cargo de la defensa de Gerardo Barrios ni siquiera consultaba las redes sociales.

«Quizá se hayan olvidado de mí.»

Pensó que, un día cualquiera, @rocio_dominguez le diría a @jaimeaparicio: «¿Qué sabes de Costanza?», y ella contestaría: «Esta tarde la llamo y te cuento». @rocio_dominguez se olvidaría de hacerlo y en la siguiente fiesta en la que coincidieran todos, @juanhermoso volvería a preguntar: «Oye, ¿llamaste a Costanza?». Y ella contestaría: «¡Oh, cielos! Se me pasó. Mañana lo hago. Mándame un mensaje para recordármelo. No, espera, me lo apunto en el calendario y me pongo una alarma para que me avise».

«Para entonces —pensó Costanza— puedo estar muerta.»

Mientras repasaba una parte del sumario, un temporal sobrevino de repente. La lluvia sacudió con violencia los cristales de su despacho. Abrió los ventanales para respirar la humedad de la tormenta y, en ese momento, sintió la urgencia de visitar a su hija en el cementerio. No lo pensó. Apagó el ordenador y, sin importarle las consecuencias, comunicó a la secretaria del departamento que se encontraba indispuesta. La mujer no preguntó más detalles.

—Si alguien quiere localizarme, podrá hacerlo en mi teléfono —dijo—. Atenderé todas las llamadas. Dígaselo al señor Suárez.

Tardó en llegar más de lo previsto por culpa de los atascos que colapsaban la salida de la ciudad en un día de lluvia. Tronaba cuando franqueó la verja del cementerio. Abrió el paraguas y anduvo los caminos a paso ligero hasta el panteón familiar, entre las tumbas tantas veces recorridas y observadas.

Giró la llave en la portezuela y observó el nombre de Valeria en la inscripción de letras en relieve: «Valeria Aguirre Mendiola. 2006-2012».

Encima de su nombre, Costanza leyó el de su madre.

La abuela Rosalinda. El solsticio hiemal. Nunca se acostumbraría a leer la fecha de su muerte. 2018.

Se sentó sobre la lápida.

«Señor, solo tú sabes por qué has llamado a esta niña al reino de los cielos.»

Estas palabras sin respuesta fueron pronunciadas por don Jesús, el sacerdote de la familia de los Mendiola, el que casó a Costanza con JL y el mismo que roció con agua bendita los ataúdes de su madre y de su hija.

Ella hubiera agradecido una explicación que aliviara el dolor de una hija muerta, pero todos los discursos se quedaron en el frágil reconocimiento de que somos de cristal. Que la vida ocurre. Sin más.

El teléfono sonó dentro de su bolso justo cuando estaba recolocando las flores artificiales en la maceta de mármol de la sepultura. La música del tono invadió el silencio de una manera obscena. Revolvió con su mano los bolsillos interiores hasta localizar el aparato y, sin mirar siquiera la pantalla, colgó y lo desconectó.

Los pensamientos sobre lo difícil que le resultaba encontrar consuelo en las palabras volvieron a ocuparla. Tampoco halló respuestas en la fe. Que un niño inocente muera siempre es una bellacada insoportable. ¡Oh, sí! Algo excepcional. Nunca ocurre.

Pero ocurrió.

Y recordó que una urraca negra de alas en dos tonos anunció la muerte de Valeria picando de madrugada en el cristal del dormitorio que compartía con JL. Costanza tardaría años en identificar al pajarraco con la llegada de una desgracia.

16 de julio de 2006. Aquel día nació Valeria. En sus brazos, ensangrentada, moradita y arrugada, la niña gritaba mucho, lloraba con ganas, tenía los ojos abiertos y la miraba de cerca como un animal asustado. «Cuídame», parecía decirle cuando la acercó a su pecho y, ansiosa y sedienta, empezó a mordisquearlo.

Costanza le prometió hacerlo toda la vida, pero en ese instante recorrió el camino del miedo a una velocidad de vértigo.

Miedo a no cumplirlo.

Miedo a dejar sola a esa niña en este mundo de fantasmas, sin tiempo para enseñarle las lecciones generales de la vida, sin que supiera que ella, su madre, siempre estaría al otro lado del puente para tenderle un mano y ayudarla a cruzar.

Y miedo a que la niña la dejara sola a ella.

Ese miedo llegó a su última estación el día que Valeria murió. La de su hija siempre sería una historia mínima.

Valeria se desplomó en la piscina de los señores de Mendiola. Sin que nadie la viera ni pudiera socorrerla, se hundió hasta el fondo, volvió a la superficie y, como un saco de arena, flotó en el agua hasta que el jardinero la descubrió muerta. Ahogada.

Muerta.

Cuando Costanza llegó, el hermoso jardín de sus padres era un imponente escenario de médicos, auxiliares, policía, guardia civil, ambulancias, vecinos. En una esquina, sentado en una silla, cubierto por una manta de lana pese al calor de julio, el señor Mendiola tiritaba como una vela al aire abrazado a doña Rosalinda, que solo podía decir:

—Es una maldición, Dios mío. ¡Una maldición de esta familia!

Benita y el resto del personal asistían mudos a la escena. Se sentían tan culpables como ese abuelo y esa abuela que no hicieron nada.

—Me dijo que iba a jugar con sus muñecas, Costanza. Me dijo que iba a pintar, que nos iba a hacer un dibujo a la abuela y a mí. Me dijo eso, que iba a salir al jardín: «Abuelo, ahora vengo, que voy al jardín».

Don Santiago hipaba y la fatiga no le dejaba salir de su círculo infernal.

—Me dijo: «Abuelo, voy…».

—Papá…

A Costanza no le salieron las palabras porque no encontró ninguna apropiada. La niña era un cuerpo empapado y desnudo. Solo una braguita de licra de estrellas azules sobre fondo blanco cubría lo más íntimo. Se acercó a ella. Necesitaba abrazarla y confirmar en su piel mojada que estaba muerta. Cuando JL apareció, demudado y lívido, solo pudo besar un cuerpo inerte y frío como el hielo.

El miedo del día del parto se evaporó para siempre al saber que nunca más lo sentiría por un hijo. Pensó: «Se acabó, esto era el miedo».

Y un segundo después maldijo el alivio que la encharcó por dentro.

Su vida nunca sería la de los anuncios de la tele. Ya no habría un porche desde el que ver amanecer, atardecer, anochecer. Ni niños que jugaran al parchís. Tampoco habría domingos de patines y bicis con ruedines. Ni tardes al calor de la lumbre y a la única luz de una película.

Aquello, todo aquello, también acabó con Valeria.

La abrieron en canal y extrajeron su corazón. Tenía una malformación en una válvula.

—Pero eso no le ha provocado el infarto —dijo el cardiólogo.

—¿Entonces? —preguntó Costanza.

—Lo que ha ocurrido es excepcional —contestó el médico como si en lo fortuito pudiera encontrar una explicación convincente.

—Excepcional —repitió ella.

—¿Se ponía morada al llorar? —preguntó.

—Sí… Se ponía morada al llorar, pero ¡nunca lloraba! No lloraba por nada. Era una niña que nunca lloraba.

—¿Y se fatigaba con frecuencia?

—Sí, pero era tranquila y lo achacábamos a que no tenía fondo físico.

—Son circunstancias inapreciables —añadió el psicólogo presente en aquella sala del Instituto Anatómico Forense que jamás olvidaría—. No es fácil que unos padres que llevan a sus hijos al pediatra, que son ordenados, que son buenos padres, en definitiva, puedan advertir este tipo de patologías. ¿Nunca la llevaron al cardiólogo?

—No. Nunca.

Costanza sintió entonces que no habían sido tan buenos padres y la culpa por no haber llevado a Valeria al cardiólogo se apoderó de ella para siempre.

Cuando salieron de la morgue, cuando el médico se despidió de Costanza con un abrazo y de JL con un apretón de manos, cuando ya el psicólogo se hubo marchado, no sin antes dejarle una tarjeta de visita con su nombre y la dirección de su consulta, Costanza se dio cuenta de que solo se tenía a ella.

«No te falles, te necesitas —se dijo—. No te falles», repitió cuando arrancó el coche y empezó a rodar por la calle hasta el primer semáforo en rojo, que aprovechó para buscar pañuelos de papel con los que secar el reguero de lágrimas.

Entonces descubrió que JL estaba allí. Y echó en falta a Mauro.

Pese a la lluvia y el viento, pese a los truenos y los rayos, a Costanza le costó marcharse del cementerio. Tenía tantas cosas que contarle a Valeria que el tiempo pasó volando. Sentada sobre la lápida se dio cuenta de que no había avisado a JL. Hacerlo cada vez que uno u otro iban a visitar a su hija era el único compromiso que cumplían a rajatabla desde su divorcio. Se lo prometieron el día del entierro antes de marcharse.

«Que nunca nos vea solos, ¿vale? —le pidió JL—. Hagámosle ese favor.»

Costanza asintió.

«Te lo prometo.»

Sin embargo, esa vez, Costanza no lo hizo y se reprochó mil veces el descuido. «¿Cómo he sido capaz?», se preguntó.

Encendió el teléfono para escribirle. Lo prefería antes que hacer una llamada para explicarle que había ido a ver a la niña porque sí, porque lo necesitaba, porque quizá, después de su divorcio, ya había llegado el momento de que cada uno tuviera con ella la relación que eligiera, que sí, que se lo prometió, pero que hoy, justo hoy...

«Perdóname. No ha sido algo intencionado.»

Cuando acabó de escribir, saltó el mensaje de voz de su cliente Gerardo Barrios:

«Costanza, ¿Costanza? ¿Estás ahí? —preguntaba ansioso—. Costanza, soy Gerardo. Necesito hablar contigo. ¡Es urgente! Tengo mi casa llena de cámaras que graban. ¡Mi casa está llena de periodistas! Me han perseguido por toda la calle delante de mis vecinos, delante de las tiendas en las que compra mi mujer, ¡delante de todo el mundo! Pero hay algo, Costanza, hay algo que no voy a consentir. Además de los periodistas, hay un grupo de exaltados que me ha gritado de todo.

Silencio.

—Costanza, me han llamado ladrón y mis hijos lo han oído desde sus habitaciones. ¡No lo voy a consentir! Los voy a demandar. ¡Los voy a crujir! Uno a uno. ¡A todos!

Costanza colgó el teléfono y se alegró mucho de no haber cogido la llamada.

Tampoco eso fue algo intencionado.

Lo arrojó dentro del bolso y deseó que volviera a sonar para leer en la pantalla el nombre de Mauro.

CAPÍTULO 13

Desde la noche de las sibilas, Mauro se sintió *fragile e pecattore.* Un guerrero débil que necesitaría recuperar al compañero centinela que custodiara el pundonor de sus instintos y el de sus sueños.

Un mierda.

Se sintió desconocido en su hábito y esa sensación alteró sus días, sus horas, sus minutos. También cada segundo resultó un completo desorden.

No conseguía concentrarse en el estudio. El pasado con Costanza había explotado de manera irremediable dentro de él.

El sabor de su boca.

Era dulce.

Serena.

Bellísima.

De piel suave y pechos que se excitaban cuando sus dedos los perfilaban.

Fue una postal escrita a mano que le provocó manantiales de placer. Nunca se lo dijo.

Si no se hubiera interpuesto la muerte de Cecilia y la locura de su sufrimiento; si su alma, acaso enferma en aquellos años, no lo hubiera empujado a Dios, Costanza habría sido su esposa, su amante, su compañera hasta el final. Tampoco esto lo supo ella.

Pero nada fue así y el padre Mauro se entregó a Dios, inició su aprendizaje y arrasó con todo. Su decisión de cumplir condena por asesinar a Cecilia (conjugó muchas veces el verbo *asesi-*

nar a lo largo de su vida) fue una lucha a vida o muerte en la que ganó la castidad y la renuncia a los placeres que brotaban de las entrañas de Costanza.

Cada dos por tres pensaba en el joven Juan, el nieto de los amigos de don Adamino al que había recibido en su despacho del arzobispado. No le había ofrecido su mejor versión. Quizá se excedió en su tiranía moral. Quizá debió ser menos condescendiente y más comprensivo. Quizá no hizo todo lo que debía para entender su debilidad.

Era la palabra que más temía. *Debolezza.*

«¿Cuántas veces la has combatido, Mauro?», se preguntó.

Aquel día tenía una cita con el párroco de San José. Deseaba participar en más tareas de la iglesia. Desde que se saludaron, supo que se entendería con él.

Don Andrés era un hombre joven, que había sustituido, tal y como le informó el sacristán, a un anciano sacerdote enfermo.

—¡Buenos días, padre Mauro! —exclamó nada más verle entrar en la sacristía.

—Padre Andrés, no he podido venir antes porque, entre una cosa y otra, ando de aquí para allá.

—No tiene de qué preocuparse. Sé que está ocupado.

—Le agradezco la comprensión, pero yo quiero ser útil. Me gustaría hacer más cosas.

—Empecemos por el principio. Dígame: ¿podría contar con usted para servicios fuera de la parroquia?

—¡Por supuesto! —exclamó el padre Mauro, y añadió en voz baja—: Si le soy sincero, aún no sé qué quiere de mí el arzobispo. Así que, hasta entonces, cuente conmigo para todo lo que se le ocurra.

—Verá, nos desplazamos a domicilio allí donde nos reclaman. Le eximiré de esas funciones porque pueden producirse a cualquier hora. Ya sabe…, un fallecido de madrugada. O un moribundo que desea ser asistido.

—Gracias.

—En cambio, quizá pueda atender las necesidades de una residencia pequeñita. No tendrá que ir más que un día en semana a oficiar la misa, a dar las comuniones o a confesar a quien se lo pida.

—¡Perfecto! —dijo el padre Mauro.

—¿Y qué día prefiere? Puede usted elegir.

—¿Los lunes, por ejemplo?

—Los lunes. —Anotó el padre Andrés en su dietario de tapas de piel.

El sacristán entró con varias bolsas de plástico en las manos. Parecían pesadas, a juzgar por el gesto de su cara.

—¡Ay, qué pena me da Jacinto! —exclamó jadeante—. Cada vez que lo veo en esa puerta se me parte el alma.

Jacinto era el mendigo de San José. No había nadie que no sintiera cariño por ese pobre hombre abandonado a su suerte y no había nadie que no le llevara un trozo de pan o unas galletas dulces o saladas, dependiendo del día.

—Lo peor —siguió diciendo don Adamino— es que Jacinto llega cada día más temprano, cada día se va más tarde y cada día gana menos.

—Traiga, hombre, traiga —le dijo el padre Mauro—. Yo le ayudo. ¿De dónde viene tan cargado?

—Del platero. Vengo de recoger las copas y los candelabros. Los ha dejado como nuevos. ¡Mire, mire!

Empezó a sacar copas y más copas que relucían bajo la enorme lámpara de la sacristía.

—Están como nuevas —observó el padre Andrés.

—¡Ay, cuando se nos muera el platero! —se lamentó Adamino.

—No sea cenizo, hombre —le reprendió el padre Andrés—. ¡No va a morirse!

—Si usted lo viera... Está consumidito —dijo llevándose las manos a la cara y estirándose la piel.

—¿Y qué tiene?

—Una enfermedad muy mala. De aquí, de las tripas —añadió colocando los dedos en su enorme barriga.

—Si necesita de nosotros, ya sabe que solo tiene que decírnoslo.

—¡Qué buen párroco es usted, don Andrés! Y cómo se nota que lleva aquí poco tiempo. ¡El platero es más ateo que Carrillo!

—¿Y cómo iba yo a saberlo?

—¡Lo que usted sabe no lo sabe nadie! —le dijo el padre Mauro al sacristán.

—Mire, padre Mauro, si yo hablara, temblarían hasta las baldosas de esta sacristía. ¡Valgo más por lo que callo!

—Pues calle, Adamino —repuso el padre Andrés—. No debemos ser hombres de chismes ni andar llevando y trayendo.

—Por si no lo sabe, padre Mauro —continuó el sacristán ignorando la advertencia del párroco—, yo me acuerdo de la fecha de ingreso y de defunción de cada párroco porque, de aquí, todos salen muertos. En esta santa parroquia he conocido a ciento veinte sacerdotes. Solo se han secularizado dos. Y los dos por culpa de mujeres. Ya sabe usted, las beatillas, que enredan más que rezan.

Don Andrés parecía haber escuchado la historia cientos de veces y siguió con su ritual como si nada, pero al padre Mauro se le revolvieron las tripas, se le nubló la vista y se atragantó con la saliva.

—Y le diré algo más. —El sacristán clavó sus pupilas en las del padre Mauro—. No hay dos sin tres.

El joven sacerdote notó en la estoicidad de la mirada del sacristán el dolor de la traición, como si la hubiera padecido él mismo, como si los cimientos de aquella iglesia se hubieran tambaleado, como si temiera que aquel pecado volviera a repetirse. El padre Mauro se santiguó y, al llevarse los dedos índice y corazón al pecho, notó el pálpito bajo la indumentaria negra.

Aquella frase, más sentencia popular que otra cosa, deslizada con o sin intención, jamás lo sabría, se convirtió en el peor de los presagios. En ese momento, a Mauro se le torció el buen ánimo y ya no pudo quitarse de la cabeza que la maldición del dicho pudiera llevar su nombre.

CAPÍTULO 14

—Te regalaré un pequeño libro de algo más de ciento cincuenta páginas titulado *El honor perdido de Katharina Blum*. Es de Heinrich Böll. En su epílogo reflexiona sobre la violencia de los titulares de prensa. Algún día también habrá que reflexionar sobre la violencia de las cámaras. Nada es inocente, Gerardo. Forma parte del sistema. No lo arreglará una demanda colectiva contra los manifestantes o contra todos los periodistas que fueron enviados a tu casa por el interés que despiertan personajes como tú…

Gerardo Barrios no la dejó terminar:

—¡Yo no soy un personaje! Soy una persona. ¡Tengo una familia a la que hay que proteger! Y la defenderé…

Entonces fue Costanza quien no dejó que su cliente terminara la frase:

—Y eso es lo que estamos haciendo. Preparar tu mejor defensa. Tendrás que lidiar con esto te guste o no, Gerardo.

La señora que servía a la familia entró al salón con una bandeja en la que portaba té para Gerardo y un café con leche para Costanza. La dejó sobre la mesa de centro, apartó unos hermosos libros de arte y se retiró sin hacer ruido.

—Parece que se han ido o se han callado. Sulma, ¿se han ido ya? —preguntó antes de que ella hubiera salido de la estancia.

—¿Los niños?

—No, mujer, no. ¡Los salvajes esos! —exclamó Gerardo.

La muchacha, de unos treinta años, uniforme de pantalón

blanco y casaca del mismo color, se asomó al balcón y descorrió un palmo de cortina.

—No, señor. Siguen ahí. Pero son menos.

—Gracias, puede retirarse. —Y dirigiéndose de nuevo a su abogada preguntó—: ¿Hasta cuándo?

—Hasta que haya sentencia —contestó Costanza.

—¡Pero si ni siquiera ha empezado el juicio! —gritó—. ¿Tengo que aguantar a esa gente hasta que haya sentencia? La justicia es una mierda —farfulló.

—No lo comparto, Gerardo. Si no fuera por los jueces…

—Si no fuera por los jueces, yo no estaría aquí, acosado por esa gentuza. No seas corporativa. Los jueces solo se dedican a remover estercoleros.

Costanza recondujo la conversación antes de que saltara por los aires:

—Yo no manejo los tiempos de la calle, no sé quiénes son, a quién rinden cuentas ni de dónde vienen. Solo sé por qué están ahí.

Gerardo dejó la tetera sobre el tapete de hilo que cubría la bandeja y mirándola a los ojos, las manos sobre las rodillas, le dijo:

—¿Tú sabes por qué están ahí?

—Están indignados. Solo eso.

Se sintió mal al pronunciar la frase porque reducía demasiado su pensamiento. Pero la repitió como si, en efecto, la reducción fuera necesaria para entender toda una época:

—Indignados. Solo es eso.

Costanza no quería que su cliente sufriera el calvario de Katharina Blum, ni que lo lapidaran en la calle. Tampoco quería para él una crucifixión mediática, pero tenía claro que la calle estaba escribiendo el borrador de los tiempos que les había tocado vivir. Esa calle indefinida, sin rostro, sin identidad precisa; esa masa de gente que se contaba por cientos de miles, que salió a manifestarse un domingo de 2011 y no volvió a dormir a casa, había empezado a tomarse la justicia por su mano. Esa calle descreída ejercía una clase de ministerio sin toga que no pedía turno para intervenir ni esperaba una citación del juez. La calle estaba harta de encogerse.

De nada hubiera servido explicarle a don Gerardo Barrios del Olmo que las cosas eran así y no serían de otra manera porque Costanza actuara contra cada uno de ellos, contra todos en definitiva, que es lo que él quería.

—Me siento indefenso —dijo atemperando el tono cuando se despidieron—. Y quiero que lo sepas.

Claro que Costanza entendía la indefensión de su cliente. La indefensión era un estado de abandono que a todos igualaba. Como la muerte.

—Lo sé. Y para eso has contratado a un abogado. Para que te defienda.

La abogada se armó de valor cuando giró el pomo del portalón de hierro que la separaba de la calle. Al otro lado ya solo aguardaba un grupo reducido de señores de unos cincuenta o sesenta años. Le dio tiempo a leer los mensajes de sus pancartas y a comprobar que no iban armados, detalle que, de ser así, justificaría la demanda que le reclamaba Gerardo Barrios. Pero solo vio silbatos, botellas de agua, una bocina. Bocadillos en papel de plata. Fumaban tabaco de liar.

La prensa se había marchado, así que nadie la reconoció. Giró a la derecha cuando debió ir a la izquierda, pero no lo pensó. Fue instintivo. Ese lado de la calle estaba más despejado. Caminó hasta la siguiente manzana. Cientos de pensamientos se amontonaban en su cabeza. La reparación que buscaba cada vez que visitaba a Valeria no había surtido efecto y, por primera vez, se preguntó:

«¿Qué le ha pasado a este país? ¿Qué nos ha pasado?»

Aunque no podía ser explícita con su cliente, lo cierto es que cuando llegó a la vivienda de Gerardo Barrios sintió miedo al ver las aceras llenas de hombres y mujeres que gritaban con cólera. Pensó que los juicios públicos de la Edad Media debían ser así, o las ordalías en las que la divinidad podía salvar a un acusado si era capaz de sostener un hierro ardiendo entre sus manos. De ahí la expresión que tantas veces había escuchado: «Pongo la mano en el fuego…».

Se la había oído a culpables: «Puede poner la mano en el fuego por mí…».

Y a inocentes a los que defendió sabiendo que, de verdad, podía poner la mano en el fuego por ellos. Pensó en su cliente y encogió los dedos. Y pensó en sus colegas de Roth & Co. En eso consistía su trabajo: en defender a hombres y mujeres por los que jamás pondrían la mano en el fuego.

Aunque era tarde y estaba cansada, decidió ir al bufete. No le sobraba mucho tiempo. Debía incorporar algunos cambios pactados con su cliente. Se jugaban mucho. En el poco tiempo que llevaba en Roth & Co. había aprendido que el prestigio de un bufete de abogados se traducía en las minutas millonarias que cobraba. En cambio, en los cargos públicos como el que ella desempeñó en la fiscalía, la percepción del prestigio era muy distinta. Nadie se preocupaba por esa cualidad. «En realidad —pensó al tiempo que alzaba la mano para parar un taxi—, nadie se preocupa por el prestigio del Estado.»

El volumen de la radio estaba demasiado alto. El taxista preguntó:

—¿Se lo bajo?

—No, no. Quiero escuchar.

—Para lo que hay que oír —contestó el hombre—. Mire, yo se lo digo como lo siento, ¿por qué no los echan?

—¿A quiénes, señor?

—¡A todos! Hay que echar a todos los políticos. Y empezar de cero.

—¡Hombre, no diga eso! No nos podemos cargar esto así como así.

Costanza no quería seguir hablando porque sabía que estaba de acuerdo con todo, salvo con el matiz del torpedeo masivo. Coincidía en que había que echar a todos, pero no vislumbraba una alternativa sólida que pudiera apaciguar el descontento de una generación inspirada por genios y capaz de activar armas de destrucción masiva desde un teléfono móvil y con una sola palabra: *Pásalo.*

El ojo por ojo se legitimaba en los mensajes cada vez que uno lo rebotaba a sus contactos. Y así todo. La vida conocida había dejado de ser la vida en la que vivían Costanza Mendiola y su familia.

Se acordó de su padre, de que quedaban pocos días para el 12 de octubre, de que tendría que comer con él y de que se acordaría de su madre.

Miró el móvil para comprobar si el señor Lerma había llamado.

«Es extraña esta tardanza...», pensó.

Dudó de si debía hacerlo ella de nuevo, pero aplastó ese pensamiento. Se apartó el pelo de la cara, apoyó la cabeza en el asiento del vehículo y Mauro se instaló a su lado. Deseaba verlo. Sabía que no era el mejor momento, que apenas tenía tiempo, que lo importante era ese maldito juicio, pero el hecho de que su recuerdo fuera lo único que la apaciguaba era un claro síntoma del enamoramiento.

Respiró hondo.

La palabra *síntoma* la llevó a JL. Él siempre hablaba de síntomas.

«Esto es el síntoma de que algo falla.»

«Esto otro es el síntoma de que las cosas no funcionan.»

Y así muchas veces.

Y en diferentes momentos desde que Valeria murió.

Su matrimonio funcionaba bien, o todo lo bien que puede funcionar un matrimonio que quiere tener más de un hijo, pero el vientre de la madre se resiste a engendrar. Quizá la resistencia estuvo en el padre, pero eso nunca lo dijo un médico. En cambio, Costanza venía de una familia de uníparas y sus antecedentes pesaban más que las malditas pruebas que les hicieron sin éxito alguno en el diagnóstico. Los genes fueron la solución para un caso médico irresoluble. Así que todo quedó en que era culpa de Costanza, y Valeria, que fue buena desde que nació —no se despertaba por las noches ni costaba dormirla—, no tuvo hermanos.

El sexo con JL fue uno de sus principales atractivos cuando se conocieron. Por supuesto, no fue una cualidad que los señores de Mendiola pudieran tener en cuenta. Pero, en ella, Costanza descubrió un lenguaje que le permitió olvidarse de la letra de Mauro.

—Nos vamos a casar —les dijo a sus padres.

—¡Pero si os acabáis de conocer! —se quejó don Santiago, como si el conocimiento previo y prolongado en el tiempo fuera a compensar lo incierto de un matrimonio.

—Quiero que sea el padre de mis hijos.

El plural utilizado por Costanza produjo un escalofrío a doña Rosalinda que, como es lógico, la hija no percibió.

Costanza y JL se casaron en octubre de 2004, el año que el terrorismo desnudó al país y exhibió su fragilidad en los andenes de las estaciones de tren del sur de Madrid.

La ceremonia se celebró en el antiguo convento de las Salesas, actual iglesia de Santa Bárbara, en la calle Bárbara de Braganza, esquina con General Castaños. Costanza nunca olvidaría cuánto lloró durante la ceremonia. Tanto que tuvieron que retocarle el maquillaje varias veces. Lloró de pena y lloró de rabia porque en aquel altar todo le recordaba a Mauro. No fue invitado. Nadie lo avisó del enlace. Y mira que lo pensó y lo meditó, e incluso llegó a cerrar un sobre con su nombre. Pero acabó rompiéndolo.

Ya había anochecido cuando atravesó el portal de Roth & Co. en el 5 de la calle Velázquez. No quedaban ni los jóvenes aprendices que fotocopiaban sumarios y entregaban las notificaciones a los abogados. Le sorprendió ver un coche con escoltas a las puertas del edificio. La secretaria de su jefe la sacó de dudas:

—Acaba de entrar... —Se puso en pie y susurró al oído de Costanza el nombre del cliente—. No veas el revuelo que se ha montado.

Todo empezaba en los bufetes. Ahí se producía el primer estriptis del Poder.

Encendió su ordenador. Tecleó la contraseña y el calendario brotó de la nada frente a sus ojos con los avisos de citas, reuniones, recordatorios.

Tenía hambre. Miró el reloj, abrió el cajón y sacó una bolsa de anacardos crudos. Comió un puñado y empezó a contestar correos electrónicos. Entre la basura comercial, había algunos mensajes importantes que requerían una respuesta inmediata.

Sintió sed. Se levantó, sacó unas monedas del bolso y se dirigió a la máquina del pasillo. Las introdujo en la ranura y presionó con los dedos el código de la botella de agua. Volvió a su despacho no sin antes comprobar que el jefe seguía atrincherado, estor bajado, puerta cerrada. Retomó el trabajo de contestar correos ahora de forma compulsiva, pasando por alto la redacción o la puntuación. Incluso se olvidó de ser amable en alguno de ellos.

Sonó su teléfono móvil. Era JL. Colgó consciente de que le colgaba. Silenció el aparato, pero al instante activó el modo avión. Jamás podría contestar sus preguntas.

«¿Por qué has ido sin mí al cementerio?», le preguntaría él.

«No sé. No fue algo intencionado. Ya te lo he dicho.»

«Era nuestro pacto, ¿recuerdas?», insistiría él.

«Ya no podemos tener pactos. Ya no somos nada, JL. Y ahora tengo que colgar.»

La conversación con su exmarido habría sido así y le habría

dejado una sensación demoledora. Siempre ocurría. No había margen. Los márgenes desaparecieron cuando sus cuerpos dejaron de entenderse y el matrimonio se fue al garete.

No fue algo gradual.

Después de que Valeria muriera, a Costanza le aterraba que JL la tocara o la acariciara. Le daba pavor que pudiera penetrarla y que la vida brotara de nuevo en sus entrañas. Para eso jamás volvería a estar preparada y el sexo dejó de ser la certeza que los matrimonios buscan para creer en ellos mismos.

Costanza Mendiola dejó de creer en todo y en todos. Sin su hija, la vida era un amanecer, un atardecer, un anochecer. Una sucesión de estaciones con frío, con calor, con ese sol de otoño que le acariciaba la piel.

Se asustó al descubrirse entre lágrimas.

Cogió un clínex del bolsillo del abrigo y se retiró los restos de maquillaje de las comisuras de sus párpados.

Se levantó y bajó el estor para que la secretaria no la descubriera en ese estado.

Bebió un trago largo de agua, sacó un ansiolítico del blíster que siempre llevaba dentro del bolso y se lo colocó debajo de la lengua.

Estaba agotada.

Decidió marcharse. Los correos electrónicos se quedaron sin respuesta en la misma bandeja de entrada a la que Facebook había enviado la solicitud de amistad del padre Mauro. El sacerdote había cumplido con la orden de la sibila. «Encara el pecado», le dijo, y él lo encaró sin ser del todo consciente de que dejaba de ser dueño de su destino. En realidad, nunca lo somos ni alcanzamos la soberanía de nuestros deseos.

Tampoco atendió la llamada del señor Lerma.

Todo quedó entre paréntesis.

La vida es tan aleatoria como una ruleta de casino, cien al rojo y sale negro, una tómbola, una feria. Un vaivén por demás. La vida tiene ese sin ton ni son y vivirla resulta incierto.

Si las cosas hubieran sucedido de otra manera, aquella noche Costanza Mendiola se habría acostado con la dulce emoción de saber que Mauro la había buscado en una red social que la acercaba más a él.

CAPÍTULO 15

El festivo del 12 de octubre, sábado en el año 2019, se abalanzó en el calendario.

La casa de la familia del padre Mauro se quedó vacía cuando sus hermanos, sus cuñadas y sus sobrinos se fueron marchando a partir de las ocho. Se hacía tarde para los baños, las cenas y los cuentos. Los niños habían jugado con sus coches teledirigidos y las niñas habían vestido a sus escuálidas muñecas con tutús.

El padre Mauro buscó su chamberga negra y sacó el teléfono del bolsillo interior. Lo desbloqueó y descubrió que tenía un mensaje sin leer. Lo abrió.

Rozó la pantalla con el dedo y al leer el nombre de Costanza irguió la mirada por ver si sus padres se habían percatado de su inquietud.

Doña Elisa se había sentado en uno de los orejeros tapizados con un estampado vichy y ojeaba el periódico.

—¿Ha pasado algo en el mundo, hijo? —le preguntó su padre al descubrirlo tan ensimismado.

—No, no.

—Alcánzame el mando de la televisión, haz el favor.

—Toma —le dijo sin soltar el móvil—. Se me hace tarde. Debo irme.

—Quédate a cenar, hijo —le pidió su madre.

—No puedo… —contestó el padre Mauro.

Notó el pálpito de la yugular en el cuello de la camisa. Desbloqueó el teléfono, lo volvió a bloquear y lo guardó. Pero volvió a sacarlo para silenciar el volumen.

—¿Te ocurre algo? —insistió su padre.

—Nada.

—Nos gustaría que te quedaras, hijo. Te vemos tan poco... —intervino doña Elisa dejando el periódico sobre la mesa de centro.

—Mauro, ¿estás contento con tu vuelta a Madrid? —preguntó su padre.

—Sí.

—¿Sabes ya qué quiere de ti el arzobispado?

—Todavía no, pero no tardaré en saberlo. Tengo pendiente una reunión con el arzobispo.

—¡Con lo bien que estabas en Roma! —lamentó su padre—. ¡Qué manía de mover a las personas que están a gusto en sus puestos!

—Encontraré mi sitio. ¿Acaso no confías en mí? Ya tengo cuarenta años. No soy un niño.

—Siéntate un poco. Quiero hablar contigo —le pidió.

El padre Mauro se sentó en una de las sillas del comedor que había quedado varada en medio de la estancia. Estaba inquieto, pero trató de disimular.

—Solo quiero que tengas presente que tu don es la fortaleza de espíritu que te legó el Señor —le dijo—. Si te han traído desde Roma, será porque quieren darte una oportunidad...

El padre Mauro lo interrumpió:

—Haré lo que me pidan, papá. No quiero oportunidades que te encumbran un día y te defenestran al día siguiente.

—Solo quiero lo mejor para ti. Has sufrido mucho como para destruir ahora lo que has construido durante estos años.

Mauro cogió un vaso de la mesa y preguntó:

—¿Puedo?

—Sí, claro —repuso su madre—. Pero escucha a tu padre.

—No tengo nada más que decir. Si tú estás bien, Mauro, nosotros también.

Él bebió el agua de un trago.

—No entiendo por qué supones que voy a tirar por tierra lo único que tengo. Es más, no entiendo siquiera que lo plantees —dijo pasando la lengua por los labios húmedos—. ¿Hay algo más que te preocupe?

—Nada más, hijo.

Mauro se despidió de sus padres y salió a la calle. La ciudad estaba en silencio. En las aceras desnudas encontró la amplitud necesaria para desahogarse. En cada paso fue acomodando su ansiedad. Los luminosos de las tiendas estaban apagados y la única luz que se reflejaba sobre el asfalto era la roja, la amarilla, la verde de los semáforos. Y la blanca de las farolas.

Sacó el teléfono móvil, lo desbloqueó y su mirada se detuvo en el nombre de Costanza. Y leyó lo que ella había escrito.

> Acepté tu invitación de Facebook, pero preferiría verte. Quiero que hablemos de todo lo que nos ha pasado en estos veinte años. En unos días empiezo un juicio importante. ¿Me das tiempo?

—Nadie me doblará el brazo —dijo como si necesitara reafirmarse—. Me enfrentaré al pecado, lo manejaré y volveré a encontrar luz en mi oscuridad.

Pero mientras pronunciaba esas palabras, no pudo evitar que las ansias por contestar a Costanza se pegaran a su garganta ni que al llegar a la parroquia de San José el padre Mauro tuviera miedo.

A la misma hora y en la misma ciudad, Costanza encendió el televisor, se descalzó, desdobló una manta de lana, se recostó en el sofá del salón de su padre. Colocó el teléfono móvil bajo los cojines. Esperaba la respuesta de Mauro. Era lo único que quería leer y, cada vez que el aparato sonaba, se removía con nerviosismo. Solo se había detenido en el mensaje del señor Lerma.

Escueto. Directo.

«Acompaña a tu padre en este día festivo. Hablamos el lunes.»

Quiso convencerse de que la enfermedad de doña Rosalinda no sería tan grave toda vez que el abogado se tomaba su tiempo en desvelar lo que realmente pasaba. No contestó.

Quería leer a Mauro.

El nombre de Mauro.

Y la contestación (de Mauro) a sus palabras.

Mientras llegaba, se concentró en el descanso. Desde que doña Rosalinda estaba en la residencia y desde que Valeria había muerto, odiaba las fechas señaladas. No tenía nada que celebrar. Esa misma mañana había estado en la residencia y ahora volvía a ella la última imagen que retuvo antes de marcharse: el menú que su madre tomaría ese 12 de octubre.

Caldo de verdura
Pechuga de pollo
Un par de langostinos
Gelatina de fresa

Cuando su padre y ella se sentaron a la mesa decorada con primor —bajoplatos de nácar, vajilla de La Cartuja de Sevilla, cubertería de la casa Alain Saint Joanis, cristalería de La Rochère—, sintió sabandijas en el estómago.

—¿Costanza?

—Dime, papá.

—Pareces ausente.

Las palabras de don Santiago interrumpieron su modorra.

—Estoy bien.

—Hace tiempo que no sé nada de JL —dijo el padre de repente.

—Casi no hablamos.

—Me da pena que tu matrimonio haya fracasado.

—¿Fracasado? ¿Por qué utilizas esa palabra? Me hubiera gustado que mi matrimonio hubiera sido como el tuyo con mamá, pero el amor no es una fórmula matemática —concluyó.

Padre e hija se guarecieron de nuevo en el silencio hasta que don Santiago volvió a retomar la conversación.

—Vi a Benita el otro día —dijo.

—¿Dónde? —preguntó Costanza con curiosidad.

—Vino aquí, a casa. Está empeñada en hacer un funeral a tu madre.

—¿Otra vez? —preguntó Costanza molesta.

—Dice que en abril cumplió un año y no hicimos nada. Tiene razón.

—¿Y qué le has dicho?

—Que lo hablaría contigo.

—¿Y tú qué opinas?

—Que deberíamos hacerlo —concluyó rotundo.

A Costanza se le atragantó hasta el aliento, pero fue capaz de seguir hablando:

—Benita siempre está pendiente de esos detalles. Quiso a mamá tanto como nosotros. ¡Pobre mamá! Me acuerdo tanto de ella.

Sintió el cinismo en la punta de su lengua, pero no mintió en sus sentimientos. Doña Rosalinda se fue demasiado pronto porque así lo quiso. Quiso alejarse, escaparse de su destino y de su maldición. De sí misma.

—Costanza.

—Dime, papá.

—Ahora soy yo el que te pide no hablar de tu madre. Si decidimos hacer el funeral, lo hacemos, pero no dramaticemos. Te lo ruego. —Se levantó de la butaca, se acercó a la tabaquera de madera y plata, sacó un pitillo. Lo encendió y aspiró el humo—. Costanza.

—Dime, papá.

—No quisiera volver a hablar de tu madre de la misma manera que no hemos vuelto a hablar de tu hija Valeria, y tampoco lo haremos de JL si es lo que quieres.

—No compares a mamá ni a Valeria con JL. ¡Nada tienen que ver!

—Costanza.

—Dime, papá.

—Muchas veces pienso que debería pegarme un tiro. —Se volvió hacia ella, abrió uno de los cajones del mueble bar y sacó una pistola—. Cada mañana la acerco aquí —dijo llevándosela a la sien—. Sigo viendo a tu madre en cada rincón de esta casa. —Gimió señalando la biblioteca, los muebles, los libros, los sofás, las mesas, los adornos, las lámparas, las alfombras, los bronces y las platas—. La conocí siendo una niña. La hice mi esposa. La colmé de amor y felicidad. Le consentí todo para que no le faltara de nada. Le di una hija, que era lo que más quería, cuando los médicos ya habían tirado la toalla. «No podrá tener hijos», nos dijeron. La recuerdo sumida en una tristeza indescriptible. Y al final, ¡fue madre! ¡Tu madre, Costanza! Y ahora tu madre está muerta. Y me recuerdas tanto a ella... que a veces no puedo ni mirarte a los ojos.

Costanza se quedó paralizada ante la confesión de su padre. Era lo último que le quedaba por escuchar. Tuvo ganas de cerrar la puerta de su casa para siempre. De no volver. De abandonarlo también a él para salvarse ella. Para no pegarse un tiro.

Sintió unas ganas irreprimibles de vomitar. Abrió la puerta de doble hoja del salón y corrió al baño. No pudo contener el vómito antes de levantar la tapa del inodoro y empapó el suelo con su bilis. Se apoyó sobre el lavabo y trató de controlar la respiración. Tenía las manos manchadas, pero no le importó apartarse con ellas el pelo que le caía por la cara. Volvió a sentir la náusea, las arcadas. El vómito se derramó sobre la pila de piedra rosácea del lavabo. Abrió el grifo. Dejó que el agua corriera y colocó las muñecas bajo el chorro helado. Enseguida llegó la asistenta de su padre con la fregona y el cubo con amoniaco perfumado.

—Costanza, ¿qué pasó? ¿Está bien?

—Sí, Marcela.

Costanza agarró con fuerza la mano de la muchacha y volvió al salón no sin antes vaporizarse el cuello, las manos y los labios con el agua de colonia que encontró al lado de las toallas de mano bordadas con las iniciales de don Santiago y doña Rosalinda.

Al entrar en la estancia encontró a su padre donde lo había dejado. Ahora era ella la que no se atrevía a mirarlo a los ojos. Hay verdades que resultan innecesarias, que no sirve de nada compartir y que, una vez pronunciadas, lo enfangan todo.

CAPÍTULO 16

La noche cayó muda en el salón del señor Mendiola. Costanza se cobijó en el padre Mauro y en su recuerdo para olvidar todo lo que había escuchado en la voz de su padre.

A eso de las siete de la mañana del domingo amaneció abrazada a un cojín en el mismo sofá en el que se había quedado dormida. Alguien la había arropado con otra manta para que no se quedara fría.

Fiat iustitia et pereat mundus.

No tenía ninguna explicación aparente que lo primero que vio al abrir los ojos fuera esa frase en latín que coronaba la orla de su promoción de Derecho: «Hágase justicia y que perezca el mundo». Estaba colgada en una de las paredes del salón junto a otros reconocimientos del señor Mendiola. Hacía años que no reparaba en ella ni en las fotografías silueteadas de sus compañeros. Ninguno opositó a Judicatura. Había algún abogado del Estado. Algún letrado del cuerpo de las Cortes. Y algún técnico superior de la Administración. Ella era la única fiscal y la única que tuvo claro que lo sería cuando empezó la facultad. Gobernaba Felipe González. Ese año murió Jacqueline Lee Kennedy Onassis, Jackie para el mundo, devorada por una serie de tumores en los ganglios linfáticos. Y se estrenó *Friends* en la NBC.

Cinco años después, en 1999, acabó la carrera. El presidente de izquierdas había cedido el poder a uno de la derecha que prometió prosperidad. Bill Clinton salió absuelto en el caso de la becaria que se la chupó por debajo de la mesa y al siglo xx le quedaba poco para morir, razón más que justificada para que aquel 31 de diciembre el mundo occidental cerrara los ojos a las doce en punto esperando que saltaran los plomos y una tormenta de rayos rajara la tierra. El ambiente de cataclismo, auspiciado por el llamado Efecto 2000 que predecía desastres informáticos y otras absurdidades, quedó en nada, pero la prensa se hizo preguntas muy sesudas: «¿Serán todas las abuelas como Tina Turner? ¿Existirá España? ¿A qué edad nos jubilaremos?».

Ninguna de aquellas preocupaciones ocupó a Costanza un minuto de su tiempo. Obtuvo el premio extraordinario de fin de carrera y, en septiembre de ese año, empezó a preparar la oposición de fiscal.

En 2005, ya casada con JL y antes de quedarse embarazada de Valeria, llegó al Tribunal Especial, coincidiendo con la condena a un juez de renombre. Se llamaba Luis Pascual Estevill. Le cayeron nueve años de cárcel por extorsionar a empresarios. Cumplió cinco. La banda terrorista ETA seguía colocando coches bomba, el papa Juan Pablo II murió el 2 de abril y sus funerales obligaron a retrasar un día la boda del heredero de la corona británica, el príncipe Carlos, con Camila Parker Bowles, treinta y cinco años después de que empezara su historia de amor.

En el Tribunal Especial, Costanza descubrió dos cosas. La primera, que los jueces y fiscales allí destinados eran personajes tan importantes como los Windsor. La clase dirigente los cortejaba y eso elevaba su valor en la vida como una acción de bolsa. La segunda, más que un hallazgo, fue una sensación muy íntima: llegar a la cima es muy estimulante. El día que se sentó en la silla de escay negro del despacho adjudicado a ella en la planta de la Fiscalía, Costanza se sintió Tenzing Norgay y Edmund Hillary en el Everest.

—¡Sí!

Ahí estaba, en una fiscalía compartida con otros hombres y mujeres que debieron sentir, si no lo mismo, sensaciones parecidas.

En ese momento no se le pasó por la cabeza que las cosas fueran a ser tan distintas a como ella las empezaba a imaginar. Y menos que cambiaría la fiscalía por la abogacía ni que, un buen día, defendería a un tipo que le diría: «La justicia es una mierda».

Fiat iustitia et pereat mundus...

Para seguir viviendo.

Cerró los ojos y pensó en las noches en vela consumiendo prolintano para no quedarse dormida encima de los temas que repetía de forma compulsiva. Había merecido la pena. La toga de fiscal no se regala. Nadie podría decir que la habían colocado por ser la hija del embajador Mendiola. Luego descubriría que, pese a todo, siguieron hablando de ella en los pasillos, en los despachos y en los retretes.

Se preguntó por qué estaba haciendo ese examen de conciencia. ¿Acaso necesitaba ajustar cuentas con el pasado? No venía al caso. Y, de continuar por ahí, acabaría llegando a Mauro e, irremediablemente, tendría que plantearse el riesgo cierto de resucitar esa historia.

Alargó la mano hasta alcanzar el teléfono que se había quedado casi sin batería sobre la mesa de centro. Le temblaron los dedos y sintió el aleteo propio del enamoramiento.

Pero al minuto se lo reprochó:

«Por el amor de Dios. Serénate. Somos maduros y responsables. No puede haber nada malo en una conversación.»

Lo hubiera o no, daba igual: el padre Mauro no había contestado.

Contrariada, se desperezó del todo y se levantó del sofá. Estaba entumecida por la mala posición en la que se había quedado dormida. No se sentía ni un alma.

Se duchó en el baño de su dormitorio de adolescente y se vistió con la misma ropa. Se maquilló las mejillas y las pestañas con lo que encontró en los cajones del coqueto tocador. Se perfumó las muñecas y detrás de las orejas. Se ató el pelo en una coleta y salió de casa sin desayunar y sin echar la llave.

Su padre entendería que se hubiera ido sin despedirse.

El sol se entreveía entre los edificios de Príncipe de Vergara y las gentes que iban y venían parecían sonreír a su paso. Desde que se había divorciado necesitaba inventar conversaciones en las que alguien le daba los buenos días cada mañana y le decía: «Vamos, Costanza, mi amor, tú puedes con todo. Eres valiente y fuerte, y además, ¿sabes qué?, te quiero con locura y te querré toda mi vida y de viejecitos pasearemos juntos por la ribera del Sena y te llevaré a la ópera de Milán y seremos felices el tiempo que la vida nos reserve».

«¡Qué odiosa manía de quererse toda la vida! —pensó—. Las parejas ya no se prometen envejecer. El mandamiento de la modernidad es uno: mientras dure.»

Aun así, Costanza seguía creyéndose el cuento y, en su delirio, el padre Mauro firmaba todas las promesas. Llevaban su acento. Sus vocales y consonantes. Sus *te quieros* prolongados. Su abrazo. Su aliento.

El camino hasta Piamonte fue más largo de lo habitual porque decidió bajar por el paseo de la Castellana y subir por Alcalá hasta descubrirse frente al número 43, parroquia de San José.

«Vamos, entra —se dijo—. Pregunta por el padre Mauro. Quizá te lo encuentres sin necesidad de dar explicaciones a nadie más. ¡Oh, maldita sea! —se reprochó—. ¿Cómo voy a hacer eso? Podría complicarle la vida.»

Le invadió una sensación de vértigo.

Subió los siete escalones de piedra que llevaban al atrio de la iglesia. Contempló unas imágenes de escayola de escaso valor artístico y elevó la mirada hacia el techo, de donde colgaban tres imponentes lámparas de hierro.

—¿Señora?

Costanza se dio la vuelta.

—¿Puedo ayudarla? —le preguntó un hombre al que no conocía ni había visto antes.

—Estoy de visita.

—Los horarios de las misas…

—¡Oh, no! Gracias —dijo Costanza—. Como le digo, estoy solo de visita. De pequeña venía aquí con mi madre.

—Lo cierto es que su cara me suena.

Don Adamino se llevó el dedo índice a la barbilla.

—¡No creo! —exclamó Costanza.

—Sí, sí…, dígame. Usted pertenece a la familia de… Dígamelo usted… Su cara me resulta familiar.

Costanza cayó en la trampa del sacristán. Sus ansias por saber quién era hasta el último mendigo que se acercaba a San José eran irrefrenables.

—Mi madre fue doña Rosalinda Mendiola. No sé si a usted le suena.

—¡Cómo no! Su madre donó a esta iglesia un ajuar espléndido de manteles para vestir el altar. ¿No lo sabía?

—Lo ignoraba —admitió Costanza sonriendo.

—Su madre fue una señora generosa hasta el fin de sus días. Solía oír misa en Santa Bárbara, pero con nosotros tuvo una estrecha relación. Es una lástima que nunca se le haya rendido en esta parroquia el tributo que merecía.

—¿Y sabe usted por qué hizo esa donación?

—Por Nuestra Señora del Carmen. Ella era muy devota.

—Así es.

Costanza sintió cómo un calambre recorría su espalda. ¿Por qué hablaba de su madre con un desconocido? En ese momento, don Adamino tuvo a bien presentarse:

—Soy el sacristán de San José. Si necesita cualquier cosa, no tiene más que acercarse por aquí.

—Gracias, señor —se despidió Costanza. Ya se disponía a marcharse cuando la curiosidad se impuso a la discreción—. Perdone una curiosidad. Los sacerdotes viven aquí, ¿verdad?

—Sí, en la llamada Casa del Cura.

—¿Y cuántos son?

—Ahora son solo dos. El párroco y el sacerdote que se acaba de incorporar —añadió el sacristán—. ¿Necesita usted ver a un cura?

—No, no, en absoluto.

El sacristán pensó que nunca antes nadie le había preguntado por los sacerdotes que vivían en la parroquia. No era un detalle que preocupara a los fieles. Salvo a aquella joven… «¡Oh, torpeza mía! —se dijo don Adamino—, he olvidado preguntarle su nombre.»

Sobre la marcha, Costanza decidió entregar su día al trabajo en el bufete. Aunque fuera domingo, no tenía ningún plan mejor. Deshizo el camino de Alcalá en dirección a Velázquez, rozó con el hombro la valla del palacio de Buenavista y llegó al semáforo de Recoletos. Los coches circulaban veloces aprovechando el semáforo en verde. Levantó la mirada. Tenía enfrente el palacio de Linares, tantas veces mencionado por su madre. Doña Rosalinda decía que allí habitaban fantasmas. Que se oían voces. Que el palacio estaba endemoniado como el castillo de Sigüenza, por el que deambulaba la pobre doña Blanca.

El semáforo ordenó a los coches parar y a los peatones andar. Costanza pensó que subiría hasta la plaza de la Independencia y atajaría por Columela, pero, justo cuando se disponía a poner un pie en el paso de cebra, identificó la figura de Mauro por la acera contraria, la del palacio de Cibeles.

Levantó la mano, pero él no la vio.

—¡Mauro! —gritó—. ¡Mauro!

Tampoco la oyó.

—¡Mauro! —insistió.

Los separaban seis carriles llenos de coches, motos, autobuses, taxis. Y alguna bicicleta.

Esa noche del 13 de octubre de 2019, el ruido de la lluvia golpeaba los cristales de los balcones de Madrid.

Costanza había olvidado cerrar las contraventanas cuando llegó a Piamonte después de pasar el día encerrada en el despacho de Roth & Co. Se dejó caer sobre la cama y se quedó dormida hasta que, de madrugada, se despertó sobresaltada por el estruendo. Al abrir los ojos se dio cuenta de que había soñado con Mauro. Se concentró en retener la escena hasta convertirla en una evocación eterna a la que pudiera recurrir cuando sintiera la orfandad de las emociones. Cerró los ojos y dejó de percibir el zarandeo del aluminio contra el ladrillo. Solo vio al padre Mauro entregado a las molicies de sus cuerpos y a las caudalosas emociones que acabaron por empaparla.

En cuanto los párpados retiraron el aturdimiento del sueño, reparó en el teléfono móvil que se mantenía en silencio en la mesilla de noche. Conducida por la acedía de la madrugada, llevó sus dedos temblones a la pantalla. No esperaba encontrar más que los avisos de las noticias urgentes que circulaban por las redes sociales.

O las notificaciones de los correos electrónicos.

O las del calendario.

O cualquier otra tenuidad sin importancia.

Y, sin embargo, leyó:

> Querida Costanza, tómate tu tiempo. Cuando acabe el juicio podremos vernos. Frente al Palacio Real hay un banco de piedra que mira a la entrada principal. Pon tú el día y la hora.
>
> Allí te esperaré.

Costanza notó cómo se le aceleraba el corazón. Comprobó la hora a la que él había escrito. Dos y seis minutos de esa misma madrugada. Aquellas líneas le trasladaban a ella un turno de respuesta para fijar el día y la hora de su primera cita.

Allí estaría él.

Esperándola.

No pudo evitar que una sonrisa se dibujara en su rostro.

Se llevó el móvil al pecho, lo apretó con fuerza y empezó a fabular con el encuentro.

«¿Qué ha sido de ti todos estos años?», le preguntaría el padre Mauro.

«Han pasado tantas cosas que no sabría por dónde empezar», contestaría ella.

«Hazlo por donde menos te duela», diría él.

«¿Por qué sabes que me duele?»

«Sé que has sufrido. Lo dice tu mirada.»

Costanza se sentiría intimidada y bajaría las pupilas hasta el suelo, en el que se tropezaría con sus zapatos negros.

«Háblame de ti. Prefiero escucharte», le rogaría Costanza con voz delicada.

«He estado lejos de Madrid demasiados años. Ahora he vuelto para quedarme.»

«¡Esa es una magnífica noticia!», respondería ella con entusiasmo.

«¿Lo es? ¿De veras?»

«¡Lo es, Mauro!», exclamaría.

Y en ese momento, Costanza lo abrazaría como en el cuarto cerrado con llave y él sorbería el olor de su piel evaporado en la distancia.

Y después.

Después le diría: «Mauro, me muero por un beso tuyo».

La conversación seguía en su cabeza con la rima de los años compartidos y Costanza olvidaría, acaso por unos minutos, quizá por unas horas, que tuvo una hija que murió ahogada y un marido del que se enamoró para olvidarte a ti, Mauro, y que su divorcio fue triste como todos y que su madre seguía viva.

«Pero ahora, a nuestros cuarenta años, nos tenemos.»

Aunque las palabras languidecieron en sus labios y la terca realidad se impuso, la fábula resultó deliciosa. Costanza sintió por primera vez en años que tenía una ilusión nueva. Y aquella ilusión le daba las fuerzas necesarias para encarar todo lo que aún estaba pendiente de acontecer.

CAPÍTULO 17

Costanza Mendiola se levantó ese lunes con la determinación de solucionar los asuntos pendientes antes de que empezara el juicio de la Gran Estafa. Solo tenía veinticuatro horas por delante.

—¿Señor Lerma?

—Hola, Costanza.

—Me tiene preocupada —dijo ella con resolución.

—Te llamé el otro día, pero tu teléfono estaba apagado. Y te escribí un mensaje.

—Lo sé. Discúlpeme.

—Costanza, no voy a andarme con rodeos.

—Tengo miedo, señor Lerma, pero le ruego que me diga toda la verdad. Debo afrontarla.

—A tu madre le han diagnosticado un cáncer de páncreas. No hay nada que hacer. Ya he firmado la autorización para la dispensa del tratamiento de paliativos.

—Señor Lerma...

—Dime, Costanza.

—Eso significa que mi madre se muere...

—Sí —contestó con voz trémula—. Sí, Costanza —repitió—. Pero los médicos no han dicho que el desenlace vaya a ser rápido.

—¿Cuánto?

—Nadie lo puede precisar.

—Señor Lerma...

—Dime, Costanza.

—Ahora debo concentrarme en este juicio que me maltrae, pero si se muere entremedias le juro que haré todo cuanto esté en mi mano para que se suspenda y pueda llevarla a Lezzeno.

—Costanza, escúchame. No se va a morir en las próximas semanas. Puede vivir meses con los paliativos. Y lo de Lezzeno...

—La llevaré a Lezzeno tal y como ella me pidió. Y nada ni nadie se interpondrá en mi decisión.

—Lo veremos cuando llegue el momento porque el traslado internacional de un cadáver puede generarnos problemas muy serios.

—¡Oh, no!, señor Lerma. No me diga esto. Además, no sé por qué habla del traslado de un cadáver. Mi madre siempre ha querido ser incinerada. ¿No lo recuerda? No hay formalismo que valga. Yo misma meteré sus cenizas en una maleta y viajaré a Italia. No le quepa la menor duda de que lo haré. Mi madre se morirá en esa residencia, pero descansará con sus padres y sus abuelos porque es lo que ella me pidió y será su última estación.

Callaron los dos mientras Costanza cogía aire sin ser consciente de que quizá estaba siendo injusta con ese abogado que no había hecho otra cosa más que ayudarla. Notó que le temblaban las manos cuando intentó abrir el paquete de tabaco para sacar un cigarrillo.

—Lo haremos como quieras —concluyó el señor Lerma.

Sin que mediara una despedida, colgaron el teléfono. Costanza prendió el pitillo con una cerilla, aspiró el humo y, según rozaba el perfil de sus labios, sintió una inquietante sensación de alivio. Por primera vez en su vida se permitió regodearse en ella, abrazarla, saborearla. La noticia que acababa de recibir suponía poner fin a la impostura de su vida. Miró al cielo y, también por primera vez en su vida, dio gracias a Dios por si acaso había mediado. La muerte de su madre conseguiría cerrar una herida que no había dejado de sangrar ni un solo día.

Mientras pensaba todo esto las lágrimas se precipitaron por sus mejillas. No había ira. Ni dolor. Tampoco sufrimiento.

Oyó la voz de su madre y dejó que la meciera.

«Quédate para ti lo mejor de nuestra vida vivida. Quédate con nuestros veranos en Lezzeno. Consérvame a orillas del lago Como.»

La escuchó serena y tranquila. La imaginó como no pudo hacerlo en los años furiosos en los que sobrevino la desgracia de su enfermedad. La dibujó sentada en su silla de terciopelo dorado, ante el escritorio de piel dejando que los últimos destellos de lucidez dirigieran sus manos.

«Y cuando muera de verdad, llévame a Lezzeno...»

Se acordó de su padre y de la dura confesión que le había hecho:

«Me recuerdas tanto a tu madre que a veces no puedo ni mirarte a los ojos —repitió en su pensamiento—. ¿Es posible que eso le ocurra a un padre con una hija?»

Pensó en descolgar el teléfono para decirle que le había perdonado esas palabras porque los dos estaban enfermos de doña Rosalinda. Pero optó por mandarle un escueto mensaje de texto que tarde o temprano leería.

> Siento mucho que discutiéramos, pero sobre todo siento mucho tu dolor. Y siento que yo también forme parte de ese sufrimiento. No me dejes sola, papá.
>
> Te quiero, Costanza.

No era habitual que le dedicara un *te quiero* a su padre. De hecho, no recordaba haberlo hecho jamás. Tampoco esperaba que contestara. Él odiaba la melancolía. Decía que era una vulgaridad propia de los cursis. Esa manera de ser guio su relación por un carril en el que no cabía la sensiblería. La enfermedad de doña Rosalinda y la muerte de Valeria lo hizo más angosto, más oscuro, más silente. Costanza no recordaba, ni siquiera entonces, un abrazo o una palabra de alivio. En el código del señor Mendiola la vida eran hechos consumados.

En cambio, su madre había sido dulce hasta empalagar con sus «te querré siempre» o «toda la vida» o «no dejaré nunca de quererte». Hasta que se olvidó de hacerlo.

A partir de ahora, en cualquier momento, una llamada la informaría de la consumación de lo inevitable. De madrugada, por ejemplo, que es cuando a los enfermos les sube la fiebre. A estas alturas, Costanza Mendiola ya se había acostumbrado a enfrentarse a la desgracia.

De repente sintió una presión en el corazón. Cogió de nuevo el teléfono y volvió a marcar el número del abogado.

—Señor Lerma —dijo con voz firme.

—Dime, Costanza. ¿Ha pasado algo?

—Solo le llamo para decirle que siento haber sido injusta con usted. No se lo merece.

—Entiendo la situación. No tienes que disculparte.

—Se lo agradezco, señor Lerma. —Cerró los ojos y siguió hablando—: Quiero ser yo quien acompañe a mi madre en el último de sus suspiros. Me gustaría que los médicos me informaran cada día de la evolución.

—Eso no es posible.

—Tendrá que serlo, señor Lerma.

—¡Costanza! —gritó el abogado.

—¿Por qué me grita? No lo haga, por favor. Entienda que yo…

—Tú no puedes cometer un error ahora. ¡Ahora no! ¿Quieres que acabemos todos en la cárcel?

—Solo quiero que se ponga en mi piel —gimió Costanza.

—No me pidas que asuma ese riesgo. Los médicos no hablarán con nadie que no sea familiar de la interna.

—Esa interna es mi madre —contestó.

—Fuiste tú quien quiso que las cosas se hicieran así —añadió desafiante.

—No fui yo, señor Lerma. Fue mi madre quien eligió cómo morir. Y nadie mejor que usted sabe que es así. No decidimos venir al mundo, deberíamos al menos poder escoger cómo irnos de él. Si este país fuera de otra manera... Si elegir cómo nos morimos fuera un derecho... No me cargue usted con esa culpa. Es lo único que le pido. También será lo último.

—Veré qué puedo hacer.

Minutos después el abogado volvió a llamar a Costanza para decirle que había dado la orden de que los médicos certificaran en un parte diario la evolución de doña Rosalinda. «Se limitarán a consignar las dosis de los fármacos y lo dejarán en su habitación —añadió—. Podrás verlo siempre que vayas», dijo antes de colgar.

Esa misma mañana, y sin informar al despacho de que se ausentaría durante unas horas, Costanza Mendiola se encaminó Piamonte abajo hasta la esquina con Barquillo y, a paso ligero, llegó a la residencia de Gravina. Aunque no le devolviera más que un desierto en su mirada, tenía la necesidad de ver a su madre, tocarla, olerla, volver a hablar con ella. Le maltraía pensar que en cuanto empezara el juicio de la Gran Estafa tendría que interrumpir sus visitas.

Presionó el botón del portal y esperó a que le abrieran. Solo en la futura cita con Mauro en ese banco de piedra que mira a la entrada principal del Palacio Real consiguió calmar la ansiedad que había empezado a devorarla como la carcoma.

María Tomé despedía a unos familiares en la puerta cuando Costanza accedió al vestíbulo.

—Me alegro de verla de nuevo por aquí —dijo girándose hacia ella.

—Lo mismo digo —contestó Costanza con educación.

Se le notaban las prisas por llegar a la habitación 324. Subió las escaleras y se encaminó por el pasillo sin mirar a los lados, sin regodearse en los olores que, a esas horas de la mañana, parecían tamizados por el viento fresco que se colaba por las ventanas. Algunas señoras paseaban apoyadas en sus bastones. Otras recorrían las baldosas del brazo de las auxiliares. Las había que andaban erguidas, con su dignidad a cuestas, entre los carros de sábanas y los cubos con detergente y amoniaco. También entreveía a las ancianas moribundas que no salían nunca de su habitación. Las levantaban de la cama para sentarlas en el sofá y dejaban la puerta abierta para que distrajeran su vejez en las escenas cotidianas del pasillo.

De repente, Costanza vio pasar a su madre en una silla de ruedas.

—¡Oiga! ¡Oiga! ¿Dónde la llevan?

El auxiliar hizo caso omiso a sus gritos, pero ella siguió elevando la voz y empezó a correr cada vez más rápido.

—¡Oiga, oiga! —insistió—. ¿Puede decirme dónde llevan a esta mujer?

—¿Usted es?

—Vengo a visitar a doña Milagros —contestó sin responder a la verdadera pregunta que le había hecho el joven de uniforme blanco, zuecos blancos, guantes de látex blanco.

—Doña Milagros quiere oír misa. Nos lo ha pedido ella misma, ¿verdad, Milagros? Si es que —dijo estrujándole los carrillos— esta mujer es tan buena…

Costanza se arrodilló frente a su madre.

—¿Has pedido eso? —le preguntó conteniendo las lágrimas.

Doña Rosalinda estaba envuelta en una manta, zapatillas de fieltro en sus pies, chaqueta de lana que cubría el camisón. La cabeza ladeada descansaba a la altura del hombro derecho y su mirada congelada ni siquiera hizo el esfuerzo de dirigirse a su hija.

—Dime, ¿has pedido ir a misa?

—No le va a contestar, señora. Doña Milagros está muy malita. ¡No le venga usted ahora a preguntar si quiere ir a misa! Ella nos lo ha pedido y nosotros cumplimos, ¿verdad, bonita? Normalmente, doña Milagros recibe la comunión de manos del sacerdote en su habitación, pero esta vez ha pedido bajar a la capilla.

—¿Ha hablado? ¿Está usted seguro de que ella ha hablado?

—¿Y cómo íbamos a saberlo? ¡No somos adivinos! —exclamó.

—Iré con ella. ¿Puedo acompañarlos?

—Por supuesto —dijo el hombre sin darle la mínima importancia—. ¿Sabe dónde está?

—No, no lo sé.

—Sígame.

Costanza lo siguió hasta el amplio ascensor diseñado para acoger camas, camillas y sillas de ruedas como la que trasladaba a doña Rosalinda.

—¿Usted conoce bien a doña Milagros? —preguntó Costanza.

—¡No vea si la conozco! Desde que ella entró nos hicimos muy amigos, ¿verdad, bonita? —volvió a decir con un tono de voz absurdo que molestó a Costanza—. Yo creo —dijo casi susurrando— que sabe que va a empezar con los paliativos. Tiene un cáncer muy avanzado. Lo sabe, ¿no?

—Sí, lo sé —contestó Costanza con rotundidad.

—Es raro que usted y yo no nos hayamos visto, ¿no? —preguntó el hombre con curiosidad.

—Perdone mi insistencia, pero debo preguntárselo otra vez. ¿Usted la ha oído hablar?

—Ya sabe que doña Milagros habla poco, pero de cuando en cuando nos dice alguna cosa, ¿verdad, bonita?

—Y hoy ha hablado, ¿es así?

—Así es —contestó el auxiliar esforzándose por empujar la silla cuando llegaron al sótano.

—Daría mi vida por escuchar de nuevo su voz.

—Perdone, ¿ha dicho algo?

—Nada importante.

El empleado empujó la silla de ruedas hasta la sencilla capilla presidida por un cristo crucificado y un altar de madera sin más adornos que las Sagradas Escrituras. Se hizo hueco entre los bancos hasta colocar a doña Rosalinda en el pasillo lateral que quedaba justo al lado de las ventanas de aluminio gris. Costanza se acercó a ella y la abrazó por la espalda entre los mangos engomados de la silla. Sus dedos tocaron la medalla de oro con la

Virgen del Carmen en relieve. Retiró la manta y comprobó que también llevaba la sortija de amatista en el dedo anular de la mano izquierda. Una sacudida agitó su cuerpo. ¿Quién se las había puesto? ¿Había dado la orden de buscar sus joyas? De ser así, ¿cómo las encontraron?

Los pensamientos se amontonaron como pedradas contra su conciencia.

«¿Y si ha escuchado que su fin está a punto de llegar, que los paliativos la despojarán de la mínima capacidad que aún le queda y esta es su forma de reclamar un refugio en ese tiempo pasado en el que fue feliz? ¿Y si tuvo un segundo de lucidez y buscó sus joyas y vistió con ellas su cuello y sus manos como muestra de resistencia íntima? ¿Y si...?»

No pudo soportar la sucesión de hipótesis. Se dio la vuelta y salió de la capilla cubriéndose la cara con una mano para que nadie la descubriera en su sufrimiento, pero justo cuando se encaminaba a un lugar seguro en el que poder llorar sin tener que explicarse, a un rincón en el que nadie advirtiera su presencia, justo cuando se disponía a desplegar su llanto, lo vio en el altar.

«¿Cómo es posible que me pase esto a mí?», pensó Costanza.

Daba igual que el tiempo hubiera pasado. La voz del padre Mauro era la misma, acaso moldeada a la cadencia del sermón, al púlpito o al reclinatorio. O al enrejado del confesionario en el que habría escuchado tantos pecados..., veleidades que el siglo XXI podría absolver sin necesidad de expiación divina.

—¿Por qué a mí? —repitió.

Pese al riesgo que estaba asumiendo, Costanza decidió quedarse en la residencia. Se escondió tras la puerta de la capilla, allí donde el padre Mauro no pudiera verla.

Escuchó.

Su voz la serenaba como una nana en una noche de truenos. Los años no habían cambiado la música de sus cuerdas en la letra de la letanía y la invocación ordenada a Jesucristo, a la Virgen y a los santos.

Sintió el amor adolescente. La vida feliz en la que todo rimaba con él y todo sabía a sus besos. Ahora, escuchándolo, volvió a alojarse en sus abrazos y deseó quedarse a vivir en ellos para siempre.

«¿Qué te pasa, Costanza?», se preguntó.

El tiempo podría galopar en sus vidas, pero siempre habría un mandamiento que se impondría a todos los demás:

«Nosotros fuimos primero. Antes que nadie y antes de todo, nos tuvimos, nos pertenecimos. Nos quisimos en días que fueron primaveras enteras.»

Acercó un ojo al resquicio de la puerta y buscó su imagen. Ahí estaba, vestido con el alba blanca, manos alzadas en aquel momento del oficio. Entre él y ella, en la mitad justa del espacio que los había reunido de manera improvisada, doña Rosalinda era solo una figura escasa de vida, envuelta en una manta raída por el uso.

—Si pudieras entender, yo te diría: «Míralo, es Mauro» —susurró—. ¡Nuestro Mauro!

Aguardó unos segundos más, consciente de que no debía arriesgarse. Si el padre Mauro la descubriera, no habría excusa en este mundo que justificara su presencia en esa residencia.

«¡Qué maldita coincidencia! ¿Y si él reconoce a mi madre?»

En los días de su vida habría imaginado que el sacerdote de ese hogar de ancianos, entre tantos en Madrid, pudiera ser el padre Mauro. La cabeza estaba a punto de estallarle. Notó que se mareaba. Náuseas. Ganas de vomitar. Miró a los lados y solo vio desconocidos. A nadie conocía y nadie la conocía a ella. Necesitaba sentarse para no caerse redonda en medio de ese territorio hostil.

La inquietud se apoderó de ella. Decidió que no debía estar allí más tiempo. Volvió a asomarse por la puerta para mirarlo, volvió a cerrar los ojos para grabar en su memoria el acento que preñaba su voz y volvió a buscar a su madre.

—Me tengo que ir —musitó.

De manera apresurada salió del número 20 de Gravina sin saber qué hacer ni hacia dónde dirigir sus pasos. Antes de ir al bufete necesitaba serenarse. Entró en un pequeño bar del barrio, se sentó en uno de los taburetes de la barra y pidió un café cortado, pero al segundo corrigió:

—¡Perdone! Mejor una tila.

El camarero no reparó en su estado de ansiedad. Las mesas estaban vacías. Buscó la máquina de tabaco.

—¿Tienen tabaco?

—No, señora —contestó el camarero.

—¿Y sabe dónde puedo comprar?

—No lo encontrará en los bares de esta calle —repuso el hombre mientras preparaba la infusión—. Tiene que ir al estanco.

—Vaya —contestó contrariada.

Costanza no fue al estanco. «Los cigarrillos solo me agitarán más», pensó. Así que se quedó allí dando vueltas a la tila sin azúcar. La vida estaba en esa taza, en los círculos que la cuchara dibujaba en el agua caliente, sin vías de escape, sin puertas que pudiera abrir o cerrar para siempre.

Dio el último sorbo, pagó el euro con veinte céntimos de la cuenta y se dirigió al bufete. No podía hacer otra cosa: el juicio de la Gran Estafa se precipitaba sobre los acusados y sus abogados. Le hubiera gustado parar el tiempo. Pedir una tregua de un par de semanas. Alegar una incontinencia que justificara su ausencia. Los pensamientos sobre su madre forcejeaban en su cabeza. En su momento, los médicos les explicaron que la enfermedad de doña Rosalinda no arrasaba con los recuerdos más lejanos y que, aunque fuera incapaz de reconocer a su marido, sí podría, en cambio, evocar su infancia, por ejemplo, o su adolescencia.

«¿Y si reconoce a Mauro? —volvió a preguntarse—. ¿Y si Mauro la reconoce a ella?»

Enseguida concluyó que eso no era posible. Su madre no era ni una sombra de lo que fue. Nadie podría identificarla.

«Ni la pobre Benita —pensó—. Pero ¿y si ella ha preguntado al hombre que empujaba su silla de ruedas cómo se llamaba el cura?»

Y si...

Las preguntas, todas sin respuesta, no la dejaron concentrarse en las horas siguientes. Tampoco el ir y venir de abogados, de secretarias, de clientes. Sobre la marcha cambió de parecer y pidió permiso al señor Suárez para recluirse en el silencio de su casa.

—Necesito volver a leer los escritos de las acusaciones. Aquí no puedo centrarme. Llámame cuantas veces quieras.

Odiaba esos días desordenados en los que se sentía como una náufraga que pelea contra la tormenta en medio del océano, sin otear tierra firme, sacudiéndose el sufrimiento, sin poder compartirlo. Eso era lo peor. No poder descolgar un teléfono para hablar con alguien, para hallar consuelo cuando más lo necesitaba.

El día se fue consumiendo. El señor Suárez la llamó tantas veces que acabó arrepintiéndose de lo que le había dicho.

—No tenemos tiempo, Suárez. Mañana empieza la vista. Nuestra estrategia es buena. No le des más vueltas. Te lo ruego.

Pero el abogado siguió molestándola para las cuestiones más ridículas y, cada vez que lo hacía, los escritos de las acusaciones contra su cliente quedaban a medio leer. Estaba nervioso. Ella también, pero trataba de mantener la calma.

Escribía, reescribía, tachaba, subrayaba los documentos desperdigados encima de la mesa. Rompía. Tiraba y volvía a empezar.

La noche se le echó encima. Cerró los ojos unos minutos y pensó en la imagen de Mauro en la residencia de Gravina.

—¿Qué pasó después de que yo me fuera? —se preguntó.

No tenía ni fuerzas para volver sobre ese asunto. Revisó su teléfono. No había ningún mensaje importante.

—Vete a la cama —se dijo—. Descansa. El día de mañana será duro.

Tenía la boca seca y las pupilas encogidas de miedo.

CAPÍTULO 18

15 de octubre. Juicio contra la Gran Estafa. Sin más ceremonia que la del primer resplandor, la vida volvió a amanecer y la luz iluminó su desorden. Costanza Mendiola no pudo discernir si el desasosiego se lo provocaba volver a pisar las baldosas del Tribunal Especial o el encuentro con el padre Mauro en la residencia de doña Rosalinda. Se había despertado con la escena en la cabeza y luchó con todas sus fuerzas para sacársela como fuera.

Lo importante era el juicio. Y solo el juicio.

Sería la primera vez que se sentara en el estrado de los abogados defensores y esa sensación de que había cambiado de bando, la misma que la invadió cuando tomó la decisión de abandonar la fiscalía, volvió a brotar dentro de ella.

Se sentiría observada por sus compañeros, escrutarían cada uno de sus movimientos, tomarían nota de cada palabra que pronunciara.

El camino hasta ahí había sido rápido, pero no fácil. Entre los fiscales solían decir que el que cambia de toga pasa al lado oscuro de la Justicia. Pensó en la toga. También sería la primera vez que no vestiría la de puñetas en las mangas, reservada en exclusiva para magistrados y fiscales.

Recordó una escena.

Acababa de llegar al Tribunal Especial. El juez más poderoso de cuantos ejercían tras su fachada se fijó en ella. Era un tipo que siempre andaba rápido y que nunca lo hacía solo, pero aquel día le dedicó unos minutos.

«¿Es usted la nueva fiscal?», le preguntó.

«Sí», contestó Costanza con timidez.

«Le daré un consejo: Haga siempre la siguiente pregunta. Si no la hace, habrá perdido la jugada.»

En el tiempo que duraron sus servicios públicos, Costanza aprendió que hacer la siguiente pregunta era hacer la última. La que nadie hacía. Ahora, en cambio, el éxito de su trabajo estaba en lo contrario: en que el fiscal no rematara la jugada.

Al juez poderoso que le dio el sabio consejo lo expulsaron de la carrera judicial por ordenar escuchas a presos preventivos en el marco de una instrucción relacionada con la corrupción. No era la primera vez que se practicaban ese tipo de diligencias consentidas por la Fiscalía. Pero en aquella ocasión, el juez poderoso se la jugó con otros poderosos que resultaron serlo más y acabaron con él. Pasó el tiempo. El juez se hizo abogado y volvió a cruzarse con Costanza.

«Nunca imaginé que defenderías a un delincuente», le dijo ella.

«Te recuerdo, señora fiscal, que no estoy aquí por gusto. A mí me echaron.»

Costanza no tuvo nada que reprocharle. «A veces hacemos aquello que censuramos en otros», pensó.

Ese día quizá algún compañero se acercaría a ella para ponerle el espejo. Podría utilizar sus mismas palabras, «No estoy aquí por gusto», o podría optar por el silencio o, a lo mejor, podría filosofar sobre las contradicciones a las que te expone la vida.

Los recuerdos y las emociones se mezclaron con el deseo de que todo acabara cuanto antes.

Se duchó entre los vahos del agua hirviendo. Se hidrató el cuerpo desnudo frente al espejo. Se recorrió con las manos los pechos tersos y rebosantes, a punto de estallar la menstruación. Se colocó el sujetador de encaje negro y la braga a juego, y se subió las medias tupidas por las piernas. Camisa blanca, falda de tubo y zapatos de tacón de ocho centímetros. La americana seguía en una percha colgada del tirador de cerámica del armario.

Se quemó el labio inferior con el primer sorbo del café. A punto estuvo de salpicarse al retirar la taza de la boca y un gesto de enfado se dibujó en su cara. La dejó sobre la repisa de la cocina mientras ordenaba el maletín brocado. Apagó el ordenador y lo guardó en el bolsillo exterior. Le costó cerrarlo. En su bolso metió el neceser no sin antes comprobar que llevaba varios tampones, brillo para los labios, el paquete de clínex, suero fisiológico, el blíster de ansiolíticos.

El café ya estaba tibio cuando lo acabó de tres sorbos. Dejó la taza en el fregadero, abrió el grifo, lo enjuagó por encima y salió de su casa. Pero mientras esperaba el ascensor, que solo usaba cuando llevaba tacones, recordó el dolor de dedos después de muchas horas sobre ellos. Volvió a abrir, dejó el maletín brocado y el bolso en el suelo, y envolvió en un trapo de felpa unas bailarinas planas.

Según se iba acercando al tribunal, descubrió las cámaras de televisión sobre los hombros de los reporteros. Sus recuerdos vomitaron la última escena que Costanza Mendiola vivió detrás de esas paredes. Ocurrió el día que abandonó la fiscalía. Recordaba haber salido por la puerta principal con la conciencia tranquila y liberada de las contradicciones en las que había incurrido durante el juicio a un mangante profesional dedicado a la política. En nombre del Estado, la entonces fiscal Costanza Mendiola no pidió penas de prisión para quien, de no haber sido político, habría acabado en la cárcel la misma noche que la Policía Judicial registró su despacho.

Pero, gracias a Costanza, el hombre siguió campando a sus anchas y moviendo su viscoso dinero de aquí para allá a través de complicadas tramas societarias domiciliadas en paraísos fiscales, que mejor sería llamar *suburbios.* Con aquel caso fue el Estado el que se volvió viscoso.

El Estado (con mayúscula).

Y a Costanza se le hizo ajeno, dejó de creer en él y la incredulidad lo impregnó todo.

Desde luego, impregnó a las instituciones del muy pringoso Estado (con mayúscula) al que siempre quiso pertenecer en calidad de fiscal y no de juez. Porque el juez imparte injusticia. Pero el fiscal la persigue.

Cuando ocurrió lo del político, el nombre de Costanza Mendiola apareció en las portadas de los periódicos. Estaba acostumbrada a los aquelarres mediáticos, pero le dolió que los firmantes de las noticias no la hubieran llamado para contrastar su verdad y se hubieran quedado con la verdad a medias del comunicado de la Fiscalía General.

«No pedirás el ingreso en prisión. Son órdenes del fiscal jefe, Costanza», le dijeron.

Y Costanza las acató.

Sin armar jaleo. Sin ruido.

Pero comoquiera que en el mismo flujo sanguíneo que condujo al acatamiento le corrió la rabia y de la rabia brotó el descontento y del descontento pasó al inconformismo, tomó una decisión: aceptar la oferta que le habían hecho en un despacho de abogados. Hacía poco tiempo que había dicho que no. Ahora diría que sí.

Fue su forma de rebelarse.

La decisión tuvo aristas en sombra y un rincón de difícil acceso habitado por su padre que, de haber sabido que Costanza planeaba abandonar la fiscalía del Tribunal Especial, habría puesto el grito en el cielo. Como no se lo consultó, se ahorró horas de discusiones que no habrían llevado a ningún consenso. A fin de cuentas, ese era el código del sistema. También el del Estado. El lenguaje del poder, que era el que el señor Mendiola mejor entendía. Fueron hechos consumados. Igual que su divorcio. Todo coincidió en el tiempo.

En su primera entrevista en Roth & Co., Costanza se ahorró

sus problemas de conciencia. Tampoco explicó lo difícil que era «cambiarse de bando» para una mujer que había estudiado una oposición por verdadera vocación. Tardaron exactamente cuatro días en extender el contrato sobre la mesa del despacho principal situado en la calle Velázquez. El 16 de enero de 2019 Costanza se convirtió en socia del bufete de abogados más importante de la ciudad. Podríamos decir que lo era del país. Y de Europa. Y del mundo, incluso, porque Roth & Co. tenía delegaciones en todo el planeta. Desde Canadá a Argentina pasando por la Costa Este y Oeste de Estados Unidos, hasta China, Japón, Australia. ¿Nueva Zelanda? Sí, también en Wellington Roth & Co. tenía sede.

La rabia de Costanza pudo, por tanto, elegir destino. Pero eligió Madrid por dos motivos: sus muertos y sus vivos estaban en la ciudad. Los primeros no se habrían resentido ante su ausencia, pero su padre estaba demasiado solo como para dejarlo más solo todavía. Y su madre, también.

La noche anterior, antes de quedarse dormida, Costanza había enviado un correo electrónico a su cliente para recordarle su cita en una cafetería de la calle del General Castaños.

Gerardo Barrios le había contestado con un escueto «ok» a las cuatro y siete minutos de la mañana. Al ver la hora, Costanza lo imaginó insomne en el despacho de su casa, deambulando de un lado a otro, en un escenario de desconcentración, de errores, de fisuras que serían anotadas a mano por las acusaciones, enfatizadas con asteriscos o subrayadas con un rotulador amarillo.

«No ha pegado ojo», pensó mientras lo esperaba en la cafetería.

Tenía aspecto de salón de té británico, alumbrado por lámparas de mesa con pantallas de seda color oro.

Eran las nueve y cinco minutos cuando Barrios empujó la puerta. Vestía un traje azul, corbata roja, camisa blanca, abrigo de paño y una bufanda que le tapaba la boca.

—¿Te pido un café? —le preguntó al saludarlo.

—Sí.

Costanza levantó la mano para llamar a la camarera.

—Un café para el señor…

—Cortado, por favor, y un vaso de agua —añadió Gerardo Barrios.

Se sentaron a la mesa. Se miraron a los ojos y Costanza descubrió su cansancio.

—¿Qué hacías a las cuatro de la mañana despierto?

—No he podido dormir.

—Tienes que tener la cabeza despejada.

—¿Puedo contarte algo? —le preguntó Gerardo.

—Claro.

—Ayer me ocurrió algo horrible. Horrible —recalcó.

Costanza se temió lo peor. Un cambio de opinión. Una decisión de última hora. Un documento traspapelado que cambiaba la estrategia de defensa.

—Ayer —dijo antes de hacer un silencio que a Costanza se le hizo eterno— fui a comer con Ana, mi mujer, a un restaurante en el que nos conocen bien porque vamos con frecuencia. Podría incluso decir que el dueño es mi amigo. ¡Me sé el nombre de todos los camareros! —exclamó—. Siempre nos sientan en el mismo sitio, al fondo del comedor. Al entrar, un hombre me clavó la mirada. Cogió un tenedor y empezó a golpearlo contra la copa de vino. Un segundo después lo imitaron los que estaban en la mesa de al lado. Después, otros. Y otros. Y otros más hasta que el ruido de los tenedores contra las copas fue ensordecedor. Ana y yo nos tuvimos que ir. No pudimos soportarlo.

Costanza enmudeció ante el relato. Según lo iba contando, ella fue recreando la escena. Y sintió lástima. Por él. Pero, sobre todo, por ella. Y pensó que nunca deben pagar justos por pecadores. Contuvo la respiración, convencida de que nada de lo que ella dijera podría aliviar a ese hombre.

—Lo siento —musitó al fin.

—Yo lo siento por Ana.

—No sé si puedo ayudarte…

Gerardo la interrumpió:

—Aún me acuerdo de tus palabras cuando vinieron a la puerta de mi casa a insultarme. Eran los indignados, ¿no? Los llamaste así, ¿verdad?

—Gerardo, no volvamos sobre eso.

—Los indignados —repitió.

Llegaron el cortado y el vaso de agua, y Gerardo Barrios los bebió con ansiedad. Costanza acercó su mano a la de él y sintió el frío de sus nudillos. Respiró profundo.

—Me gustaría explicarte cómo es la sala.

La conocía a la perfección y pensó que podría ayudarlo a situarse en el espacio que ocuparía poco después.

—Si te parece importante…

—Solo te diré que el banquillo de los acusados no existe como tal. En el centro de la sala hay una mesa con un micrófono. Declararás desde allí. Enfrente tendrás a los tres magistrados. A tu derecha verás a las acusaciones. A tu izquierda, a las defensas. Allí estaré yo.

Gerardo Barrios sacó una pequeña libreta y leyó a la abogada las anotaciones que había escrito durante su vigilia.

—Lo mejor de la noche en vela es que he tomado alguna nota que quizá me venga bien.

—¿Por ejemplo? —preguntó Costanza con la intención de supervisar los argumentos.

—En el caso de las jubilaciones, lo fundamental es que recibimos el visto bueno del consejo para fijar la cuantía.

—¿Y en el caso de los préstamos a las constructoras?

—Que el servicio de riesgos aprobó las operaciones.

—Eso es —asintió Costanza—. Y sin reproche alguno.

—Sin reproche alguno —repitió.

En ese momento recordó haber citado a su jefe, el señor Suárez, en el semáforo que quedaba justo enfrente del tribunal.

—Se nos va a hacer tarde —señaló—. Suárez nos debe de estar esperando. Entraremos los tres juntos.

Pagaron y salieron a la calle.

—Espera un momento —le dijo Costanza.

—¿Qué pasa ahora?

—¿Estás tranquilo?

—Sí, pero ¿puedo pedirte un favor? —le preguntó Gerardo.

—Dime.

—No le cuentes nada a Suárez de lo que pasó en el restaurante. Ganaron esos indignados. Y me avergüenza.

—¿Puedo pedirte un favor a ti? —preguntó Costanza.

Gerardo sacó un cigarrillo del paquete que llevaba en el bolsillo del abrigo mientras su abogada, levantando el dedo índice de la mano derecha, le dijo:

—Que no te pueda la soberbia. Será tu peor defensa.

Su cliente aspiró el humo del pitillo, se subió la bufanda hasta la boca y cruzaron cuando el semáforo se puso en verde.

Los tres acusados parecían cortados por el mismo patrón: hombres de ungüentos y trajes a medida, tirantes e iniciales bordadas en los puños de las camisas.

Costanza no podía deshacerse de la imagen del tenedor y la copa, pero, mirándolos, entendió que ese banquillo aliviaría a todos los que ansiaban justicia. Sería un paréntesis en la calle, que saciaría su rabia en las imágenes de los informativos de televisión. Un descanso para los políticos, que delegarían su responsabilidad por la falta de control en la futura sentencia. Y, al final, también sería un paréntesis para Costanza, que, a pesar de lo que odiaba aquel caso, podría olvidarse, siquiera unas horas, del tratamiento de su madre, de la cita con Mauro y de su silueta en el altar de la capilla de la calle Gravina.

La primera parte de la primera sesión del juicio resultó tediosa. Se dilucidaron las cuestiones previas. Puro procedimiento. Se escucharon peticiones de archivo y alegaciones a la prescripción de los delitos, pero Costanza sabía que ese tipo de estrategias no gustaba a los jueces. La vista debía celebrarse sin más dilaciones. El caso no era complicado. Al revés: era muy sencillo. La fiscalía lo había resumido en una sola palabra: sinvergonzonería. No era habitual, al menos no en su época de fiscal, calificar los hechos de esa manera. Pero las cosas habían cambiado también en el lenguaje judicial.

Costanza no había tenido la oportunidad de ver de cerca a los otros dos acusados, el director general y el adjunto a la dirección del banco. Junto a su cliente, habían protagonizado la Gran Estafa. La etiqueta que le puso algún medio de comunicación había pasado a ser de uso común y frecuente entre los ciudadanos.

Los observó con detenimiento. Le llamó la atención Pedro Zárate de Ortuzar, sesenta y tres años, mano derecha de Gerardo Barrios, director durante casi una década de la entidad en la que había empezado a trabajar con quince años de mozo de los recados. Su historia se había publicado decenas de veces en los periódicos, en las revistas, en los programas. Ahora era un hombre destruido que intentaba mantener la compostura embutido en su traje impecable. Del otro procesado, Antonio Basamonte González, solo sabía que había sido amigo íntimo de Barrios, que habían compartido vacaciones, viajes, cotos de caza, y que la Gran Estafa los había separado para siempre. Costanza intentó sonsacarle los motivos, pero su cliente se cerró en banda.

«No hablo de traidores», le dijo.

Aquel día ni siquiera ella sabía hasta dónde llegaría la traición.

—Damos paso a los interrogatorios —oyó Costanza de repente.

La voz del presidente del tribunal resonó en la sala adormecida después de varias horas de escuchar las enrevesadas disquisiciones de los letrados.

—Empezamos con don Gerardo Barrios del Olmo.

—Señoría —dijo Gerardo dirigiéndose al tribunal.

Costanza se inquietó al escucharlo. No estaba previsto que formulara ninguna petición.

—Señoría —continuó—, no contestaré a la fiscalía. Solo lo haré a preguntas de mi abogada, doña Costanza Mendiola.

—¡Gerardo! —exclamó Costanza aspirando el aire para que las palabras no estallaran contra él—. Con la venia de la sala —dijo presionando con fuerza el botón de su micrófono—, ¿puedo solicitar un receso?

—No ha lugar, señora letrada. Y debería saberlo —añadió el presidente con cierto desprecio—. ¿La fiscalía desea pronunciar las preguntas en sala o se incorporan al sumario? —preguntó dirigiéndose al Ministerio Público.

—Queremos que se escuchen —contestó el fiscal.

Costanza lo conocía a la perfección. Jesús Antúnez, un sabueso de Delitos Económicos. Habían compartido investigaciones, interrogatorios, periciales de todo tipo. Durante un tiempo incluso habían convivido en el mismo despacho. Un tipo ordenado, metódico. Ya se lo había advertido a su cliente: «Se lo sabe al dedillo. Lleva años con este caso entre manos. Se ha leído cada papel, ha estudiado cada prueba, la ha cotejado, ha escuchado a testigos y, sobre todo, es muy hábil». «Es de los que hacen la siguiente pregunta», pensó.

El fiscal Antúnez miró a Costanza, media sonrisa en su rostro, ojos abiertos de par en par. Parecía querer ponerle el espejo con el que ella había fabulado. Una a una fue leyendo las preguntas que Gerardo Barrios tendría que haber contestado. Costanza observó cómo Suárez se removía con el gesto torcido en uno de los bancos habilitados para el público. «Maldita sea», susurró ella. Buscó a Gerardo con la mirada, pero él no se la devolvió. Había tomado su decisión, al margen de lo pactado con su abogada. Se la había jugado sin contar con ella y se la había jugado también a ella.

Costanza empezó a tomar nota de todas las cuestiones de la

fiscalía. El bolígrafo se escurrió entre sus dedos. Le sudaban las manos, le temblaban los pies. Le hubiera gustado renunciar a la defensa ahí mismo y en ese instante.

Pero no lo hizo.

Toda la inesperada compasión que había empezado a sentir por Gerardo Barrios después de que él le confiara el incidente del restaurante se evaporó. Para siempre.

El fiscal acabó de hablar y el presidente del tribunal volvió a dirigirse a su cliente:

—Gerardo Barrios, ¿va a contestar al resto de las acusaciones?

—Señoría —repuso—, ya le he dicho que no. Que solo contestaré a mi abogada.

—Tiene la palabra la defensa de Gerardo Barrios.

—Gracias, señoría. Con la venia de la sala —dijo Costanza. Carraspeó, bebió agua, se pasó las palmas de las manos por la toga—. ¿Cuántos miembros había en el consejo de administración de la entidad?

—Siete —contestó Gerardo.

—¿Era un órgano colegiado?

—Sí.

—¿Asistió todo el consejo a la reunión en la que fijaron las cantidades de las jubilaciones?

—Sí.

—¿Alguien puso alguna pega?

—No.

«¡Maldita sea! —gritó Costanza para sus adentros—. Tienes que explicar todo lo que habíamos pactado. ¡No contestes con monosílabos!»

—¿El órgano que integraban ustedes, el consejero, el director y el director adjunto actuaba libremente?

—Sí.

—¿En qué se basaron para fijar la cantidad de las jubilaciones?

Gerardo miró a Costanza con desdén.

—¿A qué se refiere? —preguntó.

—Le pregunto si era una cantidad acorde a sus funciones en el banco.

—¿Usted qué cree?

La sala se revolvió.

—Le repito la pregunta. ¿En qué se basaron para fijar la cantidad de las jubilaciones?

—¡Era lo que nos correspondía! —exclamó—. No voy a contestar.

Costanza apretó las muelas. Sobre la marcha, decidió pasar al segundo asunto del que lo acusaban. No conseguiría que él demostrara un ápice de arrepentimiento. Tampoco que las jubilaciones de cinco millones de euros suponían un exceso arbitrario.

—Pasemos a la concesión de créditos a la constructora —dijo mientras sacaba los papeles de esa parte de la causa—. ¿Concedieron un préstamo a la empresa Barecon por valor de cincuenta millones de euros?

—Sí.

—¿Fue decisión del consejo?

—Sí.

—¿Avalada por el departamento de riesgos de la entidad?

—Sí.

—¿La constructora terminó la promoción de viviendas?

—Sí.

—¿Los chalés fueron entregados a los clientes?

—¡Y a mí qué me cuenta! No era de mi incumbencia si entregaban las casas o no.

Costanza se reclinó sobre su asiento.

—Con la venia, señor presidente, insisto en solicitar un receso de cinco minutos.

—No ha lugar, letrada. Continúe.

El magistrado ni siquiera consultó con el resto del tribunal. Costanza tragó saliva, recolocó los papeles desordenados sobre el estrado, bebió agua otra vez. Y otra vez, carraspeó.

—No hay más preguntas, señoría.

Apagó el micrófono, cerró la pantalla del ordenador, guardó sus folios en las carpetas y en ese momento deseó que su cliente fuera condenado a la pena más severa. Y supo también que los hombres no cambian y la soberbia envenena la sangre.

Cuando se levantó la sesión, Costanza abandonó la sala sin despedirse de Gerardo Barrios. Tampoco se acercó al señor Suárez. Le hizo un gesto con la mano, «ahora te llamo», le dijo moviendo solo los labios, y salió del Tribunal Especial como alma que lleva el diablo y con la sensación cierta de que nunca debió aceptar la defensa de un delincuente.

A la mañana siguiente Costanza Mendiola se descubrió en las portadas de los periódicos. Apareció en los informativos. Se oyó su voz en las radios. Y la opinión pública y publicada opinaron de ella. De su cliente. De la Gran Estafa.

Capeó el temporal a ratos desconcentrada, a ratos entristecida, en ocasiones empapada de cólera. También sintió vergüenza, pero se cuidó de no manifestarla cada vez que se vestía la toga sin puñetas o se cruzaba con sus colegas por los pasillos.

No había vuelto a intercambiar una sola palabra con su cliente. Delegó en Suárez y, por suerte, su jefe entendió que lo que había pasado no fue ni su culpa ni por su culpa. «Hay clientes —le dijo— que creen que su verdad es su mejor defensa.»

Al 15 de octubre le siguieron catorce sesiones más de vistas públicas. Llegó noviembre. Y el frío. Y los días cortos.

Su madre aún viva, Mauro, su padre, Valeria en el cementerio. Era como si la Gran Estafa los hubiera sepultado. Como si hubiera parado el reloj de su vida y todos ellos no existieran o nunca hubieran existido.

De su madre sabía por el señor Lerma, que cada día le enviaba un mensaje con sus impresiones judiciales y, de paso, la tranquilizaba con el parte médico. Habían iniciado la dispensa de los paliativos de manera lenta y gradual porque la enferma estaba respondiendo mejor de lo esperado. Eso aliviaba su angustia de no poder visitarla en la residencia de Gravina.

De su padre no sabía nada. Ella pensaba que era su manera de respetarla y de no inmiscuirse en su trabajo. Pero Costanza echó de menos una llamada. Un mensaje. Si lo que sentía también era vergüenza por todo lo que había ocurrido, por ver a su hija en un callejón sin salida ante la observación de todos, no lo expresó de ninguna manera.

Y Mauro parecía devorado por la tierra. Naturalmente, Costanza lo disculpó. Pensaba que sería improcedente que la desconcentrara después de que ella le hubiera pedido tiempo antes de concertar su cita. (Aun así, deseó una llamada. Un mensaje.)

Lento y exasperante, el tiempo se fue consumiendo y los días pasaron hasta que llegó la última sesión, la del turno de última palabra, previa al visto para sentencia. Una garantía que tienen hasta los asesinos y los terroristas. También los pederastas.

Y los banqueros de la Gran Estafa.

—Don Gerardo Barrios —lo llamó el presidente—. ¿Hará uso de su turno?

—Sí, presidente.

—Tiene la palabra —le conminó el juez.

—Señorías —dijo con ese tono de voz altivo que jamás conseguiría corregir—, quisiera utilizar este turno para decir que en todo momento actuamos de acuerdo con la ley.

Silencio en la sala. Los periodistas empezaron a tomar notas en sus libretas, pero enseguida dejaron de hacerlo porque no había ninguna novedad en su alegato final.

—Nunca lo hicimos sin supervisión ni sin aval del consejo de administración o del departamento de riesgos de la entidad.

Tampoco los jueces prestaron demasiada atención. Todo eso ya se lo sabían.

—En su escrito de acusación —dijo girándose hacia el fiscal— usted califica los hechos de sinvergonzonería. Un término más propio de los indignados que del representante del Ministerio Público, que haría bien en respetar la presunción de inocencia.

El presidente del tribunal elevó la mirada hacia el acusado.

—Le haré una pregunta. ¿Son unos sinvergüenzas los clientes que van a los bancos y contratan productos financieros para ganar dinero? Aquí todos han querido ganar dinero. ¡Todos! Seguro que muchos de ellos están en esta sala. No estaba reservado el derecho de admisión en la fiesta.

—¡Sinvergüenza! —se oyó gritar desde los bancos del público—. ¡Sois todos unos sinvergüenzas!

—¡Por favor, guarden silencio! —exclamó el presidente del tribunal—. Continúe, por favor.

—¿Les parece mucho una jubilación de cinco millones de euros? —preguntó Barrios con la espalda tensa ligeramente inclinada hacia delante—. ¿Quieren que reconozca eso? ¿Lo esperan como un gesto de humillación?

La fotografía del instante de ese hombre poderoso, dedo índice que señala a los magistrados, mirada que delata tensión, asustó a Costanza.

—No podemos asumir la inquina contra el rico...

La abogada se agitó en su silla.

—... ni ser enjuiciados por ella.

—¡Malnacidos! —gritó la voz de la calle.

—¡He dicho que guarden silencio o tendré que desalojar la sala! —intervino de nuevo el magistrado.

El hombre que había gritado, uno de los que quizá tenía sus ahorros en ese banco que despachaba jubilaciones millonarias, el pobre que no quería serlo, se puso en pie y, arrebujando una bufanda entre sus manos, salió de la sala profiriendo exabruptos de los que solo acabó llegando el eco de una voz partida:

—¡Queremos que se haga justicia y que estos sinvergüenzas acaben entre rejas!

—¿Se da cuenta? Son unos...

Gerardo Barrios se comió la palabra. Costanza sabía lo que quería decir y su pensamiento lo animó a continuar la frase: «Son indignados. ¡Dilo!». Pero no lo hizo, consciente de que habría encolerizado al público. Su cliente retomó su discurso:

—Miren —dijo dirigiéndose a toda la sala—, a mí me sobra el dinero. Yo no ansío tener más. Pero ellos, esos hombres y esas mujeres —continuó girándose hacia los bancos de los afectados—, están llenos de cólera. Los mueve la ira y, si ustedes se dejan llevar por ella, cualquier intento de hacer justicia resultará en vano. El mundo está obsesionado con la venganza. No tengo nada más que decir.

Además de volver a desear que Gerardo Barrios fuera condenado a una pena que lo enviara directo a la cárcel, Costanza decidió que ni lo visitaría en la prisión ni se haría cargo de su recurso ante el Tribunal Supremo.

Se oyó un rumor en la sala. Trató de identificar si provenía del público o de la prensa, que había devuelto la atención a sus cuadernos y a sus ordenadores y aporreaba los teclados sabiendo que allí estaba el titular de un juicio que concluyó ese mediodía del mes de noviembre.

Había llegado el momento de la justicia. Ahora, sí.

Los magistrados se retirarían a sus cuarteles de invierno y el ponente haría una propuesta de sentencia que sería debatida y firmada por el resto del tribunal.

Todo habría acabado. Por fin.

La rabia congelada empezó a deshacerse de nuevo. En el paladar en el que Costanza Mendiola descubrió su gusto, sintió esta vez escozor.

Y solo pudo aliviarlo la certeza de que Mauro estaría esperándola en un banco de piedra frente al Palacio Real.

«Terminó el juicio. ¿Nos vemos mañana a las 20:30?»

Enviar.

CAPÍTULO 19

La ciudad amansaba el frío luminoso del otoño bajo las estufas que jalonaban las terrazas en las que turistas y oriundos agotaban cafés y cócteles a la hora a la que Costanza salió del 25 de Piamonte para encontrarse con el padre Mauro.

Se había tomado el día libre con el permiso del señor Suárez. Necesitaba ese tiempo para procesar lo que había pasado, antes de plasmarlo en un informe que presentaría en Roth & Co.

Acababa de recibir un mensaje del señor Lerma actualizándole el estado de doña Rosalinda: «Tu madre está bien. No sufre. Puedes visitarla cuando quieras».

Costanza contestó agradecida. Terminado el juicio, disponía de tiempo para acompañarla y eso le daba paz.

Quedaban veinte minutos para la hora convenida con Mauro. Madrid, envuelta en su historia, le pareció una ciudad perfecta, con sus gentes convertidas en las cariátides de la posmodernidad. Majestuosa en el chaflán de Barquillo, donde se alzó el Banco Español del Río de la Plata, y bulliciosa en ese tramo que desembocaba en *La osa y el madroño* de Sol.

Con solo unos minutos de diferencia, el padre Mauro había recorrido el mismo camino sin llegar a cruzarse con la mujer con la que se sentaría frente al Palacio Real. Le había costado salir de San José dada la cantidad de asuntos pendientes que el sacristán quería despachar con él. Que si partidas de bautismo, que si peticiones para bodas, que si ha venido tal señora y tal otra a las que había que atender porque son devotas de la parroquia.

—No es el día, don Adamino. Tengo que encontrarme con una amiga y no debo llegar tarde.

—¿Con quién?, dígame, padre Mauro —le preguntó el sacristán.

—Una vieja conocida del colegio —dijo de un modo que desconcertó a don Adamino—. ¡Ya le gustaría a usted saber más!

—Cuente, cuente...

—No viene al caso. La cuestión es que sus asuntos tendrán que esperar a mañana.

—Pues habrá que esperar.

El padre Mauro dibujó una cruz en su frente y, cuando consiguió zafarse de él, salió de la parroquia con la sospecha de que el sacristán no cejaría en su empeño de saber quién era la amiga ni a qué familia pertenecía. Hacía poco que lo conocía, pero ya había calado su carácter, su gusto por los chismes y los cotilleos de cuantos pasaban por la iglesia. Además, sin darse cuenta, él mismo había cebado de interés la cita más arriesgada de su vida, la que había decidido encarar para testar la robustez de su fe y la obediencia de su cuerpo.

Se santiguó sobre la marcha y, con el rosario enganchado entre los dedos, caminó a paso ligero hasta el lugar preciso en el que se encontraría con Costanza Mendiola. La oscuridad temprana de las tardes de invierno era su única coartada.

También la de Costanza.

Ella rara vez frecuentaba ese lado del mapa de la capital. De hecho, la última vez que pisó esas calles fue para visitar a Benita, la costurera de su madre, en su apartamento de la Encarnación. De eso ya habían pasado algunos meses. Su mundo se extendía hacia Cibeles, la puerta de Alcalá y el barrio de los pudientes de Salamanca, que conocía en cada detalle de su historia. Doña Rosalinda siempre rociaba sus paseos con hermosas lecciones que Costanza retuvo para el resto de la vida. Aún podía recordarla señalando con el dedo el paso de cebra por el que cada mañana cruzaban don Juan Ramón Jiménez y doña Zenobia en el 38 de la calle Padilla, donde vivieron hasta el estallido de la Guerra Civil española.

O recreándose en el barroco que inspiró a Joaquín Rojí para construir, en plena Primera Guerra Mundial, la vivienda de Fernando Plá y Peñalver, heredero del primer marqués de Amboage, título pontificio que su padre, el ferrolano don Ramón Plá y Monge, recibió del papa León VIII. El matrimonio y sus cinco hijos vivieron allí hasta que, en 1931, el Gobierno de la República requisó el palacio para instalar durante un tiempo la sede del Ayuntamiento de la capital.

Esa había sido la letra y el paisaje de Costanza, lejos de las mujeres que asaban castañas a los pies de San Ginés o de la calle Arenal, en la que, en tiempos, confluyeron los pasadizos de las casas de la mancebía pública. El arrabal de entonces fue adecentado cuando la corte de Felipe II se trasladó a la villa de Madrid y los nobles pusieron el ojo en el negocio de las fondas, las pensiones y los hoteles frecuentados por Rubén Darío o Menéndez Pelayo.

A medida que sus pasos acortaban la distancia del encuentro, Costanza empezó a sentir cierta agitación. No acudía al encuentro con un hombre libre. No podía dejar de pensar en la condición del padre Mauro. La conciencia del pecado haría mella en él y quién sabe si ya había empezado a hacerla en ella. No quiso ahondar en ese pensamiento porque, de hacerlo, se daría la vuelta al comprobar cómo en esa plaza de Oriente, a lo lejos, se imponía la verdad.

Terca y obstinada. La verdad del padre Mauro.

De riguroso negro, la imagen lo dibujaba de perfil, cabeza gacha, iluminada por la luz del teléfono móvil que sostenía entre las manos. A esa distancia era solo una sombra sobre la piedra del banco frente a la mole palaciega que fue morada de reyes, reinas e infantes. Quizá también lo fue de canónigos que removieron las faldas de las damas de las cortes del XIX. Y de escribanos de intrigas y amoríos.

Costanza sintió el pálpito bajo el abrigo. Guardó los guantes de piel en los bolsillos y se acercó a paso lento por el camino de arena que rechinaba bajo las suelas de sus botas, iluminada por el resplandor de una luna creciente y entre las esculturas de Eurico, Leovigildo, don Pelayo, don Ramiro de Asturias.

Apenas los separaban unos metros cuando ella agrietó el silencio con su voz:

—Hola.

El padre Mauro tardó unos segundos en levantar la cabeza del aparato ignorando si aquel instante iba a convertirse en el comienzo de algo o en el fin de todo.

—Ya estás aquí —dijo tendiendo una mano a Costanza.

—¿Me he retrasado? —preguntó ella buscando el reloj bajo la manga del abrigo.

—En absoluto —contestó él.

—¿Quieres que nos sentemos o prefieres que vayamos a dar un paseo?

Costanza sintió que el tiempo —el pasado, su presente, la ruleta del futuro— se detenía y las circunstancias de ambos se difuminaban. Se sentó a su lado, él cruzó las piernas, ella hundió los tacones de las botas en la arena.

—Es como si no hubiera pasado el tiempo, Costanza —observó el padre Mauro.

Ella asintió con la cabeza. Eran las palabras que necesitaba escuchar.

—¿Cómo fue el juicio? —se interesó el sacerdote.

—Han sido semanas complicadas. Pero ya ha acabado. ¡Por fin! —exclamó ella.

—Lo sé. Te he visto en los periódicos.

—¡Oh, no, no! Yo no soy esa. Ahí solo era una abogada. Esa imagen no tiene nada que ver conmigo. ¿Te importa que me encienda un cigarrillo?

—¡En absoluto! —repuso Mauro.

Costanza buscó la cajetilla en el bolso y sacó un pitillo.

—Permíteme —le pidió Mauro cuando iba a prender el mechero.

Rozó con sus dedos la piel de ella y Costanza sintió un rubor primitivo y absurdo.

—¿Quieres? —le ofreció ella.

—No fumo, gracias.

Costanza intentaba que la normalidad se impusiera. Que la serenidad dictara el encuentro. Que el hecho de no ser dos desconocidos los inmunizara de ellos mismos. Que se dejaran halagar por el caprichoso destino que los había puesto en la misma acera un día cualquiera. Ya no importaba cuándo, tampoco dónde, ni siquiera resultaba reseñable qué se dijeron entonces. Qué sintieron. Qué los movió a buscarse. A escribirse. Y a citarse para encontrarse. De nuevo.

—Es verdad que parece que el tiempo no ha pasado —repuso Costanza mientras el humo se escapaba entre sus labios—. Diría que el tiempo se ha detenido en ti.

—Y en ti también, Costanza. —El padre Mauro se inquietó al escucharse a sí mismo.

—Me gustaría saber por qué estás de nuevo en Madrid.

—Los traslados son habituales —contestó él sin aportar más detalles.

—Y ¿qué has hecho todo este tiempo? ¡Han pasado veinte años! —exclamó ella.

—Los he dedicado a la Iglesia, al estudio y a mi formación. He sido muy feliz en Roma. Pero tenía ganas de volver. Aquí está mi familia.

Un escalofrío recorrió la espalda del padre Mauro. Estaba dejándose llevar sin saber dónde viajarían sus deseos más íntimos, esos que estaban empezando a prender dentro de él de manera incontrolada.

—¿Tus padres están bien? —preguntó ella.

—Muy bien. Tienen cuatro nietos maravillosos. ¿Y tu padre? —quiso saber Mauro.

—Está muy bien. ¡En plena forma! Como siempre —señaló Costanza.

—Te lo dije cuando nos encontramos. Sentí mucho la muerte de tu madre. Quise llamarte, pero no lo hice. Me arrepiento.

El padre Mauro extendió su mirada hacia el horizonte coronado por la bóveda de la catedral de la Almudena y respiró profundo sintiendo el frío de la noche en sus pulmones.

—Háblame de ti —dijo.

—Necesitaríamos la noche entera para que pudiera contártelo todo —contestó Costanza.

—Sé escuchar.

—¿Paseamos?

El padre Mauro aceptó, pero dudó de que fuera la mejor opción. Podían ser vistos. Podían ser descubiertos. Podía ocurrir que la cita dejara de ser invisible para el mundo y quedara iluminada por los destellos de las miradas ajenas.

Aun así, no dijo nada. Se pusieron en pie, se enfundaron los guantes, subieron los cuellos de sus abrigos y enfilaron Carlos III hacia la calle Vergara.

Costanza sintió las ganas de rebobinar y empezar a hacer una íntima rendición de cuentas con ellos mismos que arrancaría, naturalmente, por el principio: por la carta que consumaba la decisión de ingresar en el seminario, guiado por una necesidad de refugiarse en su penitencia. Sintió en su muñeca la pulsera que él le regaló y a punto estuvo de enseñársela, pero decidió que aquello solo sería una apelación a la nostalgia que no los llevaría a ningún lado.

En su imaginación, él le daba todas las explicaciones que ella habría querido escuchar sobre por qué se fue y ella le expondría las consecuencias de su marcha: que se casó con un hombre —«Se llama JL»— para poder olvidarlo —«Porque, ¿sabes, Mauro?, nunca dejé de quererte»— y que con él tuvo una hija —«Mi linda Valeria»— que se murió ahogada —«Eso me enfrentó a Dios y aún no he conseguido hacer las paces».

«Es insoportable el dolor de sobrevivir a un hijo —le habría dicho—. Aún no sé cómo soy capaz de levantarme por las mañanas ni cómo me he enfrentado a tantas preguntas sin respuesta. Quizá tú seas la recompensa a tanto sufrimiento.»

Su relato se interrumpiría en un paréntesis de silencio. No podría seguir hablando y notaría el nudo que ahoga las palabras.

El relato no fue en modo alguno como planearon sus ganas. El relato se quedó en una enumeración aséptica de los sucesos que habían marcado sus veinte y sus treinta.

—Terminé la carrera, hice la oposición a fiscal, me casé y tuve una hija que se murió. Y ahora, a mis cuarenta, soy una abogada huérfana de madre y separada. Y sigo siendo madre de una niña que no vive. Nunca dejas de serlo. Yo la traje a este mundo —concluyó tratando de quitarle severidad a la simplificación—. Me definen mis pérdidas, querido Mauro.

—Nadie me lo contó, Costanza. Nunca supe nada de todo esto. —Suspiró el padre Mauro—. Me hubiera gustado estar a tu lado para ayudarte.

Siguieron caminando, encogidos en la profundidad de sus emociones.

—La vida —contestó Costanza— nos somete a pruebas que creemos que no podremos superar, pero al final aprendemos a manejarnos en el sufrimiento. Los dos sabemos de qué hablamos. Es nuestro lenguaje.

El padre Mauro no quería tocar esa partitura. De la muerte de Cecilia no quedaba ningún rescoldo. Los suyos, en cambio, los que llevaban su nombre y su apellido, podían volver a prender en la hoguera de sus deseos.

—A veces oculto que mi hija está muerta —añadió Costanza—. La gente pregunta, quiere saber cómo fue y, al final, sientes que provocas compasión.

—No es compasión lo que yo siento.

—¿Qué es? —preguntó ella.

El padre Mauro se paró en medio de la calle vacía a esas horas y, clavando su mirada en las pupilas de Costanza, dijo:

—No hay palabras para expresarlo.

Tragó saliva y sintió la soga de la culpa.

El modo en que un hombre ama a una mujer.

O la manera en que ella lo hace.

Sus formas no pertenecen a nadie.

Solo a los que convierten en plural las maneras de querer.

Y de romper el silencio.

O de imponerlo cuando solo hay ruido en sus vidas.

Sus nombres los pronunciaron de noche. Cuando nadie los vio ni pudo oírlos.

—Costanza.

—Dime, Mauro.

—Será mejor que me vaya.

CAPÍTULO 20

Costanza lo dejó marchar con las manos en los bolsillos, la mirada perdida en el suelo y el remordimiento sobre los hombros. Mauro se sentía un embustero. Odiaba la palabra *embuste* y también a los embusteros. Odiaba la mentira porque siempre acompañaba una traición. Odiaba sentirse empapado de culpa y de miedo. Odiaba la fragilidad y sentirse frágil. Odiaba el dilema que empezaba a crecer dentro de su pensamiento. Odiaba las emociones que lo habían contaminado como un virus sin vacuna.

Se odiaba.

«No puede pasarme esto a mí», sollozó sin llegar a despegar los labios mientras recorría a paso ligero las calles de Madrid.

Odiaba que su conciencia lo abofeteara destronándolo de la cordura que siempre había imperado en cada acto de su vida y en la decisión de ordenarse sacerdote para abandonar el mundo del pecado. Odiaba saber que sentiría vergüenza y que sería tan profunda como la fe que lo había guiado hasta su temprana vocación. Y odiaba saber que no podría apaciguarla.

Nunca se está preparado para la decisión y está permitido dudar. Los instructores del seminario se lo decían a los novicios. Pero él estaba tan convencido que alguna vez los maldijo en silencio por mentar esa posibilidad.

Y sin embargo… Ahora la duda estaba ahí, martilleando sus cimientos, agitándolo, matándolo por dentro.

Ahogándolo.

Al llegar a la Casa del Cura, sintió unas ganas irreprimibles de arrodillarse ante la virgen del altar de San José. Sacó las llaves del bolsillo para comprobar que había añadido el juego que le había entregado el sacristán.

«Por si alguna vez necesita entrar al templo, le dejo una copia del portón de Marqués de Valdeiglesias y otra de la entrada a la iglesia. ¿De acuerdo? No las pierda, por Dios se lo pido», le dijo don Adamino.

Jamás pensó que las necesitaría ni tan pronto ni a unas horas tan indecentes. Al girar la llave en la cerradura, chirriaron las bisagras y un gato salió despavorido de un cubo de la basura. El maullido lo asustó. Cerró los ojos y respiró profundo.

—¡Cálmate! Es solo un gato —se dijo.

Introdujo otra llave en la siguiente puerta con cuidado de no alertar a algún sonámbulo con vistas a esa trasera de San José que, durante el día, era un ir y venir de fieles y de mendigos que se arremolinaban para recibir la dosis diaria de pan con mortadela y ropa usada.

Una vez dentro, recorrió el pasillo de la Virgen del Rosario. La miró a los ojos y se santiguó antes de entrar en la sacristía. Se quitó la cazadora y la dejó caer contra la piedra del suelo, provocando un golpe seco que retumbó en la iglesia vacía y que despertó a la esposa del sacristán.

—Adamino, nos han entrado. ¡Adamino, despierta!

El sacristán se desperezó contrariado.

—¿Qué estás diciendo, mujer? ¿Quién va a entrar?

La vivienda del sacristán era la única que daba a la nave central de la iglesia a través de tres estrechos balcones. Uno de ellos correspondía a la habitación del matrimonio. Tenía toda la lógica que así fuera, ya que el sacristán era el guardés del templo y el que debía dar la voz de alarma ante un robo o un incendio.

Don Adamino cogió la linterna de debajo del colchón y se acercó al balcón, pero al descorrer el visillo no necesitó prender la luz para ahuyentar al caco. El alumbrado de la calle que se colaba por la bóveda y las vidrieras laterales fue suficiente para descubrir la imagen del padre Mauro hundido en las palmas de sus manos, arrodillado a los pies del altar y consumido en un llanto que jamás sabría que estaba siendo observado.

La escena le produjo tal impresión que incluso se apartó del balconcillo por miedo a ser descubierto.

—¿Qué pasa, Adamino?

—Nada, Amparo. Es uno de los curas. Está rezando.

—¿A estas horas? —preguntó la mujer.

—Ya lo ves, mujer, a estas horas.

—Es el nuevo, ¿verdad?

El sacristán no contestó y siguió concentrado en sus movimientos.

El padre Mauro se desahogó ante la Virgen del Carmen y buscó la imagen del Cristo del Desamparo. Imaginó su sufrimiento y lo recreó tal y como lo había estudiado en las Sagradas Escrituras que podía recitar de memoria. Siempre fue un estudiante brillante, pero esa noche se sentía minúsculo en el océano de la incertidumbre. De nada valía ya lo que había sido, ni quién había conseguido llegar a ser. Menos aún lo que el futuro podría depararle si seguía la senda del destino.

«¿Qué destino, Mauro? El Señor manda y ordena. Nunca elegiría este camino para ti. Eres tú. ¡Eres tú el que se desvía!»

Se puso de pie y en un elevado tono de voz que incluso pudo oír el sacristán, el padre Mauro clamó:

—¿Dónde está la luz? Señor, devuélveme mi paz. Devuélvemela, Dios mío, y quítame este tormento.

Volvió a sumergirse en el silencio y recordó los mandamientos no escritos que había aprendido en el seminario. Cada lección del instructor. Cada experiencia de cada aprendiz con el que compartió banco y camastro. Y también campo y azadón. Mauro labró la tierra y la sudó para enterrar los remordimientos y las angustias. Mauro plantó y recolectó remolachas. Las agarró con sus manos. Se le abrieron los nudillos, le sangraron las palmas de las manos y en su dolor apagó las tentaciones y aprendió a domesticarlas.

Luego vino la ordenación. Y nunca, nunca, el padre Mauro volvió a acordarse de que era un hombre.

Aquella noche deseó sentir las espinas del cilicio y que la sangre vertiera de las heridas como prueba de sufrimiento y penitencia.

Deseó abrir los ojos y comprobar que todo había sido un mal sueño, que nada había sucedido en realidad, que esa mujer era solo una sibila, un retal del pasado sin hilo que pudiera remendarlo. Un espacio vacío, hueco, sin ella. Y deseó que lo que sentía por Costanza se convirtiera en odio para poder olvidarla.

Pero todos esos deseos solo consiguieron teñir de confusión los rezos que ni siquiera fue capaz de recitar con orden. Saltaba de una oración a otra de manera inconexa. Sin concierto alguno. De forma desacompasada. Olvidando su cadencia.

Su letra.

Desde el balcón de su dormitorio, el sacristán vio al padre Mauro enjugarse las lágrimas en un pañuelo que sacó del bolsillo del pantalón, lo vio santiguarse y lo vio, al fin, marcharse.

Costanza paró un taxi y le indicó la dirección de Piamonte. Hacía frío. Incluso había llovido mientras paseaba con Mauro, pero no les importó mojarse.

Sus ojos al borde del llanto contenían lo mejor de ella misma. Lo que sería capaz de entregar a ese hombre preso de sí mismo. Pero también lo peor: el pecado que ella encarnaba.

Una vez más, el padre Mauro la había dejado sin las palabras que necesitaba escuchar. Lo que sentía por ella volvía a ser un túnel negro, sin luces, interminable, y eso era lo peor: no saber cómo discurriría la historia con él, si es que había algún carril que los dos pudieran ocupar con todas sus circunstancias y consecuencias.

El amor no resuelto y los años en los que se amaron sin tiempo, con los excesos propios de la juventud, con la impudicia camuflada en la inexperiencia, llevaba su nombre. Todo eso volvió a ella.

«¿Por qué nunca he dejado de quererlo?», se preguntó.

El trayecto fue muy corto. La ciudad estaba vacía a esas horas. Solo el camión de la basura los hizo detenerse en la calle Bárbara de Braganza, a la altura de la iglesia en la que Costanza se casó.

Los recuerdos sacudieron su memoria. Por supuesto que jamás olvidaría su boda, pero llevaba tiempo esforzándose para olvidar todo lo que vino después. Tanto que no recordaba si hubo amor entre las sábanas de la primera noche.

Mientras los operarios del servicio de basura vaciaban los contenedores, Costanza volvió al aeropuerto de Barajas y a su primer destino de luna de miel: Nueva York. Se alojaron en el Waldorf Astoria de Park Avenue en una *suite* de la planta 25.

«Imaginemos que somos Frank Sinatra y Mia Farrow», le dijo Costanza a su marido.

Pero JL nunca imaginaba. Era un hombre de tierra, incapaz de fabular mentiras piadosas que les permitieran escapar de ellos mismos cuando se cansaran de mirarse. Un hombre sin sorpresas que, ahora, pasado el tiempo, Costanza observaba con asombro, como si haberse casado con él hubiera sido un error previsto en una hoja de ruta.

«Qué me enamoró. Qué me sedujo. Qué me entregó. A cambio.»

—A mi linda Valeria —susurró—. Que no volverá para enseñarle el mundo.

Costanza nunca podría tejer con recuerdos (de ella, con ella, a su lado) ni siquiera una carta como la que su madre le escribió. Ellas apenas se escucharon en su niñez porque la muerte se la arrancó de cuajo. No jugarían a contar barcos, ni a cazar ranas ni a contar peces de colores.

Y con todo roto, con los miles de pedazos esparcidos por el suelo, ni la imaginación fue capaz de reconstruir una vida con su hija.

Cuando por fin llegaron a Piamonte, Costanza sacó unas monedas del bolso para pagar al taxista, bajó del coche, sintió las ganas de escribir al padre Mauro.

Se apoyó en el portal y ensayó decenas de versiones.

«Gracias por esta noche.»

«Me ha encantado estar contigo.»

«Me gustaría volver a verte.»

«Solo a tu lado soy feliz...»

Escribió distintos textos.

Y de diferente manera.

Más largos. Más cortos.

Pero no envió ninguno al recordar la mirada asustada de Mauro cuando confesó que no tenía palabras para expresar lo que sentía por ella.

CAPÍTULO 21

No hay angustia más injusta para un hombre que aquella que no puede controlar. El padre Mauro se despertó empapado en sudor. Le temblaba el pulso. Se levantó de la cama y abrió la ventana para respirar. Se desabrochó los botones de la camisa del pijama, dejó que el aire gélido de la mañana rozara su pecho. Cerró los ojos para sentir la quietud de esos primeros instantes del alba, pero Madrid ya había despertado con su tráfico de tubos de escape. Por la calle de Alcalá la gente iba y venía y bajaba al submundo del metro.

Se secó el sudor con una toalla, se vistió con desgana el pantalón, la camisa negra y guardó el alzacuello en un bolsillo de la chamberga. Los zapatos negros, después de los calcetines. Se peinó con el peine mojado en agua del grifo. No se afeitó. Tampoco se perfumó.

Calentó leche y la echó sobre un poco de café que había sobrado del día anterior. Exprimió un limón y lo vertió en un vaso de agua templada. Sintió que la acidez le sanaba las grietas de la garganta. El café sin azúcar, en cambio, le resultó en exceso amargo. Lo sorbió a toda prisa. Quería abandonar la vivienda cuanto antes sin encontrarse con el párroco y mucho menos con el sacristán, que a buen seguro descubriría en su gesto que algo había pasado.

«¿Se encuentra bien, padre? —le preguntaría—. No tiene buena cara», añadiría.

Se esfumó como una sombra sin pasar por la sacristía y se sumergió en el pasadizo que llevaba a los hierros del metro. Pasó la tarjeta de diez viajes por la máquina de los tornos y esperó a que el primer vagón llegara al andén. Ni siquiera miró adónde se dirigía. Ni su dirección: sur, norte, oeste, este.

El convoy iba lleno de gentes que a esas horas de la mañana consumían móvil y arrasaban con su mirada las pantallas brillantes. Se colocó de pie entre dos hombres. Era tal la estrechez del espacio que no necesitó agarrarse para no vencerse en los quiebros de las vías. Y cerró los ojos. Para no ver.

Necesitaba consumir el tiempo hasta que llegara la tarde. Tenía que ir a la residencia de Gravina y eso era lo único que apaciguaba su ansiedad ignorando que una anciana lo había reconocido en las tinieblas de su memoria.

Aquel día volvería a ocurrir algo extraordinario.

Costanza se sentía tan turbada como Mauro. No se habían abrazado. No se habían acariciado. Apenas sus labios rozaron la piel del rostro en la despedida. Sin embargo, la sutil excitación de lo prohibido le impedía quitarse de la cabeza la mirada de ojos verdes de ese hombre. Sus manos volvían a anteponerse a cualquier otro pensamiento. Su sonrisa amplia. El recuerdo de sus besos prohibidos.

—Prohibidos —recalcó mientras remoloneaba en la cama—. ¿Se repite la historia?

Fundió su mirada en la cristalera del balcón de Piamonte y se imaginó abrazándolo y besándolo y haciéndole el amor. Ella a él. Su cuerpo era un territorio que recordaba a fogonazos. Ignoraba cómo se comportaría ahora. Qué efecto habría tenido en él la sumisión. «¿Será capaz de gozar?», se preguntó.

Conocía lo esencial de la teoría que indicaba que un sacerdote debía entregarse a Dios sin interferencias, pero nunca entendería el rigor del celibato. ¿Por qué los sacerdotes no pueden formar una familia? ¿Por miedo a fracasar? ¿Por el temor a descubrir que los matrimonios se rompen?

Con todo, había una gran diferencia entre ellos: él tenía algo en lo que creer. O en lo que volver a creer más allá de que el mundo se hubiera convertido en un precipicio al que daba miedo acercarse. Y ninguno de los dos era del todo consciente de las consecuencias de hacerlo.

Mauro y Costanza eran pequeños, insignificantes en su dilema gigantesco. Y monstruoso.

Inabarcable. Dilema.

—Es un hombre, Costanza. ¡Un hombre!

Sí, solo eso.

Un hombre al que su impulso podría arruinarle la vida. Esa responsabilidad la convertía en una intrusa, en una mujer maldita que el padre Mauro trataría de sacudirse y contra la que lucharía toda la vida a menos que se obrara el milagro.

Aquel día Costanza volvió a Roth & Co. Sus compañeros la estaban esperando con un aplauso que ella entendió como un gesto forzado de compañerismo. Que las cosas no habían salido como el bufete había planeado era algo que sabía hasta el portero del edificio. Aun así, lo agradeció. Necesitaba saber que su crédito profesional no se había agotado.

Después de las bienvenidas, despachó con el señor Suárez. Sabía que le preguntaría cómo pensaba encarar la relación con Gerardo Barrios. Seguía siendo su cliente, y ella, su abogada. Pero todo había cambiado de manera irremediable.

—¿Puedo serte sincera? —le preguntó cuando los dos se sentaron en torno a la mesa de la sala de juntas.

—No espero otra cosa de ti, Costanza.

—Me gustaría renunciar a su defensa y que designaras un nuevo abogado.

—Lo sé, lo entiendo y lo respeto.

—Pero no es posible, ¿verdad? —replicó ella.

—Creo que no sería bueno para ti. Las defensas hay que ejercerlas hasta el final aunque sepamos…

—Que vamos a perder, ¿no? —lo interrumpió Costanza.

—Sí —contestó Suárez sin rodeos.

—Pero mi renuncia no sería por eso. Sé ganar, pero también sé perder.

—Da igual —insistió él—. Se haría otra lectura y yo quiero protegerte.

Costanza se sintió respaldada y eso la aliviaba.

—Te lo agradezco, Suárez. No podía haber tenido peor estreno —admitió con una leve sonrisa.

—No pienses eso. Te propongo que, de ahora en adelante y hasta la comunicación del fallo, la interlocución la lleve yo. Pero debes prometerme una cosa.

—Dime.

—El día del fallo te comportarás como si no hubiera pasado nada. Es importante para el despacho.

—Lo haré, pero déjame que te diga algo: hay clientes que desprestigian a los bufetes.

Suárez asintió con la cabeza. Si pensaba lo mismo, no podía reconocerlo porque supondría admitir que ella tenía razón y que había casos que no merecen la pena. Ni siquiera a cambio de minutas millonarias.

Se concentró en archivar la documentación del juicio de la Gran Estafa y, a mediodía, recibió una llamada de un colega de la fiscalía, López de Arjona. Había retrasado la cita durante meses con la excusa del juicio de los banqueros, pero ya no encontró ninguna otra que justificara su evasiva cuando a eso de las doce del mediodía sonó el teléfono para invitarla a almorzar. No pudo decirle que no.

López de Arjona no era, ni había sido ni sería alguien importante en su vida. Es más, Costanza jamás había compartido con él los matices íntimos que explican casi todo. Pero llevaba tiempo empeñado en esa comida y, esta vez, sucumbió ante su insistencia.

Quedaron a las dos y media en un restaurante de la calle Salustiano Olózaga. Se sentaron a la mesa, pidieron una botella de vino, jamón de bellota, carpaccio, una ensalada de rúcula y otra de tomate con ventresca. Y brindaron.

—Porque has acabado el juicio y por fin has aceptado mi invitación —sugirió López de Arjona.

Costanza estiró el brazo hasta que sonaron las copas de cristal y bebieron mirándose a los ojos. ¿Qué podía hacer más que dejarse llevar? Hablaron de literatura, de los nuevos episodios de la última serie de moda que Costanza no había visto, «Me falta tiempo», le dijo, y acabaron rememorando las andanzas en los pasillos de la Fiscalía del Tribunal Especial.

—¿Por qué te fuiste?

—¿Que por qué me fui? —repreguntó Costanza.

—Dime la verdad, querías ganar más dinero.

—¡Qué va! —exclamó ella—. ¿Cómo puedes suponer que lo hice por eso? En absoluto.

—¿Entonces?

—No me gustó mi actuación en el caso del político. Te acuerdas, ¿no?

—¡Cómo olvidarlo! —repuso López de Arjona.

—A veces hay que tomar decisiones…

—Fuiste muy valiente —añadió él.

—Todos lo somos. La valentía se manifiesta cuando es necesario como un mecanismo de supervivencia.

La conversación derivó hacia la odiosa política que minaba el ambiente. Con toda la imprecisión del término, la sociedad estaba enmarcándose en un lienzo sin horizontes. O quizá lo correcto sería mencionar la palabra *fragilidad* como término definitorio del momento. El camarero latino que servía las mesas o los filipinos que se desdibujaban en los humos de la cocina eran hijos de la misma generación de desahuciados, de trabajadores pobres a los que no les llegaba la paga para hacer frente a los pagos. López de Arjona y ella misma eran una estirpe de afortunados, pero eso no les impedía ver y asistir a la demolición ejecutada por personajes como los que habían compartido banquillo con Gerardo Barrios.

Costanza notó que la graduación del vino estaba haciendo su efecto. De repente se sorprendió alegre y seductora ante ese hombre en el que nunca antes había fijado su deseo. Pensó en el padre Mauro. Sintió ganas de fumar un cigarrillo. Se levantó mientras rebuscaba el paquete de tabaco en el bolso.

—No te importa, ¿verdad? —le preguntó mostrándole el pitillo y el mechero—. Será solo un minuto.

Cogió el abrigo del respaldo de la silla, se anudó la bufanda al cuello y salió del restaurante. Aspiró el humo.

«¿Qué demonios estoy haciendo? No irás a acostarte con este hombre, ¿no? —se recriminó—. ¿Acaso no te das cuenta de que solo piensas en Mauro?»

Tenía la boca seca por el vino. Se pasó la lengua por las comisuras de los labios. Aplastó la colilla con la punta del zapato y volvió al restaurante. Bebió un trago largo de agua y decidió que quizá había llegado el momento de vengarse de su recuerdo.

—¿Otra? —dijo señalando la botella vacía—. ¿O te invito en casa?

López de Arjona sonrió incrédulo ante un ofrecimiento que jamás habría imaginado.

—Puedes elegir —contestó él.

Costanza pidió la cuenta, se puso de nuevo el abrigo, otra vez se anudó la bufanda y salieron juntos del restaurante cuando daban casi las cinco y media de la tarde y las farolas estaban a punto de encenderse.

No. No podría borrar al padre Mauro del frontispicio de su pensamiento, pero por unos minutos sí olvidó quién era y olvidó la muerte lenta hacia la que se encaminaba su madre. Olvidó también que hacía un año que no se había desnudado delante de un hombre y sintió el desierto de la mujer divorciada. El efecto del alcohol se convirtió en el velo en el que escondería los pechos desgastados por Valeria y en el que ocultaría su vientre abultado. Sus muslos ya no eran los de antes y esa constatación de que el cuerpo había dejado de ser el de siempre la había sumido en un manojo de inexplicables complejos. Pero aquel atardecer, la pérdida de identidad fue suficiente para desvestirse mientras sorbía la ginebra de una copa. Un hombre desconocido la esperaba desnudo en el salón de Piamonte.

Costanza sabía que lo haría y ningún recelo atravesó su determinación. Se recreó como no recordaba haberlo hecho antes mientras las manos de él recorrían su cintura hasta rodearla y sorberla con la boca. Costanza se fue consumiendo creyendo que el sexo con ese hombre, sin juicios eternos ni dolores de conciencia, iba a calmar sus verdaderos apetitos.

Se esforzó en alcanzar el orgasmo. No por él; lo hizo por ella, para comprobar que podía. Que aún podía.

... Y una vez consumado, Costanza volvió a beber de la copa hasta que solo quedaron los hielos. Desnuda sobre la alfombra sintió la turbación del placer, pero, al instante, las ganas saciadas de manera improvisada y sin que hubiera mediado el encanto del cortejo, le provocaron un vacío en el vientre.

Ocurre.

Ocurre con frecuencia.

Les ocurre a las mujeres que vuelven a desnudarse ante un hombre distinto al que fue suyo durante años, décadas.

Ocurre después de un desamor.

O de noches simétricas bajo el mismo edredón.

Y a Costanza le ocurrió que el error de haberse entregado a López de Arjona la condujo de inmediato a la mirada verde del padre Mauro.

Cuando la nostalgia empezaba a apoderarse de ella, sonó su teléfono. Se apresuró a silenciarlo creyendo que sería una llamada del despacho y, al mirar la pantalla, vio su nombre: «Mauro».

—¿No lo coges? —le preguntó su amante.

La cristalina constatación de que el sexo solo había sido un destello en la oscuridad le impidió siquiera contestar a la pregunta. Y colocándose la camisa de seda blanca sobre el torso desnudo dijo:

—Todo esto ha sido un error.

—No lo creo —contestó él intentando volver a tocarla. Yacía sobre la alfombra. Al aire su verga vacía.

—Estoy segura.

CAPÍTULO 22

—

El padre Mauro estaba contrariado. Necesitaba hablar con Costanza, pero ella no cogía el teléfono. Le martilleaba la cabeza la frase pronunciada por una señora de la residencia. Doña Milagros, dijo la auxiliar que se llamaba.

Había ocurrido al poco de llegar a Gravina, después del aciago día deambulando por la ciudad como una marioneta sin hilos. Tenía previstas varias confesiones y un desahogo con una interna que decía tener mal de hijos. Esa definición de su tormento le pareció que requería ser atendida con urgencia y a ella se entregó.

En efecto, la señora María Luisa Doncel, como se presentó nada más verlo, padecía ese dolor que producen los hijos cuando deciden enviar a sus mayores a una residencia.

—Ya no me quieren, ¿sabe, padre?

—Oh, no diga eso. Claro que la quieren, pero quizá no puedan darle toda la atención que usted necesita. Y aquí la atienden bien y la cuidan.

—Es una manera de verlo, pero yo creo que si tú quieres a una madre no la dejas aparcada aquí. ¿No se da cuenta de que me han quitado todo? Ya no puedo ni ir a la peluquería. ¡Con la de ratitos buenos que he echado con mis amigas! Y ahora…

—Si ese es el problema, veré qué puedo hacer para que usted siga yendo a la peluquería e incluso para que sus amigas vengan a visitarla. ¿Le parece bien?

—¿Y mis hijos?

—¿No vienen nunca a verla?

—De Pascuas a Ramos.

—Yo no puedo meterme ahí, doña María Luisa. Mi consejo es que hable con ellos. No se quede usted con esa pena dentro.

—Es usted muy bueno, padre. Le agradezco que se haya tomado la molestia de escucharme.

—Rece un avemaría. Le limpiará el corazón.

—¡No, no, no! Eso sí que no…

—¿Y eso? —preguntó el sacerdote con sorpresa.

—No creo en nada, padre. Y menos en Dios.

—¿Y entonces?

—Entonces, ¿qué? Le parece extraño que haya pedido hablar con un cura, ¿no?

—Nosotros traemos la palabra de Dios a la tierra. Si usted no cree…

Doña María Luisa no le dejó terminar:

—Pero al menos nos escuchan —suspiró la mujer presa de su contradicción.

—Hay que creer en algo. Hágame caso. Le aliviará.

—Si usted lo dice… —dijo la anciana.

El padre Mauro se levantó de la silla en la que se había sentado frente a la anciana, cogió su mano y la besó con ternura. Ella elevó la mirada y se arrepintió de haber negado tres veces el avemaría que cura los corazones.

Las otras dos confesiones pendientes transcurrieron con rapidez y, cuando llegó a visitar a la última residente, ocurrió lo que necesitaba compartir con Costanza.

—Doña Milagros no habla —le había advertido la auxiliar de planta.

—¿Cómo haremos entonces la confesión? —preguntó sorprendido el padre Mauro.

La mujer se encogió de hombros. No tenía respuesta. El padre Mauro traspasó la puerta de la habitación 324 y se encomendó a todos los santos.

Doña Rosalinda, a todos los efectos doña Milagros, estaba tumbada en la cama. No lo miró ni se inmutó cuando el sacerdote cogió el taburete forrado de tela granate en el que solía sentarse Costanza. Dibujó una cruz en su frente y empezó a hablar.

—Doña Milagros, me han dicho que quiere usted confesarse. ¿Es eso así?

Silencio.

—¿Quiere que empecemos? Ave María purísima...

El padre Mauro pronunció las palabras que marcaban el inicio de la confesión, pero doña Rosalinda siguió encerrada en su mutismo. Los minutos pasaron lentos. El padre Mauro no sabía qué hacer.

Levantarse. Marcharse. Insistir.

Los dedos huesudos de la anciana asomaban por encima de la manta.

—Dígame algo.

Silencio.

—Me hace sentir mal.

Silencio.

Doña Rosalinda no tenía ninguna intención de confesarse con el padre Mauro, así que, cansado de esperar una muestra de vida, por leve que fuera, se levantó dispuesto a abandonar la misión. Con su mano derecha, acarició la de doña Rosalinda.

—Que Dios la guarde, doña Milagros.

Pero justo cuando abría la puerta para salir de la habitación 324, la mujer exclamó:

—Cuide de Costanza.

El padre Mauro se giró hacia ella asustado por las palabras que acababa de escuchar.

—¿Qué ha dicho?

Doña Milagros no volvió a contestar. Selló sus labios para siempre, retornó al refugio de su desmemoria, encogida la mirada bajo sus párpados, incapaz de hilar más que aquellas tres palabras: «Cuide de Costanza».

Pasaron las horas y el padre Mauro no conseguía recuperarse del escalofrío que había recorrido su espalda. Necesitaba hablar con Costanza, preguntarle si conocía a esa mujer, por qué le había pedido a él que la cuidara o si debía preocuparse por algo que ignoraba. Pero Costanza no cogía el teléfono y la ansiedad lo condujo, casi de forma automática, a la iglesia de Santa Bárbara.

Al entrar, observó cómo el párroco abría la portezuela del confesionario. Era un sacerdote entrado en años, opulenta calvicie, mediana estatura, gruesa cintura bajo la sotana negra.

No lo pensó. Sus pasos se encaminaron hacia la celosía. Sus rodillas se apoyaron en la madera desgastada. Sus manos le cubrieron la cara por miedo o por vergüenza a ser reconocido en algún momento del futuro.

—Ave María purísima.

—Sin pecado concebida.

—Soy sacerdote, padre, y vengo a confesar…

No pudo continuar. El silencio se hizo hueco entre el aliento del confesor y el de Mauro, entre sus lágrimas y el sonsonete campanudo de aquel párroco del que no sabía nada, elegido al azar, como si alguien superior lo hubiera guiado hasta allí sin haberle dejado meditar, sin planear cómo dispondría las palabras, su orden, la preeminencia de una sobre otra para que ninguna sobresaliera en exceso, sin construir el matiz para no entrar en el fondo del asunto, para no escarbar del todo.

Y quizá por eso, porque todo fue una improvisación, Mauro se adentró en su túnel y el discurso fluyó sin puntos ni comas, moteado de todas las emociones que lo habían hecho preso.

—Y ahora —dijo antes de concluir—, tengo miedo. Me aterra enfrentarme a mis sentimientos.

—¿Podría llamarte por tu nombre, hermano?

—Preferiría que no, padre.

El párroco carraspeó antes de continuar:

—Está bien, hermano. Nada tienes que temer. No eres culpable por temblar o por sudar. Has hecho lo que está en tu mano por controlar tu voluntad, pero a veces el espíritu flaquea y no somos capaces de someterlo. Tú no eres dueño de lo que sientes o de lo que dejas de sentir. Jesús no llama a hombres que no son capaces de amar. Jesús llama a hombres que tienen un corazón y sienten afectos. Lo que te está pasando es algo normal en la vida de todo hombre. Se llama *enamoramiento.*

La sangre se le heló al escuchar esa palabra.

«Se llama *enamoramiento*», repitió el eco.

—Sin embargo —continuó el confesor—, tú deberías haber aprendido ya a distinguir lo que es bueno y lo que no. Hay cosas que pueden ser buenas, pero no son buenas para ti. El amor humano no es reprochable. De hecho, Dios quiere y bendice el amor entre un hombre y una mujer. Pero ese amor humano no es para ti. Tú te has comprometido ante la Iglesia a vivir en celibato.

El padre Mauro sintió un ligero mareo. Las paredes de la iglesia se le vinieron encima. Una náusea le amordazó el corazón. Hubiera salido corriendo de allí a zancadas, sin mirar atrás, como un animal herido que huye. Sintió la rabia y la culpa y la angustia. Volvió a la muerte de Cecilia y volvió al consuelo del cuerpo de Costanza y, al pensar en ella, la vida se estrechó tanto que solo era capaz de mirar a través de sus ojos. Los de ella.

Pero volvió la voz del confesor:

—No todos los hombres son capaces de asumir las consecuencias de sus actos. Fíjate, hermano, cómo está el mundo. Detente a observarlo. Descubrirás que nadie está dispuesto a reconocer sus errores ni a enmendar conductas absolutamente reprochables. En cambio, comoquiera que has llegado hasta aquí, hay una conclusión irrefutable: quieres redimir el descuido de la custodia de tu corazón. Los sacerdotes que se enamoran son sacerdotes que rezan poco. Sacerdotes que no pasan tiempo con Cristo en la eucaristía. Que dejan que se seque el amor verdadero, el único que debe guiarnos y guiar nuestros actos. Y así, es normal que te pase lo que te pasa. Has descuidado tu corazón, tu oración, tu relación personal con Cristo. Arrepiéntete y conviértete antes de que sea demasiado tarde.

—¿Qué quiere decir, padre? —preguntó Mauro inundado de lágrimas.

—No necesita aclaración, hermano. Debes interrumpir cualquier contacto con esa mujer. ¡El que sea! —dijo elevando el tono de voz—. No vuelvas a verla. No la llames. No le escribas.

—Padre…

—Como penitencia, harás una semana de ejercicios espirituales en silencio y oración. Pídele a Dios la gracia de convertirte.

Mauro se santiguó y, aún reclinado, meditó sobre todo lo escuchado.

Una nueva penitencia. Una semana de ejercicios espirituales.

Dónde. Cuándo. Qué les diría a sus superiores. Y qué le diría, al final, a Costanza.

—No tienes que decírselo a ella —añadió el sacerdote al abrir la portezuela del confesionario—. Olvidé precisar ese matiz.

El cura se acercó al padre Mauro y le puso la mano sobre la cabeza. Musitó unas palabras que el otro no acertó a entender y, con los brazos entrelazados a la altura del pecho, desfiló por el pasillo central del templo y desapareció.

CAPÍTULO 23

Se hizo de noche en Madrid. Noche de silencio. De malos presagios.

Y de guerras eternas.

El padre Mauro salió aturdido de la iglesia y se encaminó hacia Alcalá con las dudas abriendo sus heridas. El miedo a no cumplir lo zarandeaba. De repente, esa señora de Gravina dejó de preocuparlo. Su preocupación era otra y se llamaba Costanza.

«No vuelvas a verla. No la llames. No le escribas.»

Costanza, en cambio, estaba ansiosa por devolverle la llamada (perdida) al padre Mauro. Había bebido tanto que necesitó darse una ducha helada. El agua se escurrió por su cuerpo como la lluvia empapa un cristal transparente. La cabeza estaba a punto de estallarle, pero al salir del baño se notó más lúcida. El pelo mojado caía sobre sus hombros. Sentía una clase de vergüenza por haberse dejado tocar por un hombre al que jamás amaría.

«La maldita educación», pensó.

Aún no podía creer que hubiera sucedido. Habría dado lo que fuera por volver hasta la mesa del restaurante. No habría invitado a López de Arjona a su casa y nada habría sido como fue.

Desbloqueó el teléfono móvil. No lo pensó. Marcó. Los tonos se hicieron interminables. ¿Cuántos fueron? Tampoco los contó. El padre Mauro no tenía activado el servicio de buzón de voz, de tal forma que la comunicación se interrumpió sin aviso previo.

Decidió escribirle:

«Perdóname. No oí tus llamadas.»

Enviar.

No estaba en línea. Esperó unos minutos.

Navegó por otras aplicaciones. Por las redes sociales. Movió la pantalla de abajo hacia arriba. Y volvió a Mauro.

Sonrió al ver que él se había conectado. Nada importaba ya y todo volvía a tener ese extraño sentido que cobra la vida al mirar y saberse mirado a través de una pantalla.

«En línea.»

El padre Mauro tecleó palabras, pero al instante las borró.

Y volvió a escribir. Y a borrar.

—Escribe, Mauro —le rogó Costanza—. Nadie nos ve.

Hacía frío en la habitación de la calle Alcalá. El padre Mauro se sentía disminuido. Mínimo. Un hombre tocado por la penitencia pendiente. Se sentó en la silla de madera del escritorio y se dejó caer sobre su respaldo.

«Me has dejado preocupada.»

Al leerla, el padre Mauro sintió el cosquilleo de las ganas en el estómago. Se frotó la sien con ansiedad. Y tecleó:

«Me gustaría contarte algo.»

Costanza escribió al instante:

«¿Quieres que nos veamos? ¡Ahora tengo tiempo…!»

Los puntos suspensivos no fueron colocados al azar. Tampoco las exclamaciones que expresaban su deseo de verlo.

El padre Mauro no fue capaz de seguir leyendo. Se desconectó y tiró el teléfono con rabia contra la pared. Le hubiera gustado que también estallaran sus sentimientos y que, en el golpe abrupto, ese instante fuera demolido.

Otra vez los sudores.

Otra vez el temblor de rodillas.

El hormigueo en los tobillos.

Otra vez.

El eco del confesor:

«Se llama enamoramiento. Arrepiéntete. Debes interrumpir cualquier contacto con esa mujer.»

Sintió una furia desconocida hasta entonces. Se levantó de la silla y, fuera de sí, se abalanzó contra la pared y se golpeó en la frente hasta que la sangre empezó a brotar.

—¡Maldita sea mi vida entera!

Las palabras fueron un aullido doloroso que se fundió en la noche mientras en el 25 de Piamonte, una mujer se quedó sola en la estación virtual de una pantalla.

El signo de los tiempos.

Las palabras eran urgentes, y los *te quieros,* inmediatos.

También los silencios.

Y los abandonos.

Envuelta en una manta, Costanza se abrazó a los cojines, activó la música en su móvil.

Y volvió a ella el regusto de la infelicidad.

Y la vida se hizo escuálida.

Y.

Otra vez.

CAPÍTULO 24

Pasaron los días sin que ninguno se atreviera a retomar el contacto perdido. Ese tiempo atravesado de silencio permitió al padre Mauro madurar dos decisiones.

La primera fue que se retiraría a hacer los ejercicios espirituales en la Cueva de Manresa, adonde siempre había querido ir y, por una u otra razón, nunca lo había hecho.

A la segunda le costó llegar por culpa de las dudas. Cuando parecía que ya había concluido, volvía a retroceder sobre sus pensamientos. Estuvo en guardia consigo mismo, analizando las consecuencias hasta que, al final, admitió que no se iría sin hablar con Costanza. Suponía cumplir a medias con la penitencia, pero, además de su deseo de verla, necesitaba desentrañar el misterio de la mujer de Gravina, la señora doña Milagros.

Encendió el ordenador y buscó los horarios de los trenes a Barcelona. Cuando comprobó la variedad de salidas y que no tendría problema en coger uno u otro, desplegó el buscador y tecleó: «Cueva de Manresa. Cueva de San Ignacio».

La cuna de los ejercicios espirituales que cambiaron la vida al santo es la peregrinación de los pecadores de hoy. Un verdadero troquel de santos y apóstoles. Un refugio para hombres y mujeres que buscan encontrarse con Dios y desprenderse del pecado.

—Tengo que volver a dar a Dios el primer lugar —dijo en voz alta mientras repasaba la agenda.

No encontró nada urgente ni irresoluble. Solo tenía que arreglar con el párroco de San José las misas de la tarde y las visitas a la residencia de ancianos. El resto de las obligaciones podían posponerse una semana.

Ojeó el anuario de papel y marcó el día en el que se marcharía. Tendría tiempo suficiente para organizar el viaje y las despedidas. También la de Costanza. Confiaba ciegamente en el efecto de los ejercicios, así que no le importó que su recuerdo lo ocupara todo. ¿Cómo no pensar en ella cuando era su nombre el que movía los impulsos, cuando era Costanza Mendiola la que lo había alejado de Dios?

Se duchó y, cuando se estaba peinando frente al espejo, no se reconoció. Esa impresión lo descompuso por dentro. Agarró la cruz que colgaba de su pecho y la besó con los labios humedecidos por el agua.

Aquel día la calle estaba helada y una niebla impedía ver a escasos metros de distancia.

—Buenos días, padre Mauro —lo saludó el sacristán.

—Buenos días, don Adamino.

—Hace días que no nos vemos. Tiene usted mandados más importantes que las minucias de la parroquia.

—¿Por qué me dice eso? —preguntó el padre Mauro con asombro—. ¿Pasa algo que deba saber?

—¿Y a usted, padre? ¿Le pasa algo?

Al padre Mauro le desconcertó la pregunta, le inquietó el tono que estaba utilizando, le incomodó que aquel hombre hubiera descubierto algo que pudiera comprometerlo.

—¿No fue suficiente con rezarle a la Virgen? —preguntó el sacristán.

—No sé de qué me habla.

—Viene a hablar con el párroco, ¿no es así?

—Así es.

El sacristán empezó a barrer la sacristía.

—Algo tiene que decirle, ¿no?

—¿Y usted a mí? —insistió el padre Mauro.

—Yo le vi llorar a los pies del altar.

Adamino dio un golpe con el cepillo en el suelo y lo miró fijamente a los ojos.

—Si le flaquea la fe, ¡váyase antes de manchar esta iglesia!

Al padre Mauro se le cortó la respiración al escuchar esas palabras, pero la conversación quedó interrumpida cuando apareció don Andrés.

—¡Buenos días! —saludó el párroco—. ¡Vaya niebla! —dijo de buen ánimo y sin reparar en la tensión que se había tejido entre los dos hombres.

—¿Tiene un momento para mí? —le preguntó el padre Mauro.

—Sí, claro.

—Serán solo unos minutos.

—Pase a mi despacho.

El padre Mauro estaba lívido cuando se sentó frente a don Andrés y, ahorrando detalles para no enredarse, le comunicó que viajaría fuera de Madrid —no precisó dónde— durante una semana.

—No encuentro motivo de oposición. Tiene usted mi beneplácito.

—Se lo agradezco, padre.

—¿Hay algo más en lo que pueda ayudarle?

El padre Mauro negó con la cabeza, se levantó de la silla y con la mirada en los pies para no volver a ver al sacristán, salió de la parroquia. A zancada limpia llegó hasta el paseo de Recoletos. Necesitaba desahogarse y tamizar la angustia y el miedo. Se metió las manos en los bolsillos hasta que, por fin, las lágrimas se descolgaron de sus ojos. No las retiró. Dejó que le recorrieran el rostro con barba de varios días. Le sobrecogió la sencillez de sus emociones. Sentía que la inmoralidad estaba imponiéndose frente a cualquier otro sentimiento. Y lo que era peor: a la vista del sacristán. Ahora había alguien más en el mundo que sabía que se estaba debatiendo entre la vida y la muerte de su fe.

Se sintió abandonado, frágil, desolado.

Sorbió las lágrimas de nuevo mientras caminaba hacia la plaza de Colón. Solo pensaba en ella. En su imagen, la vida tenía una anchura oceánica solo comparable a la eternidad de la promisión de sus votos. Fue entonces cuando notó la fractura.

Trató de serenarse y de convencerse de que la grieta era aún estrecha, pero no lo suficiente como para evitar que Costanza asomara con su pestañeo adolescente, con su alegría teñida de tristeza, con los labios que perfilaban su sonrisa. Ya no era tan amplia como la recordaba. Se quedaba a medio camino, como si la vida se la hubiera recortado para que no olvidara su sufrimiento. El día que se vieron frente al Palacio Real le impresionó descubrir ese detalle. Ahora le encogía imaginarla bregando con su amargura. Esa mujer era tan noble que, incluso cuando se marchó al seminario, tuvo el recato de no preguntarle por qué lo había hecho y la compostura de no recordarle que tenían algo entre manos parecido a un noviazgo.

Esta vez el padre Mauro sabía que no podía irse de cualquier manera. No podía volver a abandonarla aunque eso supusiera descubrir que los síntomas del enamoramiento de los que le habló el confesor estaban ahí.

Desprovisto del escudo de razones y enseñanzas que en otro tiempo habrían sido suficientes para anteponer a Dios, sacó el teléfono del bolsillo y, en un gesto instintivo y visceral, lo desbloqueó y escribió:

«Mi querida Costanza, el otro día me bloqueé. Sé que podrás entenderme y disculparme. Me gustaría verte otra vez. Aunque sea la última».

Borró la última frase y corrigió sobre la marcha.

Borró también el «mi» que antecedía a «querida Costanza», aprobó la confesión de su estado de bloqueo y el ruego de que lo perdonara, e incorporó una razón que justificara la nueva cita:

«Necesito hablar contigo.»

Esa fue la literalidad que Costanza Mendiola leyó del padre Mauro.

«Querida Costanza, el otro día me bloqueé. Sé que podrás entenderme y disculparme. Me gustaría volver a verte. Necesito hablar contigo.»

Acababa de llegar al bufete. Tenía algunas reuniones pendientes, pero nada urgente que no le permitiera concentrarse en la emoción que le produjo recibir ese mensaje. No dudó ni un segundo en contestar:

«Vente esta noche a mi casa. Allí estaremos a oscuras.»

Cuando envió su respuesta, Costanza se sintió ridícula. Quizá se había dejado llevar por la improvisación y no la había meditado lo suficiente.

«No sé dónde vives.»

El padre Mauro contestó directo, sin rodeos. Quería despedirse de ella e iba a hacerlo con todas las consecuencias. Si era el demonio el que se había alojado en sus impulsos, a él le plantaría cara. Sin miedo. Después, Dios lo guiaría hasta Manresa y lo ayudaría a vencer las resistencias de la carne.

Costanza tecleó la dirección de Piamonte y alojó en sus entrañas la vibración que provocaba la nueva cita furtiva con ese hombre libre, pero casado con sus creencias. Soltero, pero ligado de por vida a sus compromisos.

Preparó la cita a conciencia. A media tarde se escapó de Roth & Co. sin dar explicaciones. Quería adornar la casa, inundarla de la fragancia de las flores frescas que compró en una floristería de la calle Fernando VI. Un hermoso ramo de azaleas, jazmines y rosas blancas lucía en un jarrón de cristal que las dependientas embellecieron con un lazo de rafia del color de la arena.

Corrió por Barquillo con él a cuestas hasta llegar a Piamonte con la respiración justa y el tiempo escaso. Ordenó el salón, dobló las mantas, dispuso los cojines sobre el sofá. Estiró las sábanas de su cama, colgó las ropas de los días anteriores, lavó las tazas del desayuno amontonadas en el fregadero.

Abrió el grifo del agua caliente, se desnudó y, mientras se duchaba, pensó en la ropa que elegiría. Falda sin medias. Camiseta de manga larga con escote en pico. Gargantilla en el cuello. Dejaría sus dedos y sus muñecas desnudos de abalorios.

Hacía tiempo que no sentía esas ganas desbordantes de prepararse para un hombre. «La última vez seguro que fue para JL», pensó. No había conocido a nadie más. Antes de su marido estuvo Mauro. También después de él. López de Arjona había sido un accidente. Una absurda venganza.

Le hubiera gustado tener más tiempo, horas enteras para detenerse en los detalles o para recrear cómo sería el momento en el que sonara el timbre y abriera la puerta, pero los minutos se deshicieron veloces en el reloj y, justo cuando estaba bajando la intensidad de las lámparas para crear un espacio que no iluminara las aristas que ellos no quisieran enseñar, el tono del telefonillo lo interrumpió todo. El padre Mauro ya había llegado. Subiría las escaleras y ya no habría marcha atrás.

Se miró en el espejo del recibidor. Notó la agitación en el pecho y la voz agarrada a la garganta antes de sortear el obstáculo de la primera palabra. Una sensación similar sintió el padre Mauro, rígido ante ella, sin atreverse a dar el paso definitivo de entrar en casa de Costanza Mendiola.

Las escenas se repiten con milimétrica tensión en la antesala del amor.

No se saludaron con un *hola* ni con un *buenas noches*. Quizá no pudieron hacerlo cuando Costanza se acercó a besarlo y lo invitó a pasar.

—Es una casa sencilla —dijo ella.

—Se parece a ti.

—¿Por qué lo dices? —preguntó con curiosidad.

—Está vacía —contestó Mauro.

—Nadie se da cuenta de ese detalle —añadió Costanza.

Sin duda, nadie reparaba en la desnudez de las paredes. Aquella observación fue suficiente para que ella creyera que habían llegado, de nuevo, al mismo puerto.

—¿Decidiste deshacerte de muchas cosas cuando te mudaste? —quiso saber Mauro.

—Decidí deshacerme de aquello que no me importaba, que no me resolvería la vida.

—Nadie como yo sabe que tu vida ha sido todo menos sencillez.

Costanza sonrió.

—Lo sé. —Notó el rubor en sus mejillas y desvió la mirada hacia la biblioteca—. Solo les hice hueco a mis libros —añadió señalando las baldas de madera lacadas en blanco en las que se alineaban los libros por orden alfabético.

Allende.

Amis.

Auster.

Benett y Benedetti.

—La austeridad es una virtud —dijo Mauro mientras se acercaba al sofá en el que Costanza lo invitó a sentarse.

Se sentaron de perfil, pero ella lo buscó con la mirada. A Costanza le hubiera gustado contarle que se había acostado con un hombre y que lo hizo por ver si así conseguía sacarlo de su cabeza, pero que no lo había logrado porque todo seguía pasando por él.

«Nada ha cambiado desde hace veinte años y quiero saber qué sientes tú. ¿Qué pasó por tu cabeza cuando nos vimos frente al Palacio Real? ¿Y cuando nos despedimos? ¿Has encontrado ya las palabras? ¿Por qué has necesitado verme con tanta urgencia? ¿Por qué desapareciste de aquella manera? ¿Podrás ser sincero conmigo?»

Costanza habría entonado ese discurso queriéndolo más y más mientras el padre Mauro iba contestando a sus preguntas:

«Tú no lo sabes porque nunca te lo dije. Me marché sin decir nada. Me fui al seminario porque Dios me llamó. Convendrás conmigo en que hay decisiones que no se pueden explicar. Los dos fuimos educados de la misma manera. La semilla estaba allí y la vocación brotó para sanarme. Pero no entremos en detalles, Costanza. La inspiración no se puede argumentar. Llega y te arrasa. Tú no lo sabes, Costanza, pero fuiste lo que más me costó abandonar. Quizá no lo hice del todo y por eso estoy aquí. Es el destino el que me entregó a Dios y el que nos colocó en la misma acera a la misma hora de un mismo día. Quisiera leer con tus ojos esas señales del destino.»

Las palabras que a Costanza le habría gustado escuchar habrían sido, si no esas, unas muy parecidas. Cuando la vida no basta, hay que imaginarla para soportarla.

Naturalmente nada fue así, la realidad se impuso y la conversación discurrió por esos márgenes ordinarios que lo estrangulan todo.

—Tenías algo que contarme, ¿no? —preguntó Costanza.

Mauro no sabía cómo empezar, así que decidió hacerlo por lo más urgente: saber quién era doña Milagros.

—¡Oh, sí! Verás...

Costanza lo interrumpió:

—No te he ofrecido nada. ¿Quieres beber algo?

—¿Tienes agua con gas?

—¡Qué aburrido eres! —dijo ella en tono distendido por ver si así disminuía la tensión.

Costanza sirvió el agua con una rodaja de limón en un vaso alargado que Mauro levantó en un gesto parecido a un brindis.

—Tú dirás... —dijo ella recolocándose en el sofá.

—El otro día me ocurrió algo en una residencia en la que he empezado a oficiar. Está aquí al lado. En la calle Gravina. ¿La conoces?

Costanza empezó a inquietarse y negó con la cabeza.

—Una mujer, una anciana, me pidió que cuidara de ti. «Cuida de Costanza», me dijo.

Costanza palideció de repente.

—Me quedé tan impresionado como tú. Tanto que no supe qué decir, ni pude preguntarle si nos conocíamos de algo o de qué te conocía ella a ti.

—¿Cómo se llamaba la señora? —preguntó Costanza rogando en silencio que no pronunciara el falso nombre de su madre.

—Doña Milagros.

Costanza fijó sus ojos en los del padre Mauro. Sus pupilas dilatadas de miedo parecían implorar: «No sigas, desiste, olvida lo ocurrido».

—No sé quién puede ser, Mauro. No conozco a nadie en una residencia —contestó midiendo cada palabra.

—Yo tampoco, pero lo cierto es que la señora me recuerda a alguien…

—No entiendo por qué te habló de mí… Quizá sea una amiga de mi madre que nos conocía a los dos. ¿Has pensado en esa posibilidad?

El nudo se fue haciendo cada vez más grueso hasta que el padre Mauro concluyó:

—Me deja más tranquilo saber que no la conoces. Por un minuto pensé que alguien más que nosotros podría saber que nos estamos viendo a escondidas.

Costanza recuperó el ritmo de la respiración, pero le incomodó la expresión que Mauro había utilizado.

—¿Nos estamos viendo a escondidas?

—Ahora estamos viéndonos… a escondidas, ¿no? —contestó él.

—Para mí es una cita entre dos viejos amigos motivada porque uno de ellos tiene algo importante que compartir.

—Así es. Solo quería hablar de doña Milagros —mintió—. Cuando vuelva a Madrid intentaré averiguar más datos.

Mauro sorbió el agua con calma, pero, al dejar el vaso sobre la mesa de centro, Costanza descubrió que estaba temblando.

—¿Cuando vuelvas a Madrid? ¿Te vas?

—Sí, Costanza. Debo marcharme.

—¿Dónde? —preguntó ella controlando los nervios—. ¿Vuelven a enviarte a Roma?

—¡No, no! En absoluto. No lo aceptaría. No es eso…

—¿Qué es entonces, Mauro?

El sacerdote no pudo seguir hablando. Sintió cómo se le congelaba la sangre, cómo la saliva escocía en la boca, cómo en el corazón se desataba la tormenta. También sintió ganas de llorar al pronunciar su nombre.

—Es por ti, Costanza. Abandono la ciudad. Pero no será como hace veinte años. Volveré.

Ella se encogió en un escalofrío. No hacían falta más palabras. Ni sería creíble que él aludiera a las circunstancias que rodearon su marcha hacía dos décadas. Se iba de nuevo y eso era lo importante. Se apartaba, consciente de que ella lo alejaba de Dios y lo precipitaba al abismo del pecado.

—No sé qué decirte —musitó Costanza.

—No digas nada.

—Quisiera hacerlo, pero ahora soy yo la que no encuentra las palabras, Mauro. —Se levantó del sillón y se acercó al balcón. Las cortinas medio descorridas solo le permitieron ver un plano incompleto de la calle—. Vuelves a dejarme sola —dijo sin mirarlo a los ojos.

—No digas eso, Costanza. Será solo una semana de ejercicios espirituales.

—¿Y después qué?

—Después yo habré resuelto mis dudas.

—¿Qué significa eso?

—Aún no lo sé.

—Yo sé que huyes de mí, Mauro. Huyes de mí como huiste

hace veinte años. El otro día, mientras paseábamos, los dos sentimos algo. ¿Fue así?

Mauro asintió cabizbajo.

—Me dijiste que no había palabras para explicar tus sentimientos. Por el amor de Dios, Mauro, no me dejes.

Él no la dejó terminar:

—Costanza, no te dejaré sola. Esta vez no lo haré. Pero no me pidas más de lo que puedo darte.

—Quiero pedirte un favor —dijo ella.

—Si está en mi mano… —añadió él titubeante.

—Quiero celebrar un funeral por mi madre y por mi hija Valeria y quiero que seas tú el que lo oficie.

—Costanza, no me lo pongas más difícil.

—No te estoy pidiendo algo que no puedas hacer.

—Tienes razón —admitió él—, pero deja que ahora me vaya y lo piense con la debida calma. Se me acumula la vida…

—Perdóname. Quizá haya vuelto a equivocarme. Sé que tengo que aceptar y respetar tu decisión igual que lo hice cuando te fuiste al seminario.

Las lágrimas brotaron de sus ojos. La imagen resultaba dolorosa para el padre Mauro porque lo transportaba a los peores años, que creía superados. Volvía a infligir un sufrimiento a esa mujer y no se lo merecía.

—Nunca debimos volver a vernos —concluyó Costanza. Aquellas palabras, aún pronunciadas en pasado, estaban cargadas de futuro—. Yo te hago daño, Mauro. Soy tu pecado.

—Costanza…

—Nada hará cambiar lo que siento por ti. Da igual cuántos años pasen. —Costanza respiró profundo y, con una implacable serenidad, le dijo—: Y ahora, vete tranquilo, Mauro.

CAPÍTULO 25

Solo a Dios tenía por cómplice cuando el padre Mauro subió al tren de la estación de Atocha rumbo a Manresa y a la cueva de San Ignacio. Se sentó en el asiento asignado con vistas al andén que luego sería un paisaje mesetario y árido en el que desearía fundirse para siempre.

Notó la presión del pecho. Respiró profundo.

«Todo irá bien», pensó.

La adversidad contra la que peleaba no había hecho más que iniciar la marcha por los mismos hierros por los que el tren voló a una velocidad de vértigo. Los viajeros enamorados se abrazaron, los señores con corbata abrieron sus ordenadores portátiles, la azafata ofreció café desde el carro que empujaba por el estrecho pasillo.

La vida normal y bella de un instante.

«Ya no hay retorno», se dijo tratando de acallar la voz de Costanza.

Los adioses eran circunstancias que siempre había evitado. Por eso no se despidió de Costanza cuando ingresó en el seminario. Y por eso no volvió a escribir ni un mensaje de texto cuando ella le dijo «Vete tranquilo» y él se marchó y caminó la noche fría de Madrid hasta la calle de Alcalá con sus palabras clavadas como un puñal. Tenía que decidir si oficiaría el funeral por la señora Rosalinda y por la hija de Costanza. Sentía que no podía oponerse, pero hacerlo era un riesgo que lo dejaría en carne viva.

Se reclinó en el asiento y acompañó su respiración mientras las lágrimas brotaron de sus ojos y la catarata de recuerdos se amontonó en su memoria. Intentó que el sueño lo consumiera. Confió en que el traqueteo del tren lo sedara. Recordaba aquel efecto cuando, de joven, viajaba a las parroquias de Valladolid o Salamanca y se adormecía sereno y en paz consigo mismo. Sin embargo, esta vez todo fue distinto. Los sobresaltos lo sacudieron de manera sorpresiva. No consiguió dormir más de cinco minutos seguidos y, cuando parecía haberlo conseguido, un pensamiento negro lo despertaba en medio de aquellas gentes desconocidas. Miraba a ambos lados. Nadie se había percatado de su agitación. Cada uno a lo suyo. A sus pantallas. A su libro. A su abrazo.

Y él. Viajando hacia ninguna parte. O al revés: hacia su último destino. Con la depresión a cuestas.

«No, no es depresión.»

Con el miedo. Con las dudas. Con la angustia.

«Sí, miedo a no saciar las dudas. A no apaciguar la angustia.»

En plural. Las angustias.

Tenía pocas ganas de volver a reprocharse la debilidad de su espíritu. No quería seguir flagelándose con el látigo de su conciencia.

«¿Para qué?»

Debía cumplir la penitencia y volver a la casilla de salida renovado.

El paisaje que unía el centro del país con Cataluña se recortaba a cientos de kilómetros por hora. El horizonte plateado se insinuaba a lo lejos y la mirada se inmiscuía en la España despoblada que el tren arrasaba en décimas de segundo. A lo lejos un tractor araba la tierra, los molinos de viento parecían diminutos. Serpenteaba la pupila en los perfiles de las construcciones arruinadas por el paso del tiempo y un campanario le recordó quién era y a quién se debía. Intentó que Costanza se diluyera en los campos en barbecho en los que no crecía nada, yermos, oscilantes, en merecido descanso.

El padre Mauro no quería que ella volviera a germinar. Quería que la semilla se secara, que no prendiera. Que muriera. Que las lluvias del invierno convirtieran esa tierra en una ciénaga ahogada para siempre.

Se acomodó en el asiento, estiró las piernas entumecidas y pensó en Valeria. La hija de Costanza le provocaba un sentimiento que contrastaba con los que merodeaban la figura de la madre. La imaginaba agarrada a la cajita de pino blanca.

Su desconsuelo. Su dolor. Su pena infinita.

Eso lo removía tanto que encendía la ternura hacia ella. Y la rabia tornaba en un deseo de mecer a esa madre hasta dormirla.

Hubo un tiempo en el que soñó con un hijo compartido. Cada vez que terminaba dentro de ella imaginaba su vientre preñado. La abrazaba por la espalda hasta que los temblores cesaban y sus ojos achinados por el placer fueron una postal recurrente. Una imagen hermosa a la que volvía cuando se masturbaba en el seminario. Lo hacían todos. Aunque ninguno lo confesara.

El viaje se hizo más corto de lo imaginado. El tren aminoró la marcha a pocos kilómetros de hacer su entrada en Barcelona. Las compuertas se abrieron para los viajeros y Mauro observó la rapidez con la que abandonaban los vagones, como si, en vez de llegar, fueran a perder el mismo tren que los había traído.

La estación estaba atestada de hombres y mujeres, de maletas y maletines. De bienvenidas. De encuentros. Y de soledades como la suya.

Nadie lo esperaba en el amplio recibidor de las salidas.

En su plan estaba alquilar un coche para conducirlo hasta Manresa y, una vez allí, se alojaría en alguna pensión a buen precio. Ese extremo no lo tenía atado del todo. Le dio pereza analizar las ofertas del buscador de hoteles y prefirió dejarlo a la improvisación, engatusarse por la primera impresión que le produjera la villa. Total, no tenía nada que perder.

Todo estaba perdido.

Alquiló el coche, pagó en efectivo, contrató la póliza a todo riesgo. Charló con el mozo del aparcamiento, un hombre negro encargado de dirigir a los clientes a la plaza exacta en la que estaba el vehículo, y le dio un par de euros de propina. Subió al coche, se ajustó el cinturón de seguridad, introdujo «Manresa, centro ciudad» en el navegador y pisó el acelerador. Encendió la radio. El boletín de noticias de la una del mediodía narraba el desastre migratorio del sur de España. Las palabras de la locutora se desvanecieron en su cabeza, concentrada en no equivocarse de salida. Encauzó la autopista cuando cantaban un gol de Ramos. Él también jugó al fútbol de niño. Y quiso ser Ramos. De aquella, el ídolo era Butragueño. Y también quiso ser Butragueño.

Empezó a chispear. El parabrisas dejaba una huella en el cristal que le molestaba a la vista, pero siguió excediendo la velocidad como si así fuera a empezar antes su expiación.

Al llegar a Manresa, el luminoso de un bar despertó en el padre Mauro el hambre adormecida por la tensión del viaje bajo la lluvia insistente.

Había cola para pedir en la barra. Ninguna mesa estaba vacía. Una mujer, carnes rebosantes y pelo grasiento, ordenaba las comandas a gritos. Un hombre de dentadura descuidada, polo gris con rodales bajo las axilas, servía vasos de cervezas y los deslizaba por la barra a un ritmo frenético. Los clientes metían las manos en los boles de patatas opacados por la cal del lavavajillas y en los cuencos de frutos secos mezclados con golosinas.

El bullicio taladró su cabeza. Se sintió fuera del mundo, entre hombres y mujeres que agujereaban con los dedos el bollo de pan mientras esperaban el menú a ocho euros con cincuenta céntimos. Con postre y café. En Madrid costaba encontrarlo tan barato.

No era ruido lo que necesitaba, pero tenía hambre. La señora lo miró con la curiosidad propia por el foráneo.

—¿Qué se le ofrece?

—Estoy dudando… —contestó Mauro.

—Pues vaya pensándoselo y me lo dice enseguida, hermano.

Pensó que la mujer de las carnes llamaría *hermanos* a todos los sacerdotes. A Mauro le gustaba más que *padre* porque *padre* implicaba una superioridad moral que en modo alguno creía atesorar.

—Póngame agua con gas, por favor —dijo de repente alzando la voz.

—Tendrá que comer algo, ¿no? —preguntó el otro camarero—. Le pongo una tapa.

El hombre sacó un plato de debajo de la barra con un pedazo de tortilla de patatas y un currusco de pan correoso. Un pajarraco empezó a canturrear desde su celda. Mauro se sorprendió al descubrirlo colgado del techo al lado del televisor y sonrió al recordar la pajarería de la calle Serrano a la que su abuelo lo llevaba cada tarde al salir del colegio para que viera bichos exóticos, loros que hablaban con acento de La Habana e iguanas dominicanas con dientes de Drácula. A sus ocho, nueve, quizá diez años, soñaba con tener una culebra larga como la de los panfletos que alcanzaba a coger del mostrador en el que atendía una mujer de piel morena, lustroso escote y pelo entreverado de canas. El precio de ir a ver los animaluchos era guardar silencio ante su abuela Silvina, que siempre preguntaba que a santo de qué llevaba al niño a ese antro de mala muerte donde la primera pájara era la dependienta. No andaba equivocada: el abuelo buscaba entretener la vista en las prominencias de aquella morenaza que no se recataba ni aunque nevara en Madrid. La abuela Silvina era un poco deslenguada e insultaba al abuelo sin miramientos, pero el padre Mauro la había perdonado. Con un largo plazo de vida ya vencido, era capaz de entender sus celos.

Antes de que Mauro fuera adolescente, el abuelo se murió de dolores que nunca fueron clasificados con el nombre de una enfermedad. Sería un cáncer de hígado o de estómago, o a saber qué demonio le entró al viejo. Lo recordaba recostado al sol en verano y arropado por una manta de cuadros en invierno. Daba pena verlo. El blanco de los ojos se le puso amarillo y las uñas dejaron de crecerle. Las orejas, en cambio, no. Las orejas se le hicieron más grandes. O quizá, pensaba ahora, fue un efecto del encogimiento de los huesos de la cara.

—Con lo que había sido —musitó mientras se llevaba la tortilla de patata a la boca.

Se quedó mudo. Y ciego. Tan muerto que, cuando murió de verdad, Mauro no lloró. Se acercó a él y le dio el último recado de la pajarera. Debió de gustarle porque le pareció que sonreía.

—¿No tomará nada más de comer, hermano? —insistió la buena mujer acercándose a Mauro desde el otro extremo de la barra—. Pruebe mi butifarra. No se va a arrepentir. ¿O quizá prefiere un chorrito de licor? —preguntó bajando la voz.

A Mauro le sorprendió el ofrecimiento, pero asintió con la cabeza. ¿Por qué no? Quizá fuera habitual entre los sacerdotes que recalaban en Manresa beberse un trago de vez en cuando.

—Güisqui —contestó.

—¿Y la butifarra?

—¡Venga! Póngala también.

La señora pidió la butifarra de un solo grito dirigido a la cocina y, cuando estaba a punto de rociar con güisqui el vaso, el padre Mauro exclamó:

—¡No! Mejor no. Déjelo.

Apartó de un descortés manotazo la botella ante la mirada atónita de la mujer.

—Como quiera, como quiera —dijo dos veces retirando el güisqui.

Mauro se sintió mal por las formas, pero al mismo tiempo se agradó a sí mismo.

«Has sido capaz de no ceder a la tentación de bebértelo. ¡Con lo que te apetecía!», pensó.

¿Le apetecía tanto como besar a Costanza?

Tanto como eso.

—¿Acaba usted de llegar a Manresa? —preguntó la mujer.

—Sí —contestó sin más detalle.

—¿Tiene donde alojarse?

—No. ¿Conoce algún hostal a buen precio?

—Aquí mismo, hermano. Tenemos habitaciones a treinta euros la noche con baño individual.

—Me interesa —contestó convencido de que no encontraría nada más barato.

—Pues no se hable más. Además, me queda solo una —dijo mientras pasaba la bayeta húmeda por la barra—. Déjeme su documento de identidad y ya mismo le doy la llave.

El sol asomó entre las grietas de los nubarrones que presagiaban tormenta. Mauro miró el cielo a través de la ventana que quedaba justo a su derecha, entre la máquina del tabaco y un perchero en el que colgaban los abrigos de los clientes. Al otro lado del cristal, una pareja se orientaba en la brújula del teléfono móvil. A lo lejos, el macizo de Montserrat.

El local se fue vaciando y el sonido de la televisión se hizo nítido de repente.

Una mujer asesinada.

Refugiados en Grecia.

El cambio climático que amenaza la tierra.

La independencia de Cataluña.

Todo lo que salía de aquella pantalla estaba resumido en la paleta de Munch.

Le pareció horroroso que a las mujeres las mataran, que el ser humano fuera el causante de que el planeta se estuviera derritiendo, que esa bella villa medieval quisiera largarse de España.

Masticó la butifarra con alivio para sus hambres, pidió a la doña la cuenta y acabó de un trago el agua que quedaba en el vaso. Movió los pies en un intento de despegarlos del suelo, entre palillos, servilletas, huesos de aceitunas negras.

Entró al baño, al fondo a la derecha, y sintió alivio al descargarse.

El olor le revolvió el estómago.

Olía a lo que huelen los baños de hombres.

Salpicados, meados y desabrochados.

CAPÍTULO 26

La vida en Madrid continuó por sus vericuetos transparentes, en los balcones decorados con flores donde Costanza imaginaba vidas de amaneceres compartidos. Nunca corregiría su tendencia a idealizar lo ajeno.

El padre Mauro se había marchado resucitando en ella la amargura y cada noche fue un invierno entero. La sombra de una ausencia alargada sin grietas para que entrara la luz. La oscuridad. Y al fondo, su aliento entre los labios. Un tormento.

Se consintió llorar hasta que se quedó sin lágrimas y después llegó el desorden. A ratos pensaba que su marcha solo era un paréntesis. En otros, concluía que no habría más oportunidades y que él había colocado el punto y final.

—Al menos, sabe lo que siento —dijo mientras estiraba las sábanas de la cama.

La imagen del dormitorio vacío terminó de hundirla en el fango pringoso de su soledad.

—Ya estoy cansada de esperar —añadió—. Han pasado muchos años. Tengo que curarme de él.

«Han pasado muchos años de todo lo que ha pasado.»

Le sobresaltó recordar la conversación que mantuvieron sobre esa señora de Gravina que el padre Mauro no llegó a identificar como doña Rosalinda. También le sorprendió que él dijera que le sonaba su cara, pero al instante concluyó que sería imposible que pudiera reconocerla.

—Está demasiado cambiada. Pero ¿cómo es posible que mi madre hablara? Lo ha hecho por segunda vez. ¿Cómo es posible? —se volvió a preguntar.

No tenía respuesta para esa pregunta ni sabía dónde buscarla. Terminó de colocar la ropa en las perchas del vestidor y decidió que iría a visitarla a la residencia para preguntárselo a ella. No obtendría ninguna señal, pero aliviaría su zozobra.

Tenía todo el tiempo por delante. Había acordado con el señor Suárez que no le encargaría ningún asunto hasta que se hiciera pública la sentencia de la Gran Estafa, así que remoloneó por la casa antes de salir. Incluso descolgó el teléfono para hablar con su padre. Desde el envío del último mensaje no habían vuelto a cruzar palabra. En ellos eran habituales los paréntesis de silencios aunque, esta vez, a Costanza le había dolido que no le preguntara por el juicio. Tampoco lo hizo durante la breve conversación que mantuvieron, pero ella no quiso darle más importancia. Si lo hacía, acabaría sumergida en una rencilla sin límites que no la llevaría a ninguna parte.

Cuando colgaron, Costanza hundió sus dedos de uñas rojas y brillantes en la alfombra de lana del dormitorio. Siempre las llevaba pintadas. Le preocupaba que el amor la pillara desaliñada. Lo aprendió de su madre. Ella nunca desasistía los quehaceres íntimos.

Esa afirmación era cierta. Su madre no relajó ninguna costumbre por penosa que pudiera resultar para ella o para el servicio. Eso hizo de la residencia de los señores de Mendiola un espacio de composturas refinadas de las que no se escapaban ni las sirvientas ni los mayordomos.

Odiaba esa palabra. La palabra *sirvienta.* No sabía por qué la pronunciaba en su pensamiento. Por suerte nunca se la escuchó a su madre. Ni siquiera en la intimidad. Si algo tenía doña Rosalinda era una exquisita consideración hacia los hombres y las mujeres que trabajaban en su casa. En especial hacia Benita, la costurera.

Se acordó de ella.

De la noche a la mañana, Costanza había interrumpido el contacto. Dejó de atender sus llamadas. Dejó de contestar sus mensajes y dejó de visitarla una vez al mes en su pisito de la calle Encarnación. No se lo merecía. La costurera aparecía en todas las fotos importantes de su vida.

En todos sus cumpleaños. En su parto. Y en sus entierros.

Se maquilló el rostro por ver si conseguía iluminarlo, pero de sobra sabía que el maquillaje no borraría las ojeras de su tristeza.

—Han pasado muchos años de todo lo que ha pasado, Costanza —se repitió.

No se atrevía a continuar la frase. En realidad, quería decir y decirse que el tiempo no había pasado en balde, que había provocado el efecto de una anestesia, que había conseguido manejarse entre terremotos que se habrían llevado por delante a cualquiera.

Y sin embargo, a ella, no. Ella había vencido.

Seguía viva y eso suponía un triunfo porque podía estar muerta. De pena también se muere.

Habitación 324. Costanza había conseguido llegar sin cruzarse con la señora Tomé. Nadie sabía que estaba allí.

—Hoy me he acordado de Benita —susurró Costanza a su madre.

La mujer que se está muriendo no sabe quién es Benita. ¡Con lo que Benita fue para la señora Rosalinda!

—Ya nada importa, ¿verdad? Qué más da. Todo ha dejado de tener sentido.

También las palabras.

—Hace tiempo que no la llamo. Seguro que está enfadada conmigo.

No sabe por qué, pero cuando le habla a doña Rosalinda le cambia el timbre de la voz.

—¡Menudo carácter tenía la buena de Benita!

Arropa a su madre con la manta porque oye silbar el aire y cree que se cuela por la rendija de la ventana. Coloca una mano en el aluminio. Está frío. Está helado.

Y arropa a su madre con la manta.

—¿Te acuerdas de Mauro? —musita con miedo.

La madre no mueve un solo músculo al escuchar el nombre del sacerdote.

—¿No te acuerdas de él? —insiste casi susurrando.

Doña Rosalinda no siente ni padece. Costanza le pasa la palma por la frente. Sabe que no conseguirá que pronuncie una sola palabra.

—Parece que tienes unas décimas —le dice—. Estás caliente.

Abre el cajón de la mesilla y saca un termómetro que hace meses ella misma llevó para no tener que pedírselo a las auxiliares. El mercurio confirma la fiebre. Pero Costanza no hace nada. No avisa. No quiere interrupciones de médicos ni de enfermeras. No quiere escuchar otras voces. Quiere estar con su madre.

A solas.

No sabe cuánto le queda.

Tampoco lo ha preguntado.

«¿Acaso importa?»

Debería importarle. Sí. El tiempo cuenta cuando no sobra. Lo saben los desahuciados de los hospitales. Los que reciben un diagnóstico sin sanación. Los que esperan. Los que restan días en el calendario sin poder hacer nada por acortar plazos. La ley lo impide.

—¿A ti te ha sobrado vida?

Se acerca a besarla y siente el aire que se le escapa entre los labios.

Sobre la cómoda de la entrada encuentra el parte diario que el señor Lerma pidió a los médicos con todos los detalles de la rutina de doña Milagros.

La comida: Sopa de fideos. Filete de merluza con ensalada. Cuajada.

La medicación: la lista es larga. No entiende, pero entiende que ahí están incluidos los paliativos que ya han empezado a administrarle. Lee: «Morfina». El resto no sabe lo que es.

Las horas a las que le han tomado la temperatura: la última ha sido hace una hora y media. Entonces no debía de tener fiebre porque no aparece ninguna anotación.

Su madre respira, pero a veces parece que deja de hacerlo. Costanza se revuelve y toca su brazo. La anciana se anima. ¿O es solo un deseo? Quizá un acto reflejo del reflejo que se activa con el simple contacto cuando alguien la toca.

Cuando doña Rosalinda ingresó en la residencia, sus maletas quedaron colocadas en lo más alto del armario empotrado. Aunque a Costanza le revolvía las vísceras ver los vestidos de su madre, las camisas, los abrigos, aquel día sintió unas ganas incontenibles de comprobar que todo seguía ahí, que nadie le había robado nada, que la vida también se detuvo en las telas.

Se levantó y abrió las puertas correderas.

Allí seguían las maletas tal cual fueron dispuestas sobre la última balda.

Y sus vestiditos colgados en las perchas aún olían al perfume de jazmín.

Los zapatos de tacón cuadrado, uno al lado de otro en la balda inferior. Los negros, los azules, un par blanco.

Las chaquetas de punto; la gabardina de Burberry´s que siempre, cada otoño, mandaba a Benita ajustar para que le quedara impecable.

Varios sombreros, uno dentro del otro.

Suspiró mientras revolvía las cajas de cartón, también colocadas una al lado de otra. No sabía qué buscaba, si es que buscaba algo, porque tampoco recordaba qué contenía cada una.

Fue sacándolas y colocándolas en el suelo. Se sentó sobre la baldosa fría y fue abriéndolas una a una.

La caja de los guantes. De piel de cabra. De lana con ribetes de cuero. Los rojos de punto con las iniciales de doña Rosalinda bordadas a la altura de la muñeca.

Se los probó y se acarició la cara con ellos. El tejido la devolvió a los años pasados en los que era su madre quien la acariciaba o quien entrelazaba los dedos de sus manos pequeñas. Decidió quedárselos. Los colocó aparte, cerró la caja, abrió la siguiente.

Contenía los cuellos de conejo y visón. Granate. Negro. Marrón. Quedaban perfectamente ajustados a su cuello. Tenían su medida exacta. También era Benita la que se encargaba de eso. No permitía que hubiera ni un centímetro de holgura. Siempre mimó esos detalles que marcaban la diferencia entre las señoras de la época. La costurera fue aprendiendo de moda en las revistas que compraban en la residencia de los Mendiola. Recortaba las fotos de los modelos que llegaban de Nueva York, Hollywood, París, Roma, y las pinchaba con chinchetas en una cuartilla de corcho. Jackie. Babe Paley. Jane Fonda. Sentía una especial predilección por las norteamericanas. Las españolas se le habían atragantado o quizá le recordaban a la señora para la que sirvió antes de recalar en casa de los Mendiola en 1965.

Costanza se esforzó por recordar la última vez que había visto a Benita.

—¿Fue hace dos meses? ¿O quizá tres? —se preguntó.

Habían quedado a las puertas de la iglesia de San Andrés para que la costurera le entregara unas rosquillas y unos merlitones segovianos. Se enfadaba si Costanza no los aceptaba, así que aquella vez, y sin rechistar, cogió el paquete envuelto en papel de plata y lo metió en su bolso. Tampoco se atrevió a ponerle un solo pero cuando la costurera se empeñó en que entrara a oír misa.

—¡Qué pesada se puso! —murmuró en voz baja.

Nunca entendió que Benita fuera tan devota y tan arrodillada viniendo como venía de una humilde familia segoviana, de Sigueruelo, que seguía teniendo un tío desaparecido en la nómina de represaliados durante la guerra y que no había recibido santa sepultura. De eso nunca habló con doña Rosalinda porque su señora no quería saber de guerras. Se limitaban a departir sobre trapos y telas. Benita sabía más que doña Rosalinda. A fin de cuentas, solo se había dedicado a eso desde que llegó a Madrid en el año 61 con un currículum en el que constaba, como primera ocupación, haber cosido mandiles a una peseta y batas a tres. También había segado y recolectado, pero solo en verano, motivo por el que, siendo la mayor de seis hermanas, sus padres convinieron que había llegado la hora de que ocupara los inviernos. Benita no pudo negarse. A la vida de entonces nadie le ofrecía resistencia.

«¿Eso le dijo su padre, Benita? —le preguntó una tarde Costanza entre risas—. ¿Que no podía seguir holgazaneando todo el invierno?»

«Eso me dijo de buenas a primeras —contestó Benita—. Que el día 25 de diciembre me iría a Madrid. "¿Tiene que ser el 25 de diciembre, padre?", le pregunté. Y él erre que erre. Ese día viajaba a Madrid el hijo de la Rufina, así que no iba a tener otra oportunidad», admitió la mujer después de muchos años maldiciendo la fecha elegida para ella.

El hijo de la Rufina era, en efecto, el único joven de fiar en Sigueruelo. La madre era la dueña de La Santa, el bar del pueblo. Y también era de fiar. Acababa de enviudar y de heredar la taberna y cientos de hectáreas de cultivo. Es decir, se había convertido en la más rica del pueblo. Era viva como el hambre y siempre estaba al tanto de todo. Oía la radio y, si había noticia, la propagaba en la barra de La Santa para ilustrar a los hombres de Sigueruelo, que eran los últimos en apagar la luz. Fue, además, la primera que tuvo teléfono y la que hacía préstamos sin intereses a los vecinos. De hecho, Benita se fue a Madrid con cien pesetas de la Rufina.

—Para que la niña no vaya con una mano delante y otra detrás —le dijo a su madre, la Angelines.

La madre aceptó el dinero, pero no abrió la boca para que el padre no viviera con la angustia de debérselo.

La víspera de su marcha, en plena Nochebuena, Angelines se encogió de miedo cuando vio a la Rufina a las puertas de la casona donde la familia se disponía a sentarse a la mesa.

—¿Qué te pasa, mujer? —le preguntó al verla descolorida y jadeante.

—Que al Generalísimo lo han tenido que ingresar. El país está sin gobierno, o lo que es peor, está sin Franco —le susurró al oído para que nadie la oyera.

—¿Qué tontería estás diciendo, Rufina? ¿Cómo va a estar el país sin gobierno?

—¡Sin Franco, sin Franco! —repitió—. ¡Es mucho peor! —dijo elevando la voz.

Angelines entornó la puerta y salió a la acera completamente a oscuras. El aire frío cortaba la cara y arrugaba las manos.

—¿De dónde te has sacado eso? —preguntó.

—Lo acaba de decir la radio. Que lo han ingresado en el hospital del Ejército del Aire porque le han roto no sé qué mandangas de la mano. ¡Ha sido de un tiro!

—¿Cómo de un tiro? ¿Que a Franco le han dado un tiro?

—Al parecer estaba cazando y, ¡zas!, una bala le ha alcanzado la mano izquierda. ¡A saber si no ha sido un atentado!

La Angelines se santiguó y miró al cielo negro. Las lágrimas empezaron a rodar por sus mejillas.

—Santo cielo, qué angustia me dejas… —gimió la madre de Benita.

En efecto, a Franco le había alcanzado una bala en la mano, pero el accidente no permitía presagiar un caos político. Es más, casi se convirtió en mofa cuando se extendió por los mentideros madrileños que la bala le había alcanzado la falange. El régimen se cuidó muy mucho de no informar con esa precisión y se limitó a comunicar a la opinión pública la rotura del segundo metacarpiano.

—¿Qué necesidad hay de que la niña se vaya mañana? Espérate a primavera, mujer —le rogó Rufina.

—No, la decisión está tomada, Rufina. La niña ya se ha hecho a la idea.

Benita estaba asustada, pero por no dar más penas a sus padres simulaba la sonrisa y contenía el llanto. Las seis hermanas estaban sentadas a la mesa cuando Angelines entró en la casa y azuzó la leña de la cocina en la que se doraban las tajadillas de lomo. En su fuego se consumió la noticia y el mal agüero de la Rufina. No se le ocurrió compartirlo con su marido ni con la almohada. Se lo calló y aquella noche la pasó en vela hasta que, de buena mañana, el 25 de diciembre de 1961, Benita subió a la furgoneta de La Continental de la mano del hijo de la Rufina. La llamaban la Gloria porque cabían los justos. Tenía catorce años y solo llevaba una maleta de madera en la que su madre metió un par de bragas o tres, algunos calcetines, un camisón hasta los pies, una faldita de cuadros, el vestidito que se había cosido ella misma con cuello bebé y fruncido a la cintura y una rebequita roja de punto. También un cepillo de dientes.

—Es del tío Celestino, pero te lo he hervido —le dijo su madre.

Al tío Celestino lo habían matado en el frente de Valencia. Nunca recuperaron el cuerpo, pero sí una parte del petate, que incluía un vaso de metal, un peine negro y el cepillo para los dientes.

El primer suelo que Benita pisó en Madrid fue el del número 20 de la calle Alenza, adonde llegaba la furgona y donde, en medio de unos humos que hacían irrespirable el ambiente, la esperaba la tía Gregoria, una mujer de armas tomar que trabajaba en la Renfe y que se encargó de ella durante sus primeras veinticuatro horas en la capital. El resto del tiempo también la tuteló para que no malgastara el dinero.

Benita nunca supo si Franco agonizó o se recuperó rápido de la heridas porque nunca fue informada del accidente. Si tía Gregoria estuvo al tanto, tampoco se lo hizo saber.

El 27 de diciembre empezó a servir en un domicilio de la calle Ascao número 59, cerca del Cementerio del Este. La familia resultó ser una viuda de nombre María y sus dos hijos, Fernando y Pepe. Le pagaban trescientas pesetas cada veintiocho días, pero durante los primeros meses no mandó ni un céntimo al pueblo porque tía Gregoria, que se lo administraba todo, se empeñó en adecentarla. No había mes que no hiciera gasto. Que si unas medias de cristal, que si un suéter de algodón, que si unos zapatos de tacón cubano. También gastó en una falda de pata de gallo y en una gabardina para los fríos capitalinos.

—Cuando salgas los domingos, tienes que parecer una niña decente —decía tía Gregoria—. Que no se diga que en provincias no sabemos arreglarnos.

Arreglarse significaba gastar.

Ese primer fin de año de 1961 fue el más triste de su vida. Tía Gregoria se había ido al pueblo, pero no era plan de llevarse a la niña. No había cumplido ni una semana en Ascao. A eso de las ocho de la noche, ya cerrada en Madrid, la señora y los dos niños salieron por la puerta vestidos con sus mejores galas. Iban al Gran Hotel Velázquez a la cena con cotillón, tómbola y música en directo de Maño López, que volvía a Madrid después de cinco años en el Elefant Blanc de París. En un platito dejaron doce uvas para Benita, pero ella tenía tanta pena que ni se las comió.

El día 1 de enero sirvió la comida de Año Nuevo y el 2 salió por primera vez a la calle con el traje de faena. Fue con la señora a comprar los Reyes a Mendivil, en Recoletos número 19. Aunque ella ya albergaba alguna sospecha, fue así como Benita supo que los Reyes eran la viuda María.

Los años de Sarita Montiel y su *Pecado de amor,* del arruinado cine Doré y del alcalde el conde de Mayalde los pasó disgustada y cada vez que veía a tía Gregoria le daba la matraca:

—Tía, ya sé hacer dobladillos y voy a aprender a coser puños de camisas y a bordar iniciales. Búscame una casa para trabajar de costurera, anda, que tú conoces a muchas señoras.

Tía Gregoria le decía: «Tú aprende y ten paciencia, que algo surgirá».

Y surgió.

El 15 de noviembre de 1965, recién casados los señores de Mendiola, Benita llegó a su descomunal residencia cobrando seiscientas pesetas, cama, baño y dos tardes libres a la semana. La de los jueves y la de los domingos.

—Te dije que tuvieras paciencia. Es el mejor arreglo que he encontrado —sentenció tía Gregoria—. ¡Ah! Y he puesto la condición de que te den de alta en el Montepío del Servicio Doméstico.

Dicho y hecho. Doña Rosalinda recibió a Benita con todo lo necesario para empezar a trabajar. Dos uniformes, uno para la mañana y otro oscuro para la tarde, una cofia con puntilla y un postizo para simular un moño que decoraba con unas tiras negras muy largas, muy finas y muy suaves. De terciopelo o así. Benita nunca antes lo había tocado y le pareció tan gozoso que en cuanto ahorró un poquito compró un metro para mandárselo a sus hermanas pequeñas. Para que vieran cómo era el tacto de la capital.

De primeras, a Benita no le hizo mucha gracia el asunto de los uniformes, la cofia y el moño de mentira porque ella iba a coser, no a servir, pero doña Rosalinda se lo aclaró en cuanto empezó a enumerar sus obligaciones:

—Quiero que aprenda a presentar la mesa y a servir los platos. Habrá días que tenga que echar una mano. ¿Entendido?

—Sí, señora —contestó la joven.

Le entregó también una pastilla de jabón, una esponja y un juego de toallas.

—¿También para mí? —preguntó Benita.

—¿Para quién si no? —contestó doña Rosalinda—. Dese un buen baño y mañana a las ocho en punto tiene que estar lista para el desayuno. Se pone usted el clarito con la falda de flores —indicó la señora señalando con el dedo el uniforme de la mañana.

Benita hubiera dado media vida por llamar a Sigueruelo para contar que en aquella casa arreglada por tía Gregoria había una Telefunken, una plancha y una lavadora, que la trataban de usted y que doña Rosalinda era una señora de la cabeza a los pies. Sí, eso también se lo habría dicho a su padre.

Los recuerdos empañaron con lágrimas la mirada de Costanza. No quiso seguir abriendo cajas.

—¿Para qué?

Los cuellos habían quedado esparcidos por el suelo. Los pañuelos de hilo. Una colección de liras desde principios del siglo XX.

Y un libro: *El amor en los tiempos del cólera.* Edición de tapas azules, cuarteadas por el tiempo, del año 1986. Editorial Arte y Literatura, sita en el Palacio del Segundo Cabo, en el 4 de la calle O´Reilly de la Habana Vieja.

Dedicado «Para Mercedes, por supuesto».

Y subrayadas a lápiz, tres líneas de la página 63:

> El doctor Juvenal Urbino sabía que la mayoría de las enfermedades mortales tenían un olor propio, pero ninguno era tan específico como el de la vejez.

La vida salpicaba el desorden del recuerdo.

Un trocito de papel de periódico asomaba al final del libro.

> —¿Y hasta cuándo cree usted que podemos seguir en este ir y venir del carajo? —le preguntó.

Florentino Ariza tenía la respuesta preparada desde hacía cincuenta y tres años, siete meses y once días con sus noches.

—Toda la vida —dijo.

Revolvió en su bolso para sacar el teléfono móvil y fotografiar el fragmento.

—Toda la vida —dijo en voz baja.

Devolvió cada caja a su sitio, se acercó a su madre, la tapó con la manta porque oía silbar el aire frío y helador.

CAPÍTULO 27

Amaneció Manresa con un otoño que anticipaba el invierno, robustecido en forma de la primera helada que maquillaba los árboles. El padre Mauro observó la postal desde la habitación de la pensión de los treinta euros. Se dio un agua con el escaso hilo que salía del grifo de la ducha, se secó rápido con una toalla rugosa, se vistió y bajó a desayunar al comedor.

Café y una tostada de pan con aceite y tomate.

Miró el reloj. A las ocho en punto había quedado con el director de los ejercicios espirituales, el padre Marcel. Estaba nervioso. No sabía con quién iba a encontrarse y le inquietaba no conseguir su objetivo.

Las rendiciones de cuentas siempre tienen algo de cruel para el que las hace consigo mismo. Incitan al remordimiento. El ajusticiado se fustiga por el daño que cree haber infligido. Recrea una realidad que no se ajusta del todo a ella. Bucea hasta profundidades a las que nadie sería capaz de llegar porque, en realidad, no existen. También tienen algo de injusticia. El cuerpo queda excluido de las decisiones, como si no fuera autor firmante de los sentimientos, de las emociones, del gusanillo.

Y algo de humillación. Sí. «En la rendición de cuentas —pensó Mauro— también hay algo de humillación que se consuma cuando el ajusticiado se arrodilla.»

Acabó su desayuno y preguntó a la camarera que servía las mesas cómo llegar al santuario.

—¿Andando? —le planteó la mujer.

El padre Mauro asintió y ella sacó del cajón de la alacena un mapa para indicarle las calles que debería atravesar.

—No le llevará más de seis o siete minutos.

Agradeció las indicaciones y salió de la pensión. A esas horas tempranas, la ciudad se desperezaba. Los primeros coches subían y bajaban por la calle de San Ignacio. Al fondo podía adivinarse el santuario de piedra. Oyó el rumor del río Cardener y sintió la humedad en su rostro.

Aquella mañana hacía frío. Desenrolló la bufanda que había guardado en el bolsillo de la cazadora y se la colocó en el cuello. A paso ligero cogió el Camino de la Cueva, que desembocaba en la puerta principal del santuario. Llegó a su cita antes de lo previsto, así que se entretuvo en la fachada barroca, levemente iluminada por los primeros rayos de sol. Sacó su teléfono móvil y la fotografió. No tendría a quién mandársela, pero le dio igual. Algún día, cuando revisara la galería de fotos, le gustaría volver a verla.

Enseguida apareció el padre Marcel Domínguez. Jesuita, un hombre mayor, rondaba los setenta años, de mejillas rosadas, mirada afable, sotana hasta los pies.

—¡Buenos días, hermano! Usted debe de ser el padre Mauro.

—Así es, padre Marcel —contestó Mauro extendiéndole la mano.

—¡Bienvenido a nuestra casa!

—Es realmente impresionante —dijo él elevando la mirada.

—¿Quién se lo recomendó?

—Lo elegí yo mismo, padre. Tenía muchas ganas de conocer este santuario. He oído hablar muchas veces de él, pero no había venido hasta ahora.

—No podía haber hecho mejor elección —repuso el padre Marcel.

—Gracias, padre. Vengo con el deseo de que me ayude a encontrar la línea recta del camino.

—¡La línea recta del camino! —repitió el padre Marcel—. De momento, sígame.

El padre Marcel eludió comentar la elevada expectativa depositada en él. Mientras se adentraban en el santuario, le fue explicando sus distintas estructuras. La iglesia, el espacio de acogida, el vestíbulo de acceso y, al fin, la cueva.

—Ya sabe que los alrededores del río Cardener están llenos de grutas que la naturaleza ha ido creando a lo largo de los siglos.

Mauro tuvo una repentina sensación de frío. Se acercó a una pared y puso las manos en la piedra.

—Nuestra misión es mantenerla —añadió el padre Marcel—. Todo el que viene se queda como usted, impresionado.

—¡Es hermosa! —exclamó Mauro.

—Lo es. Mire que llevo años aquí y aún me sorprende.

—Transmite paz.

La cueva de San Ignacio era silencio y vacío. El padre Mauro se sintió mal al pensarlo porque Dios lo llenaba todo. Había visto cientos de fotos en libros y en imágenes de Google y, a través de ellas, se había creado la suya. Pero en nada se parecía a su belleza natural.

El padre Marcel procedió a explicarle la planificación de los ejercicios.

—¿Ha podido leer algo?

—Sí, padre. Conozco el programa.

—Después de la jornada, cada tarde, usted y yo nos citaremos para el coloquio. El coloquio tiene una doble finalidad. El ejercitante, o sea, usted, debe informar al director, es decir, a mí, sobre los resultados del día que concluye y yo le entregaré la materia para el día siguiente. No tenga prisa por entenderlo todo. Enseguida se adaptará. Mire —dijo entregándole una carpeta—, aquí tiene la materia de hoy. —El padre Marcel extendió su mano para despedirse—. No crea que tengo prisa —dijo sonriendo—, es que no quiero que pierda ni un minuto. Aquí se sentirá bien. Tómese su tiempo, no quiera avanzar demasiado rápido.

El jesuita desapareció y el padre Mauro se quedó allí sin poder evitar que la extrañeza lo envolviera. Escogió para sentarse un sitio que quedaba en penumbra. Abrió la carpeta y observó la materia sobre la que debía meditar.

—«Dios creador, Dios padre —leyó—. El pecado como falta de confianza en Dios.»

Sintió un escalofrío y pensó en san Ignacio. Él también se entregó a las vanidades hasta que sintió la conversión.

—La consideración y la contemplación de los pecados no debe asustarme —se repitió mientras se concentraba en los mosaicos de los suelos que, cinco siglos antes, habían sido recorridos por los pies descalzos de aquel hombre, Íñigo de Loyola, caballero de armas antes que escudero de Dios, lector del *Amadís de Gaula* antes que de vidas de santos.

Durante su formación, el padre Mauro había estudiado los *Ejercicios espirituales* de san Ignacio. En el añoso castellano de sus páginas leyó que había dos maneras de pecar mortalmente. La primera se producía cuando el hombre daba consentimiento al mal pensamiento. La segunda, cuando se ponía en acto aquel pecado.

Por un momento se sintió liberado. Él todavía no había puesto en acto lo que tantas veces había merodeado por su cabeza, pero se sabía pecador por haber abrazado el pensamiento de Costanza. Pensó en ella y a ella le dedicó sus plegarias. Se ruborizó al sentir que no era capaz de entregarse al discernimiento que predicó san Ignacio. Sus preguntas no encontraron respuesta y Costanza volvió a atravesarlo como una navaja.

Ella estaba allí. A su lado. En esa cueva a la que nadie más entró. Ni siquiera coincidió con los turistas de las visitas guiadas, que siempre alteraban la paz de los recintos sagrados.

Mauro se concentró en resistir el pensamiento. Examinó su conciencia y, tantas veces como Costanza se acercaba a él, el hombre se llevaba la mano al pecho. Notaba el palpitar del corazón acelerado. Le temblaban las fibras de los músculos y los dedos con los que agarraba cada vez más fuerte la lana del jersey sobre la camisa negra.

Se detuvo en una de las imágenes de san Ignacio. El santo penitente aparecía acompañado por la Virgen María, vestido con su traje de saco, su cordel cincelado, el cuaderno en el que escribía los ejercicios espirituales. En su mirada de mármol, el padre Mauro descubrió el desasosiego que él mismo padecía.

—¿Qué quiero hacer con mi vida? —se preguntó en voz baja.

En silencio mecanografió las palabras:

«Solo quiero olvidarme de Costanza y dirigir la llamada de Dios hacia el mismo destino que alcancé una vez.»

Así pasó el primer día. Llegó el segundo, y el tercero descubrió que no podía despegarse de una turbación profunda que, en ocasiones, apenas lo dejaba concentrarse.

El padre Mauro deseaba llegar a la fase iluminativa para meditar sobre los misterios de la vida de Cristo. El director le había explicado que el fin último de esa fase era alcanzar la decisión libre de seguir a Dios y volver a descubrir la atracción por él. No sabía si lo conseguiría porque, después de cada jornada y de tantos coloquios con el padre Marcel, se sentía exhausto. El viejo jesuita lo consolaba cuando Mauro le confesaba que no era capaz de combatir la confusión y el miedo a las tentaciones.

—He escuchado esas mismas palabras en multitud de ocasiones. El enemigo siempre tienta al ejercitante —le dijo un día, mediada la semana, que poco a poco iba agotándose—. Por eso nadie puede caminar solo. Todos necesitamos un guía. Aquí me tiene, padre Mauro. No decaiga. Le queda poco tiempo.

Le dolían las rodillas y los codos. Sentía una derrota física y los consejos de su director resultaban insuficientes para apaciguar a los ejércitos que batallaban dentro de él.

Así llegó al último día de sus ejercicios espirituales en la cueva de San Ignacio. El padre Marcel lo acompañó durante toda la jornada y, cuando ya no podía más, ese hombre le aseguró que muchos ejercitantes salían de allí creyendo que no habían conseguido su objetivo, regresaban a sus ciudades y a sus parroquias y, entonces, descubrían que nada había sido en balde.

—El esfuerzo por reconquistar la fe acaba teniendo recompensas. Créame —añadió.

El padre Marcel lo abrazó y, en sus brazos, Mauro no pudo contener las lágrimas. No estaba seguro de que a él le fuera a ocurrir lo mismo.

Era tal su aturdimiento que, al salir de la cueva, se desorientó. No sabía dónde estaba, quién era, por qué estaba allí. La luz lo deslumbró, la sensación de agotamiento le arrancó las fuerzas para caminar hasta la pensión, donde recogería su maleta. Había encarado el pecado, pero no había conseguido alejar a Costanza.

Al llegar a la habitación, se sentó en la cama y repasó todos los escenarios por los que había transitado en Manresa. Cerró los ojos y las lágrimas volvieron a brotar con ímpetu al constatar que Costanza Mendiola los había ocupado todos.

La mujer lo había perseguido desde que llegó a la hermosa villa de Manresa. Se había metido con él en la cama, entre las sábanas ásperas. Bajo el grifo menguado, ella lo había enjabonado con sus manos. Era Costanza quien había escrito con su letra de escolar las líneas del cuaderno estrenado para los ejercicios ignacianos. Había paseado a su vera por el puente viejo, había aparecido en la esquina de Sobrerroca y lo había llevado hasta el Pozo de la Gallina, donde mojó sus dedos en el agua y los pasó por su frente. Y cuando el hombre penitente se dirigió a la Cruz de la Culla, como otrora hiciera el santo, era ella quien lo estaba esperando.

Trató de serenarse.

No podía hacer otra cosa ya. El tiempo de Manresa se había agotado.

CAPÍTULO 28

Los días en la cueva de Manresa sucedieron tal cual han sido descritos. La fuente de inspiración se agotó y no hubo santo ni lectura ni imagen de Dios que pudieran vencer la resistencia del deseo y la pasión.

El sacerdote se subió al tren con la sensación de haber derramado el cáliz sobre el altar. La mancha roja se había extendido y la tela blanca estaba sucia e imperfecta.

El viaje de vuelta fue como el retorno de un verano entristecido por el primer amor que roba horas a los amaneceres.

Y ya en Madrid, el padre Mauro tuvo la ominosa sensación del deber no cumplido.

Luntane´e te quanta melancunia.

Recitó esa frase escrita por Antonio Tabucchi en *Se está haciendo cada vez más tarde*: «Lejos de ti, cuánta melancolía».

CAPÍTULO 29

Desde que él se marchó de Madrid, Costanza no había recibido una sola señal de vida del padre Mauro. La semana de tregua ya había pasado, pero no quiso molestarlo. Y no fue por falta de ganas. Cada minuto que pasaba pensaba en él, deseaba mandarle un mensaje de texto o una de esas notas de voz que utilizaba en algunas ocasiones. Pero se contenía por miedo al rechazo y por respeto a su decisión. Él no la había molestado durante las semanas que duró el juicio.

La capital había inaugurado el mes de diciembre y estaba en la antesala de casi todo. De Navidad. De Año Nuevo y de los Reyes. Costanza siempre había sido más de los Reyes que de Papá Noel, pero curiosamente la foto que adornaba la pantalla de su móvil era de su hija Valeria disfrazada con el gorro rojo de bola blanca.

Aquel día, al llegar a su despacho de Roth & Co., Costanza recibió la noticia que estaba esperando. Sobre el teclado de su ordenador, el procurador había dejado un sobre cerrado. Lo abrió con ansiedad y leyó la fecha de la notificación del fallo de la Gran Estafa: 10 de diciembre. Sintió una serena sensación de victoria. Dejó el papel en la mesa y se levantó para sacar un café de la máquina. De vuelta a su despacho, se asomó a la ventana. Madrid era una ciudad bellísima en sus contornos salpicados de edificios con historia de ganadores y perdedores, una villa resistente con fama de soñadora.

Sintió vértigo, pero a la vez la sensación de victoria le hizo sonreír porque se acercaba el final.

El deseo incontrolado de que la decisión de los jueces fuera condenatoria recorrió su espalda cuando el señor Suárez llamó a la puerta.

—¿Se puede? —preguntó su jefe.

Costanza abandonó su fábula como el que se despierta de un sueño en el que está siendo feliz y se sacudió los pensamientos para no dejarse engullir por esas partículas de maldad que todo ser humano es capaz de alojar dentro de él.

—¿Hemos recibido la notificación de Gerardo? —preguntó el letrado.

—Sí, iba a despachártela ahora —contestó Costanza—. El día 10.

—¡Qué pronto! —dijo Suárez—. Pensé que esperarían a después de Navidad.

—Se han dado prisa.

—¿Qué harán? —preguntó.

—Condenar.

—¿Tú crees? —preguntó el abogado.

—Sí. No hay margen. Tienen que condenar. De hecho, se condenó él solo con su comportamiento.

—No he vuelto a hablar con él. ¿Se lo comunicas tú? ¿O lo hago yo?

—Quedamos en que te encargarías tú.

—De acuerdo —concluyó el señor Suárez. Tenía el gesto retorcido como si le hubiera molestado la contundencia de las palabras de Costanza.

—¿Te pasa algo? —le preguntó ella.

—Pienso en la condena.

—No te olvides de la presión social. Está ahí. No ha desaparecido de un plumazo.

—¡No debería influir! —exclamó malhumorado—. ¿Eres consciente del significado de tus palabras?

—La presión social es proporcional a los motivos para condenar —dijo Costanza tratando de contenerse—. Se lo pasaron todo por el forro —concluyó como si solo le importara el Código Penal.

—Habrá que recurrir... —pensó en voz alta el señor Suárez.

—El despacho recurrirá, pero recuerda nuestro pacto. Yo no firmaré ese recurso.

—Dime otra cosa: ¿ejecutarán la sentencia? —preguntó el abogado.

—Dependerá de la fiscalía.

—Si aún estuvieras en el tribunal, ¿qué harías?

—Ordenar el inmediato ingreso en prisión.

—¡Eres muy dura! —exclamó.

—También dependerá de la condena —reflexionó Costanza—. Pero si supera los dos años puede darse por...

—Jodido —farfulló Suárez.

—Sí —remató Costanza conteniendo la sonrisa.

—Quiero ir a la lectura del fallo —dijo el abogado.

—No esperaba otra cosa. Iremos juntos —añadió Costanza.

La sensación de alivio y victoria volvió a invadirla. El tiempo coloca las piezas y pone a cada uno en su sitio. El mismo tiempo también se encargaría de desenlazar la vida de doña Rosalinda y, cuando el señor Suárez salió de su despacho, Costanza imaginó ese momento:

Su madre sería incinerada y, acto seguido, ella recogería las cenizas. En un principio, planeó dividirlas en dos relicarios para enterrar uno de ellos en el jardín de la residencia del señor Mendiola, pero la Iglesia católica no lo permitía. Los restos, dice el Evangelio, son indivisibles. Así que Costanza ya había comprado una pequeña urna con la que volaría a Milán. Alquilaría un coche en el aeropuerto y conduciría hasta Lezzeno por sus carreteras estrechas, salpicadas de los pueblos tantas veces recorridos en el coche de su padre. Doña Rosalinda iría a su lado, en el asiento del copiloto, tranquila, convertida en polvo. Había recreado millones de veces ese viaje de vuelta al hogar de su madre, a Villa Gelsomino, a esa tierra a orillas del lago Como en la que había sido feliz.

Las llaves del panteón familiar también estaban en su poder. Hizo una copia para no tener que pedírselas a su padre. Las guardaba en el cajón de la mesilla de noche.

La operación no sería complicada. Lo difícil ya había pasado. Y salió bien. Impecable. Perfecto. Nunca nadie sospechó. Nunca nadie se percató de que doña Milagros no era hermana del señor Lerma. El olvido de doña Rosalinda fue la coartada perfecta.

CAPÍTULO 30

Todo esto sucedió en la capital mientras Mauro, de vuelta a San José, vivía sacudido por la certeza de no haber alcanzado la cura. Había huido en busca de un edén que no existía e ignoraba lo que aún acontecería en esa vida de mortales y pecadores.

Cumplió con el párroco y con el sacristán y a los dos agradeció, aunque no se lo dijera, que no le preguntaran por su viaje. Don Andrés tenía una noticia que darle y, nada más verlo, no tardó ni un segundo en comunicársela.

—Padre Mauro, llegó una comunicación del arzobispado de Madrid. Quieren verle.

—¡Ya era hora! —exclamó el padre Mauro.

—Ya sabe: las cosas de palacio van despacio —contestó don Andrés—. El caso es que ayer vino el secretario del arzobispo, solemos tener una reunión cada cierto tiempo, y preguntó por usted...

—¿Y?

—No, no... —dijo el párroco disipando sus temores—. No se preocupe. No le dije que estaba de viaje.

—¿Qué le dijo entonces? —preguntó Mauro con inquietud.

—Que no estaba y que le dejaría el recado. Hará bien en ir a verlo.

—Mañana será un buen día —añadió el padre Mauro.

—No. Hágalo hoy y hágame caso.

El párroco fue tan rotundo que el padre Mauro no lo dudó.

Salió de la parroquia con cierta expectación por cuanto tuviera que decirle el arzobispo. Hasta entonces solo había tenido contacto con ese secretario que le había enseñado su despacho en el edificio cardenalicio y, de las mejores maneras, lo había invitado a que hiciera de él y en él lo que considerara oportuno.

«No tienes por qué inquietarte, Mauro —se dijo—. La reunión debía producirse tarde o temprano. ¡Y bastante ha tardado! Era lo que más deseabas para disipar tus dudas. Por fin sabrás qué quieren de ti. Recuerda que cuando trataste de indagar en los porqués de la decisión de abandonar Roma, nadie te supo explicar los motivos.»

Aun siendo todo eso cierto, aún necesitado de saber por qué había sido destinado a Madrid, al padre Mauro le hubiera gustado que la jerarquía se olvidara de él. Aunque tenía ambiciones, se sentía bien en San José. Llevaba pocos meses, pero habían sido suficientes para descubrir que la rutina de los oficios vespertinos y la vida sencilla de la parroquia le permitían entregarse a su sacerdocio. En ese momento de su vida, lo último que quería eran más complicaciones.

«Y Gravina —pensó de repente—. Sí, allí también siento la utilidad de mi vocación.»

Aquel era el peor día que podía haber elegido. El padre Mauro sentía tan a mano el fracaso de su retiro en la cueva de Manresa que le hubiera gustado ganar algo de tiempo para concentrarse en las palabras que pronunciaría ante el arzobispo. Pero, una vez más, las cosas sucedieron sin admitir retoques.

Nada más llegar, pidió ver al secretario para que lo guiara y le dijera cómo actuar ante el arzobispo. Solícito, el hombre no dudó en dirigirle hasta su despacho.

—Ha tenido suerte, padre Mauro. Tiene la agenda muy despejada esta mañana. Enseguida podrá pasar.

Y así fue. No tuvo tiempo ni de pensarlo. De repente se vio allí, frente a aquel hombre que le imponía por lo que representaba y le impresionaba con sus vestiduras largas.

—Padre Mauro, ¡por fin tengo la oportunidad de saludarlo!

—Cardenal —contestó besándole el anillo pastoral—, el gusto es mío.

—¡Siéntese, siéntese, por favor!

El padre Mauro ocupó uno de los butacones y lo miró fijamente.

—¿Me mira con curiosidad o con inquietud? —preguntó el arzobispo.

—Lo miro con expectación.

—¡Nunca hay que perderla! —exclamó—. ¿Estuvo unos días fuera de Madrid?

Al padre Mauro le sorprendieron esas palabras. Juraría que el párroco le había dicho que no había desvelado tal extremo. Sobre la marcha resolvió no mentir.

—Desde hace muchos años quería visitar la cueva de San Ignacio y pensé que este sería el mejor momento.

—Es un lugar divino —comentó el arzobispo.

—Ha sido una semana fructífera. He gozado, me he encontrado con Dios y he reordenado mis prioridades.

—¿Tenía esa necesidad, padre Mauro?

—Le confieso que la vuelta de Roma no ha sido nada fácil. Me ha provocado mucha confusión.

—Pero su espíritu es resistente —contestó el cardenal afirmando una cualidad de la que el padre Mauro dudaba.

—Le agradezco la confianza en mí.

—Los cambios siempre provocan turbulencias. No se deje engañar por ellas. Usted es un sacerdote fuerte.

Mauro volvió a dejar que asomara la debilidad con la que convivía por ver si recibía algún consejo.

—Pero me está costando mucho adaptarme a Madrid —repitió.

El cardenal lo interrumpió:

—¡Es la ciudad elegida para usted! La Iglesia le necesita aquí.

—¿Para qué, dígame, para qué me necesita la Iglesia? —Notó que se estaba alterando.

—No debe permitir que los nervios le arrebaten la paz necesaria…

—¡Es esta ciudad la que roba mi paz! —exclamó clavando su mirada en la del cardenal como si estuviera implorando un gesto de compasión por sus dudas y sus miedos.

—¿Cómo puede decir eso? Está usted profundamente equivocado. Nadie puede robar la paz que otorga el Señor. Insisto: la Iglesia le necesita, padre Mauro. ¿No será que se ha contaminado del estado ambiental de esta sociedad débil?

—¿Qué tendrá que ver la sociedad? —masculló.

Estaba claro que al arzobispo le importaba muy poco cómo se sintiera. A qué tuviera miedo. Qué lo cegaba. Recordó que a él tampoco le importó lo que sintiera el padre Juan, el nieto de los amigos de don Adamino, con el que había sido cruel e injusto.

—Tiene razón —dijo—. No se preocupe.

—Sus palabras me tranquilizan —concluyó el arzobispo juntando el índice con el pulgar de la mano derecha—. En este momento tan delicado no podemos perder el tiempo. Debemos protegernos de las embestidas de la calle.

—Así es.

—Y ahora entremos en materia. He leído su trabajo de fin de carrera.

Como si hubiera pasado una eternidad, la anemia espiritual que padecía el padre Mauro le impidió recordar con precisión qué había escrito en aquel documento titulado «La Iglesia ante los peligros del siglo XXI».

Evocó que mientras tecleaba en el viejo ordenador de la facultad sintió la necesidad de ser duro con los débiles de conciencia. Ni medio centímetro de holgura en los preceptos, pensaba en aquellos días de fin de curso, ignorando que en esas palabras estaba el desenlace de su vida.

—Me llamaron mucho la atención, padre Mauro, dos párrafos muy concretos. Los he marcado para leerlos ante usted y que me explique qué quiso decir. —El arzobispo se colocó las gafas y empezó a recitar—: «Ni un paso atrás», dice usted. «Desde 1968 no existe la Corte Pontificia. La abolió el papa Pablo VI con la carta apostólica *motu proprio* "Pontificalis domus". Ya no hay cortes ni privilegios. Ahora todos somos miembros de la Casa Pontificia. Ni un paso atrás», vuelve a decir. ¿A qué se refiere, padre?

El padre Mauro no encontraba las palabras que explicaran aquel arresto, pero sintió que en las ansias de venganza contra su debilidad quizá pudiera encontrar alguna justificación.

—Anular los privilegios es la única manera de encarar el enflaquecimiento de las convicciones. No podemos separarnos del pueblo que sufre, del pueblo que se muere de hambre. Del pueblo que se queda enganchado en los alambres de una valla fronteriza.

—¿Usted insinúa que hay privilegios en la Iglesia actual?

—No me malinterprete. Al revés. Debemos seguir en la línea ordenada por Pablo VI. Añadí esa observación para dejar constancia de las decisiones del pasado que considero adecuadas.

—Sigo leyendo: «La comunión con las nuevas generaciones no se hará en las parroquias ni en las capillas de los colegios. Debemos penetrar en la intimidad de los jóvenes que hoy se cobijan en los teléfonos móviles. Desde ellos tejen sus relaciones, forman sus opiniones y sus convicciones. La proyección espiritual debe abrirse al mundo actual sin miedo, sin prejuicios, asumiendo el riesgo de enfrentarnos a la crítica».

—Recuerdo ese párrafo, sí.

Lo recordaba, y recordaba haberlo escrito sin repasar ni corregir las advertencias gramaticales del procesador de texto de la computadora. Y recordaba también haberlo leído cientos de veces. Hasta la extenuación.

—¿Cree que no asumimos la crítica?

Sabía que el arzobispo le haría esa pregunta.

—Quizá no lo hayan hecho, pero estoy absolutamente convencido de que lo harán. La jerarquía será capaz de entender que la sociedad sea crítica con su Iglesia. Los errores se pagan.

El arzobispo se incomodó al escucharlo.

—¿A qué errores se refiere?

La pregunta fue la verja que se abrió de par en par y, con una contundencia que jamás imaginó que pudiera guiarlo, el padre Mauro empezó a hablar sin parar:

—La Iglesia se siente cuestionada por los escándalos de pederastia y abusos sexuales que, en los últimos tiempos, han aflorado a raíz de las denuncias y los procesos judiciales que han desbarajustado el orden establecido. Le ha ocurrido lo mismo que a la política. La corrupción, el nepotismo, los excesos han descolocado el tablero. Hay que repartir nuevas cartas. El papa Benedicto XVI lo intentó. Fue el primero en pedir perdón por ello. Pero no ha sido suficiente. Silenció otros desmanes y ahí quizá resida uno de los motivos que explique la crisis de vocaciones... Los seminarios están vacíos. Las relaciones entre las personas han cambiado. ¿Desconoce usted las redes sociales en las que los jóvenes y no tan jóvenes, ¡los casados incluso! —gritó—, acuden en masa para encontrar sexo? ¿Cree que los sacerdotes están al margen de todo esto? ¿Qué podemos hacer para combatir los vicios del siglo XXI? Dígamelo usted. ¡Dígamelo! —exclamó ya fuera de sí.

Se hizo un silencio que tampoco estaba previsto en el guion. No podía seguir hablando porque se arrepentiría toda la vida.

—Tiene usted mucha razón en su exposición. Incluso le habría agradecido que fuera más explícito en sus argumentos universitarios. Creo que se queda corto al proponer un simple plan de comunicación para esas malditas redes sociales llenas de bulos y mentiras. Convendrá conmigo en que eso es así, ¿no? —le preguntó obviando las otras redes de citas, que pasó por alto como si no fueran con ellos.

—Solo le diré algo —añadió Mauro—. A ustedes les atemoriza el espacio de impunidad de las redes sociales y la posibilidad de que destrocen la reputación de la Iglesia a través de comentarios anónimos. Se escapa de su control. En más de una ocasión he escuchado esa queja y no les falta razón a aquellos que cuestionan si es la mejor manera de llegar al pueblo. Me encontrará siempre combatiendo las miserias de una humanidad anónima. Pero son los tiempos y tendremos que capear desde nuestra trinchera. Y con pocas armas —añadió.

—En este momento le encargo que describa, defina y explique cuáles son esas armas.

El arzobispo se levantó de su butaca, abrió la puerta del despacho y recorrió el pasillo de mármol con su sotana negra a un par de dedos del suelo.

El padre Mauro aún tardó unos minutos en abandonar aquella estancia. Tenía el paladar seco y la lengua rugosa. Se encaminó hacia el baño. La cisterna retumbó en todo el edificio. Sorbió agua del grifo y, al mirarse en el espejo, se dio cuenta de que no había dejado de pensar en Costanza.

CAPÍTULO 31

Al descolgar la toga, el aire se impregnó del olor de las bolas de naftalina. No se había percatado durante las sesiones del juicio. Costanza lo odiaba. Siempre había sido así. Incluso recordó la discusión con las encargadas de la residencia de doña Rosalinda cuando insistieron en colocar las dichosas bolas en los armarios. Era una norma de obligado cumplimiento. Desistió. Había batallas en las que no merecía la pena insistir.

Se colocó los cuellos de la camisa de seda blanca y se dirigió a la sala en la que se produciría la lectura pública del fallo de la Gran Estafa. Estaba vacía a esa hora. Se sentó en el mismo sitio del estrado reservado para las defensas que ocupó durante las sesiones de la vista pública. Y, entonces sí, respiró profundo.

Se acercaba el final.

Lo tenía en las manos.

Podía tocarlo.

No era una línea en el horizonte.

En poco más de una hora se acabaría todo.

Para siempre.

Volvió a coger aire. Pasó sus manos por el cuello para sentir el tránsito de la sangre por las venas. De ahí, al corazón acelerado. El estómago encogido. Cruzó las piernas. Metió las manos entre los muslos para encadenar a sus fantasmas.

Todo cuanto acontecería en esa sala sería una fruslería. Pequeñeces. Una nimiedad al lado de lo que ella había vivido hasta entonces.

Reclinó su cabeza en el respaldo de la silla. Mantuvo el aire en sus pulmones y fue expulsándolo poco a poco.

Pero el corazón seguía alborotado. La sangre circulaba veloz. El temblor era ahora una navaja cerca del cuello. Sacó las manos de entre los muslos y volvió a acariciarse la piel bajo la barbilla.

«Todo pasa, Costanza.»

Hacía tiempo que no era tan compasiva consigo misma. Trató de verse desde fuera, desde el estrado de la fiscalía que antaño había ocupado.

«Quiérete.»

En una sala de juicio como esa, Costanza soñó con serlo todo. Y lo consiguió. Llegó a tener el poder de acusar a delincuentes y pedir la absolución de seres inocentes. Pero abandonó. Y ahora se sentía sola. Una foto oficial del rey Felipe VI presidía la estancia. La tarima barnizada brillaba impoluta. El micrófono de sus señorías aparecía plegado a escasos treinta centímetros de los butacones que ocuparían en poco tiempo.

Sacó el teléfono del bolso, abrió la aplicación de mensajería. Costanza esperaba ansiosa alguna señal del padre Mauro. Suponía que estaba de vuelta en Madrid, pero aún no le había contestado a su propuesta de celebrar el funeral en memoria de su madre y de su hija. Llevaba mal la impaciencia y siempre buscaba respuestas inmediatas. Así había sido hasta que su madre enfermó y se entrenó para aprender a esperar.

Se concentró en lo que les diría a los periodistas que, a esa hora, ya se agolparían en el Tribunal Especial. Por suerte, ella había llegado tan pronto que consiguió sortear sin problema el cordón de la policía instalado en las inmediaciones de la sede para evitar que las cámaras se abalanzaran sobre los acusados y sus abogados.

Sobre la marcha sacó el folio en el que había apuntado las

dos malditas frases que debería pronunciar ante las cámaras. Se lo había prometido a Suárez y no le fallaría. Estaban escritas a mano. Las releyó entre líneas.

«¡Por Dios, Costanza! ¡Claro que serás capaz de decir eso!»

Lo guardó. Volvió al teléfono móvil. Repasó los nombres de los contactos que, a esa hora, ya le habían escrito mensajes. Fue abriéndolos uno a uno.

El primero era del señor Suárez. Se iba a retrasar y le pedía que saliera a buscar a Gerardo Barrios.

Costanza dudó antes de contestar.

«No forma parte del trato», pensó.

Pero acabó escribiendo:

«No te preocupes. Le espero en el vestíbulo.»

«Sal a la calle a recibirlo. Llegará con Ana, su mujer. No te cuesta nada», tecleó Suárez por respuesta.

«Es mejor hacerlo como yo te digo», envió Costanza.

Su jefe no volvió a contestar y, antes de que Gerardo Barrios le pidiera que saliera a buscarlos a él y a su mujer, Costanza se adelantó con un mensaje de texto. Le habría apetecido decirle que lo esperaba en la sala, «Enfréntate solo a tu Gran Estafa», le habría escrito, pero negó con la cabeza.

«Os estaré esperando en el vestíbulo. Me ha dicho Suárez que vienes con Ana.»

Sintió una clase rabia ácida, turbulencias en el estómago.

«Ya queda poco —se dijo—. Cumple hasta el final.»

Siguió leyendo. El segundo mensaje era del procurador de Roth & Co.:

«¿Vendrás al despacho después?»

«No lo sé», contestó Costanza.

La sala de vistas había sido preparada para acoger a un centenar de periodistas con decenas de sillas para que los informadores se sentaran con sus cuadernos de hojas en blanco y sus líneas por escribir.

Delante de ellas, la misma mesa desde la que habían declarado los acusados. Costanza imaginó que Gerardo Barrios se sentaría en la silla del medio, entre los otros dos exdirectivos del banco de cuya defensa se encargó un despacho de abogados con el que fue imposible llegar a un acuerdo durante el juicio.

—Vendidos —musitó.

Costanza siempre sospechó que dejarían tirado a su cliente. Y así fue. Al final, llegaron a un acuerdo con la fiscalía y reconocieron los hechos. Eso dejó literalmente vendido a Gerardo Barrios.

—Vendidos —repitió.

Ya nada importaba ni le importaba lo más mínimo.

—Buenos días, señora Mendiola. Has madrugado más que el resto. —El abogado del bufete contrario dejó el ordenador portátil sobre el estrado mientras se colocaba la corbata bajo la toga. Su voz fue un latigazo en el silencio—. ¿Tu cliente tiene preparado algún numerito para hoy?

Costanza lo hubiera fulminado con la mirada.

—Creo que ya ha llegado —añadió—. Me ha parecido verlo arriba. Iba con su mujer.

—¡Maldita sea!

Costanza miró su reloj de pulsera. Soltó un exabrupto y salió corriendo. Subió de tres en tres los peldaños que la separaban del vestíbulo principal, en el que la esperaban Gerardo Barrios y su señora, impecable en su atuendo, maquillada con discreción, peinada con una coleta que despejaba su cara. Costanza descubrió el miedo en su mirada y, en la mueca de su sonrisa, la intención de disimularlo.

«Que nadie te vea sufrir. Guárdate las lágrimas. Trágate tu pena», debieron aconsejarle.

Costanza sabía que las poses se perfeccionan con la madurez de los sufrimientos. Se conmovió al verla lejos y cerca de aquel hombre del que seguramente se enamoró creyendo que construirían juntos un imperio de cuartos que nunca menguarían.

«No hay que esperar al Juicio Final, porque este se celebra cada día», escribió Camus en *La caída*.

Y ahora, la soledad de su confianza asomaba en sus pupilas. Costanza vio que los dos estaban temblando en ese instante que quedaría para siempre congelado en su memoria.

—¿Vamos?

—Vamos —contestó Gerardo Barrios.

Cuando el reloj de la sala marcó las nueve y media de la mañana, el presidente del tribunal alargó su mano derecha y presionó el botón para encender el micrófono.

—Se abre la sesión.

Costanza levantó la mirada y buscó al señor Suárez. Cuando su jefe llegó, ya no había asientos libres. Así que tuvo que quedarse de pie en la última fila. Ella le hizo una señal con la mano y después dirigió sus ojos a su cliente. No se había equivocado. Gerardo Barrios estaba sentado entre los otros dos acusados que lo vendieron por poco pan.

Rechinó los nudillos y el abogado de la parte contraria se removió en la silla. Ahora era ella quien sentía el temblor de sus manos. Y una presión en el pecho que entorpecía su respiración.

No podía parar el tiempo. Tampoco quería hacerlo. Se había pasado media vida deseando dar marcha atrás. Lo deseó cuando Valeria se cayó a la piscina. O cuando publicó la esquela de su madre. O cuando firmó la demanda de separación. En cada una de esas ocasiones, Costanza quiso rebobinar para impedir que todo eso hubiera ocurrido. Sin embargo, esta vez, cuando el presidente del tribunal alargó su mano derecha y presionó el botón para encender el micrófono, Costanza solo deseó que empezara a hablar, que la distancia se recortara, que todos los allí presentes se acercaran a su precipicio.

—Este tribunal, por unanimidad, acuerda que debemos condenar y condenamos a don Antonio Basamonte González a la pena de dos años de prisión por el delito de administración desleal.

Costanza escribió con el bolígrafo de tinta azul.

El magistrado tenía una voz profunda, grave, de barítono

dramático, que engolaba al pronunciar los nombres de los acusados…

—Que debemos condenar y condenamos a don Pedro Zárate de Ortuzar.

… y que se recreaba en los delitos cometidos como si así quisiera otorgar contundencia a la maldad del encausado.

—A dos años de prisión.

Por el delito, anotó Costanza, de administración desleal.

—Que debemos condenar y condenamos a don Gerardo Barrios…

Costanza miró a la esposa y la vio taparse la boca, casi los ojos, la cara entera, con un echarpe de lana fina. La miró con compasión y algo de remordimiento. Se sintió sucia por desear que las palabras del presidente fueran pronunciadas de una vez y la justicia empapara los estrados y la madera barnizada, y se hiciera hueca en su boca. Dejó caer el bolígrafo sobre el papel y se secó el sudor de las manos en la tela de la toga negra.

—A la pena de seis años de prisión por dos delitos de administración desleal.

El revuelo se apoderó de la estancia. Los periodistas, que habían empezado susurrando, acabaron elevando sus voces tanto que el presidente de la sala volvió al micrófono:

—¡Guarden silencio o tendré que desalojar la sala!

El público se revolvió en la agitación. El presidente se acercó al oído de la magistrada que se había sentado a su derecha, luego al togado de su izquierda y, de común acuerdo, adoptaron la resolución.

—Prensa acreditada y público asistente a esta sesión, abandonen la sala.

—¡Ladrones! —gritó un hombre malcarado.

Era el mismo que había acudido a las sesiones del juicio. Costanza se quedó con su cara.

—¡Sois todos unos ladrones! —exclamó otro.

—¡Al trullo! —acompañó un tercero.

—¡Agentes! —interrumpió el presidente—. ¡Desalojen de inmediato la sala!

El malcarado, el otro y el tercero sacaron un trozo de tela en la que podía leerse: «Justicia para los ladrones».

Airado, el presidente del tribunal ordenó retirarla de inmediato ante el alboroto que fue contagiándose entre los asistentes.

—Señoría —se escuchó decir a uno de los fiscales.

—¡El Ministerio Público no tiene la palabra! —le abroncó el magistrado.

—Señoría, el público tiene derecho a asistir a esta vista pública.

—Le he dicho —recalcó con su voz de tambor— que no tiene la palabra. Es de sobra conocido por el Ministerio Público que la máxima autoridad en esta sala la ejerce la presidencia del tribunal y, en consecuencia, le pido que no agite los ánimos y muestre conformidad con lo acordado.

Gerardo Barrios se agachó para coger del suelo una botella de plástico. Aflojó el tapón, abrió los labios, dejó que el agua cayera de una sola vez en su boca. Tragó sin paladear. Tapó la botella y la estrujó entre sus dos manos. Se acodó sobre sus rodillas y apretó la mandíbula. Costanza podía intuir cada uno de sus pensamientos.

«Mira a tu mujer. Ten la gallardía, Gerardo Barrios, de darte la vuelta y mirarla antes de que la desalojen.»

La mujer, que se había escondido para ver solo entre los hilos de la lana, se levantó y, de la manera ordenada que ordenó la autoridad, fue avanzando por la fila del público, que salió de la sala con su tela recogida y sus ansias de justicia colmadas. Y solo cuando ya estaba fuera, el brazo del señor Suárez la rodeó por la retaguardia de sus miedos.

La sala ya se había quedado vacía cuando el presidente volvió a hacer uso de la palabra:

—La sentencia será notificada en las próximas semanas y se

procederá a su ejecución escuchado el Ministerio Público y el resto de las acusaciones. Se levanta la sesión.

Costanza recogió en silencio sus cuartillas, las guardó en el bolso junto al bolígrafo y los folios del fallo mecanografiados y firmados por los tres miembros del tribunal. El abogado contrario se levantó con la euforia contenida y se acercó a sus clientes.

—Buen trabajo, letrado —les oyó decir entre el murmullo.

Gerardo Barrios seguía con el cuerpo encogido cuando Costanza le rozó la espalda con las manos.

—Te dije que no iba a perder lo único que me quedaba. ¿Lo recuerdas?

—Como si fuera ayer —contestó la abogada retándolo a que le reprochara haber perdido el pleito.

—Y tú me has hecho perderlo.

—No te voy a consentir este reproche.

—¡Palabras, palabras, palabras! —gritó. Tenía los ojos secos y cargados de ira.

Costanza se puso de pie, le rozó la barbilla con los dedos obligándolo a que mantuviera su mirada fija en ella mientras pronunciaba las palabras que había amasado en su cabeza. Esas que necesitaba dejar brotar porque llevaban demasiado tiempo fermentando en su magma.

—Te dije que no necesito lecciones sobre las pérdidas. Y mucho menos lecciones procesales. Este juicio lo has perdido tú solo. Y ahora sal ahí, busca a tu mujer y mírala a los ojos. A ella aún la tienes. Así es la Justicia. Se parece mucho a la vida.

Nunca antes una imagen tan desnuda había sido tan paisaje. El resumen. La última línea. «El punto y final», pensó Costanza antes de enfilar la escalera que la devolvería al vestíbulo, en el que se amontonaban el público desalojado, la prensa acreditada, los familiares de los otros condenados a penas que no los llevarían a la cárcel, los policías y los funcionarios del Tribunal Especial.

La señora de Gerardo Barrios había llorado y las lágrimas habían desdibujado el contorno de sus ojos.

—Tú no tienes nada que ver en esto, Ana —le dijo Costanza.

—¿Dónde está Gerardo? —preguntó.

—Se ha quedado abajo. Suárez —dijo dirigiéndose a su jefe—, si no tienes inconveniente, voy a marcharme.

—¿Hay forma de que salga por otra puerta? ¡Las cámaras están ahí! —se quejó la mujer.

—La única puerta de salida es la misma de la entrada.

El señor Suárez cogió a Costanza por el brazo y se la llevó aparte.

—¿No vas a atender a los periodistas? —preguntó.

—Por supuesto que voy a hacerlo —contestó ella con una arrogancia de la que se arrepintió al instante.

—¿Y qué vas a decirles? Quedamos en que pactaríamos el mensaje.

—¿Qué se te ocurre? —preguntó Costanza.

—¡Que por supuesto vamos a recurrir la sentencia! Y que… —El señor Suárez hizo una pausa—. Y que recurriremos también su ingreso en prisión.

—Eso es exactamente lo que tenía pensado. Y ahora me marcho.

Costanza se acercó a Ana, la besó en las mejillas, salió del Tribunal Especial y se juró a sí misma no volver. Nunca. Jamás.

Los reporteros corrieron hacia ella con las cámaras encendidas, entre los cables de los micrófonos, desafiando a la policía, que contenía las vallas del cordón.

—Me dirijo a ustedes para anunciarles que, en cuanto sea notificada, recurriremos la sentencia. No tengo nada más que añadir.

Sonrió con una mueca estudiada.

—Letrada Mendiola, ¿le preocupa que su cliente entre en la cárcel? —preguntó un periodista.

—Si el tribunal decide ejecutar la sentencia, también recurriremos el ingreso en prisión.

Utilizó el plural mayestático para despojarse de la responsabilidad de tener que volver a actuar en el procedimiento.

Costanza se ajustó el cinturón del abrigo, se irguió sobre los tacones y empezó a andar controlando cada paso para no desvanecerse delante de aquellos objetivos que la señalaron hasta que su figura se perdió en la primera esquina. Se fue alejando de ellos. Lejos. Muy lejos. Tan lejos que ninguna mirada pudo descubrirla abriendo los mensajes que se habían quedado sin leer cuando empezó la lectura del fallo de la Gran Estafa.

Era tal la ansiedad y los deseos de huir que Costanza Mendiola aún tardaría en darse cuenta de que uno de ellos llevaba el nombre del padre Mauro.

CAPÍTULO 32

Al regresar a casa, con el desasosiego por todo lo acontecido en el Tribunal Especial, Costanza no pudo más que tumbarse en la cama sin desvestirse, con el pantalón negro y la camisa de seda, sin fuerzas para descalzarse. Cayó rendida con el teléfono sobre el pecho. A los pocos minutos la aplicación de mensajería empezó a sonar. La abrió con desgana, pero sus ojos se detuvieron en el nombre de Mauro.

«Voy a hacer lo que me has pedido, Costanza.»

Lo leyó cien veces. Era un mensaje depurado de emociones, seco y aséptico, que continuaba con una línea más:

«Oficiaré el funeral de tu madre y de tu hija, Valeria. Si te parece bien, lo haremos el jueves 19 de diciembre en la parroquia de San José.»

Costanza cerró los ojos para contener la emoción.

—El jueves de la semana que viene —se dijo a sí misma mientras se recolocaba en la cama para contestarle.

Quiso que la noticia no dejara al desnudo su emoción. Que eso que había explotado dentro de ella se quedara allí. Que no se escapara.

Compulsivamente empezó a revisar otros mensajes para ganar tiempo. Los dedos se deslizaron sobre la pantalla por la lista de nombres, pero volvía a Mauro una y otra vez.

—Lo que me has pedido —repitió Costanza.

El funeral iba a oficiarse y él había aceptado la encomienda, pero aún no sabía nada de esos ejercicios espirituales que lo habían alejado de la ciudad durante una semana. No sabía nada de él. Ni si había resuelto sus dudas. Ni si querría volver a verla o qué significaba exactamente aquello que el padre Mauro le dijo: «No te dejaré sola».

Y, de la misma manera que había hecho él, midiendo cada palabra para no desnudarse, Costanza contestó lo único que quería decirle:

«Gracias.»

Habría añadido alguna cosa más, pero no quiso enredarse en una conversación virtual que podría verse empañada por los malos entendidos.

Sobre la marcha decidió que debería informar a su padre. Marcó los números. A buen seguro, don Santiago no se habría separado del televisor, pendiente de la transmisión de la lectura pública del fallo de la Gran Estafa.

—Por fin ha acabado, papá —le dijo cuando él descolgó.

—¿Cómo está Barrios? —preguntó su padre.

—Podías preguntarme cómo estoy yo, pero da igual —concluyó contrariada—. Te puedes imaginar cómo está él.

—Pobre hombre...

—¿Pobre hombre?

—Costanza, sé compasiva alguna vez.

—¿Compasiva? ¿Acaso no lo soy? ¿No lo he sido toda mi vida? Pero no me pidas que lo sea con un tipo que a punto ha estado de tirar por la borda mi carrera profesional. No te entiendo, papá —añadió—, pero no discutamos, por favor. Te lo ruego.

Costanza no quería adentrarse en ese terreno. Los amigos del poder se apoyan entre ellos, se saludan con golpes en la espalda, se mueven en los códigos de su camaradería.

—Aunque no lo creas, he sufrido mucho por ti.

—Hubiera agradecido saberlo.

Su padre no contestó.

—El día 19 —continuó Costanza— haremos el funeral de mamá y aprovecharemos la misa para recordar a Valeria.

—Me das una gran noticia.

—Me alegra, papá. Será en San José, en la parroquia de San José —añadió remarcando el lugar—. Y oficiará un sacerdote amigo mío.

—No sabía que tuvieras un amigo sacerdote.

—Mauro. ¿Te acuerdas de él?

—¡Claro! ¿Qué ha sido de él este tiempo? —preguntó don Santiago con sorpresa.

—Ha estado en Roma. Ya te contaré bien su historia cuando nos veamos.

El padre no quiso preguntar más. El hecho de que no contaran con don Jesús, el cura de la familia, no despertó en él ningún recelo.

—Lo que hagas —concluyó— estará bien hecho, hija.

—Llamaré yo a Benita.

—Le hará mucha ilusión. Ella sabe bien que tu madre se merece eso y mucho más. Y tu hija… ¿Qué no voy a querer yo para mi nieta?

—Así es, papá. Ese día te recogeré en la puerta de casa para que lleguemos juntos —dijo Costanza.

—Me parece bien. Deja que me encargue yo de las esquelas. ¿Vas a avisar a tu marido?

—¿A JL, quieres decir? Claro, papá. ¿Cómo no lo iba a hacer?

Se despidieron, colgaron y Costanza prefirió olvidar que la conversación había existido. Como tampoco tenía ganas de discutir con su exmarido, optó por escribirle y comunicarle la fecha y el lugar en el que se oficiaría la misa por su hija. En cambio, sí telefoneó a Benita. Hablar con la costurera siempre era un refugio. Se dirigió a la cocina. Eligió una cápsula de café Kazaar y se sentó a la mesa.

—Venga, coja, Benita. Coja el teléfono.

—¡Mi niña! —exclamó al descolgar—. ¡Cuánto tiempo!

—Benita, qué gusto escucharla…

—Ya iba siendo hora de que me llamaras, hija. No he querido molestarte porque sé que estás muy ocupada…

—Discúlpeme, Benita. Tiene usted toda la razón.

Costanza seguía tratándola de usted. Para la costurera, en cambio, la hija de doña Rosalinda seguía siendo esa niña que creció entre tablas de planchas y maniquíes de pruebas.

—¿Y qué ordena mi niña? —preguntó la costurera con curiosidad.

—Verá, Benita. Me dijo mi padre que usted quiere organizar una misa para mi madre.

—Sí, hija, sí.

—¡La vamos a hacer, Benita! —la interrumpió Costanza.

—¿Qué me dices, hija?

—Sí, Benita. Será el jueves que viene en la parroquia de San José.

—¿Y eso? —preguntó la mujer extrañada—. ¿Por qué ahí?

—Porque Mauro ha vuelto de Roma —dijo Costanza sin rodeos— y quiero que sea él quien oficie el funeral.

—¿Mauro?

—Sí, Benita. Mauro está de vuelta en Madrid. Ahora es sacerdote. El padre Mauro.

—¡Ay, qué ilusión, hija mía! ¡Qué alegría me das!

—Sí… —balbuceó Costanza—. Yo también me llevé una alegría.

—¿Lo has visto?

—Nos encontramos por casualidad en la calle y le he pedido el favor de que sea él quien oficie.

—No sé cómo se lo tomará don Jesús, Costanza. Ya sabes que es muy sentido y que estas cosas no las lleva bien.

—Pero, Benita, verá, don Jesús puede estar con Mauro…

—No, hija, no. Eso no puede ser.

—No le diga nada a don Jesús —contestó con determinación—. No se va a enterar. Y si lo hiciera, me echa a mí la culpa.

—Costanza.

—Dígame, Benita.

—Ten cuidado.

—¿Qué quiere decirme? ¡Oh, no, Benita! Lo que pasó pasó.

—Yo sé lo que me digo…

—¡Benita, mujer! No se haga usted falsas suposiciones. Él conoció a mi madre, conoce a mi padre, la conoce a usted…

—¿Acaso don Jesús no?

Costanza chascó la lengua con incomodidad. No había contado con la obcecación de la costurera.

—Don Jesús también, pero quiero que sea Mauro. Y si no es Mauro, no hay misa.

—Mira que eres terca. Igualita que tu madre, hija. Pero ten en cuenta lo que te he dicho.

Cuando colgaron, Costanza recordó unas palabras que le dijo la costurera después de la visita de Mauro a Villa Gelsomino:

«La vida da muchas vueltas y, a veces, retorna al mismo lugar donde uno la dejó en suspenso. El olvido no es para toda la vida.»

En aquel momento Costanza no supo que estaban cargadas de razón. Aquella mujer era más sabia que cualquiera de las señoras bien educadas que pasaban por la residencia de los señores de Mendiola. Doña Rosalinda fue la primera en darse cuenta. No era más que una niña cuando llegó a la capital y por eso la cuidó como a la hermana que no tuvo. Fue su educadora a marchas forzadas y la que le quitó el deje de Sigueruelo.

Benita era una mujer muy dada a hablar en voz alta. Parecía que nadie la escuchaba, pero Costanza siempre estaba cerca de ella cuando repasaba sus mañanas en la camisería Burgos de la calle Cedaceros, donde aprendió el patrón de las camisas del señor Mendiola. Las tardes en Escribano, en la calle Madera, eligiendo sedas naturales. O las noches telefoneando a Sigueruelo sin pedir permiso ni dejarse los cuartos en la cabina del Florida

Park. En eso consistía la alta alcurnia de Madrid. En tener un teléfono al alcance de la mano.

Costanza la recordó repitiendo esa expresión que a ella le hacía tanta gracia de niña: «¡Qué vida raspa!».

Lo decía, por ejemplo, cada vez que iba a Sepu y, de vuelta a casa, doña Rosalinda le preguntaba:

—¿Y qué buscaba usted en Sepu, Benita? Si aquí no le falta de nada.

—A la Pasionaria —decía con solemnidad.

Allá por los setenta, la mujer leía en el periódico lo que escribía Manuel Vicent, que decía que España «llegaría a ser normal cuando fuera posible encontrarse con Pasionaria en la sección de lencería fina del Sepu un día de rebajas». A la costurera le gustó tanto el comentario que recortó el trozo de papel y lo envió a Sigueruelo para que su padre supiera lo que acontecía en la capital. También lo hizo cuando Alberti se largó de las Cortes aburrido de los apartados y los bises del texto constitucional que redactaban siete de sus señorías.

Benita siguió hablando de Alberti y de Dolores Ibárruri después de sus muertes. Y de un campesino, Francisco Cabral Oliveros, que ocupó el escaño del poeta. Era del Partido Comunista. Y venía de Trebujena, un pueblo de Cádiz.

—Esto es la democracia —decía la costurera—: que un campesino pueda codearse con Hernández Gil y que una mujer vista vaqueros en la sesión constitutiva del primer Parlamento libre después de cuarenta años de dictadura franquista.

Se llamaba Pilar Brabo.

Naturalmente, Costanza no entendía nada ni sabía quiénes eran. Solo el tiempo le permitió comprender el alcance de aquellas palabras y las conversaciones que Benita tenía por teléfono con su padre a grito pelado.

—¡Padre, gracias a la democracia, voy a tener una cuenta a mi nombre! Ya no necesitaré tu consentimiento.

Benita tenía cuatro cochinas pesetas, pero Costanza le escuchó decir que ya no quería volver a Sigueruelo, que se había acostumbrado a Madrid y que se había reconciliado con el sistema gracias a Marcelino Camacho, al que había oído en el transistor el día que se votó la ley de amnistía en el Congreso de los Diputados.

—Hemos enterrado nuestros muertos y nuestros rencores —dijo el comunista.

Y Benita volvió a descolgar el teléfono y a vociferar a su padre:

—Ese hombre tiene razón. ¡El tío Celestino tendrá que perdonarnos!

Como si fuera un mandamiento más, la costurera también se lo recitaba a su pensamiento antes de acostarse: «Hemos enterrado nuestros muertos y nuestros rencores».

—¡Vida raspa! —se dijo Costanza.

Y con una sonrisa entreverada en su rostro, se sumió en la perfección de la inconsciencia de un sueño. Había capítulos del pasado que le gustaba releer.

Durmió sin tiempo en la linde de sus deseos y en su hermosa ficción. Las horas pasaron ajenas a todo cuanto aún estaba a punto de acontecer. Nada la interrumpió. Nadie se asomó al confín de su letargo y, cuando despertó, su habitación era todo oscuridad. El ribete luminoso de las farolas que se colaba entre los visillos blancos era el único vestigio de luz.

El teléfono se había quedado sin batería y esa circunstancia hizo que el pánico la invadiera como si fuera lo peor que podía ocurrirle a un ser humano.

La desconexión.

Quién podía haber llamado. Quién necesitó contactar con ella y no la localizó.

—¿Y si mamá ha muerto? —La pregunta retumbó en sus sienes—. ¡Cielo santo!

¿Cómo era antes?

¿Cómo se comunicaban las noticias? Las malas. Las buenas.

¿Cómo se enviaban besos?

¿Cómo se felicitaban los cumpleaños?

¿Cómo se daban las gracias?

¿Cómo se pedía perdón?

¿Cómo se comía cuando no había comida en la nevera?

¿Cómo se viajaba?

¿Cómo se compraba un libro de un día para otro?

¿Cómo se desnudaban las intimidades?

¿Cómo era antes?

Notó el corazón acelerado. Enseguida buscó el cargador para enchufar el aparato. Tardó unos minutos en recibir la corriente y otros más en desbloquearse.

En tromba empezaron a entrar las alertas informativas y las notificaciones de las redes sociales con la noticia de la condena de su cliente.

El fallo, el recurso, las reacciones políticas en cadena.

La orgía de las palabras.

Los titulares envenenados.

Las mentiras sobre verdades.

Las verdades que escondían mentiras.

La manipulación.

Todo brotó de repente.

—El señor Suárez. ¡Maldita sea! Debí llamarlo —exclamó cuando comprobó que tenía varias llamadas perdidas de su secretaria.

Miró el reloj. Pasaba de las seis de la tarde. Estaba a tiempo de encontrarle aún en el despacho. Buscó su número.

—Suárez, discúlpame. He tenido que atender un asunto familiar —mintió Costanza.

—¿Todo bien?

—Sí, todo en orden. Me quedé sin batería y acabo de recuperar un cargador. ¿Qué tal está Barrios?

—De él quería hablarte. Está destrozado. Hundido.

—Te dije que lo condenarían y lo han condenado.

—La prensa está que arde. Nunca antes viví este ambiente. Hay una permanente necesidad de rendir cuentas —reflexionó el señor Suárez—. No ocurría ni durante los peores años que ha vivido este país con el terrorismo. ¡No había esa sed de venganza!

—No te hagas mala sangre. Son los tiempos. Lo hemos hablado tantas veces… y ya no tengo ganas.

—Como letrados que somos, nos afecta sobremanera.

—Somos letrados, tú lo has dicho, buscamos justicia y la hemos encontrado.

—Costanza, vivimos de defender a nuestros clientes. No lo olvides.

—Lo tengo presente —zanjó—. ¿Algo más?

—Nada más —concluyó su jefe.

«Las cosas nunca suceden porque sí. Y, a veces, la vida se pone de nuestro lado», pensó tras colgar al señor Suárez. Abrió la aplicación de mensajes y descubrió que el padre Mauro estaba escribiendo.

Los nervios hervían en la yema de sus dedos.

«¿Qué demonios querrá decirme?», pensó.

Notó que le temblaba el pulso. El espejo del armario le devolvió la imagen de su cuerpo. Deseó que el padre Mauro estuviera allí, a su lado, que la abrazara.

Sin tiempo. Sin testigos. Sin nadie más que ellos dos.

No podía disimular la emoción ni la sonrisa amplia que se dibujó entre sus mejillas cuando leyó y entre los dientes repitió:

«Necesito verte.»

«Cuando tú quieras», escribió Costanza.

«¿El sábado puedo pasarme por tu casa?», le preguntó él.

«Sí.»

«Estaré ahí después de la misa de ocho.»

La virtualidad del amor hizo el resto con sus triquiñuelas y sus engaños. Costanza recreó sus ojos verdes, su mandíbula trazada por un delineante. Hermoso. Bellísimo. Sus manos robustas y dudosas. La sonrisa. Esa sonrisa que siempre merodeaba por su pensamiento cuando cerraba los ojos para pensarle en los minutos previos al sueño, al recostarse sobre la almohada, en ese instante en el que la mente repasa los cuerpos en una especie de radiografía de lo que somos.

Y como si el padre Mauro nunca se hubiera ido ni hubiera ofrecido resistencias al amor, Costanza voló hacia él y se sentó en el puerto de su cuerpo anclado en ella desde hacía tanto tiempo que su simple recreación acabó por excitarla.

CAPÍTULO 33

El padre Mauro no había mandado ese mensaje de manera involuntaria. Al revés: lo pensó y lo meditó y lo maduró hasta que decidió enviarlo consciente de todas sus consecuencias.

Desde que había decidido oficiar el funeral por doña Rosalinda y por Valeria sabía, con absoluta certeza, que Costanza volvería a ser la carne trémula que lo agitaría hasta el límite. Sin embargo, esta vez quiso ser justo: no podía negar que los ejercicios espirituales no habían conseguido devolverle la firmeza de espíritu ni la paz que anhelaba. Y la culpa no fue de ella, toda vez que Costanza había respetado su retiro. La culpa, en todo caso, era suya por haber aceptado celebrar la misa.

Pero eso no era lo malo. Lo malo es que si lo había hecho era porque deseaba volver a verla.

La imaginación la dibujó tan hermosa que la razón dejó de actuar y, en el delirio intranquilo de saberse humano, luchó contra el pecado de pensamiento para poder concentrarse en sus obligaciones y en el documento que le había pedido el arzobispo de Madrid. Quería terminarlo cuanto antes, antes de la cita con Costanza. Se encerró a escribir en el despacho del edificio cardenalicio. Se convirtió en un autómata envuelto en una rutina de trabajo extenuante que quiso revestir de normalidad para no ser descubierto por el sacristán. Se sabía escrutado y, para evitar dar explicaciones, se levantaba antes del amanecer. A las cinco de la mañana ya estaba delante de la pantalla del ordenador. Abría las ventanas para que el primer aire de la mañana agitara su inspiración. Solo salía del habitáculo para evacuar la vejiga y beber agua del grifo. O empaparse el cabello o la nuca o las muñecas. No hubo horas yermas ni líneas baldías.

—Escribe, maldito —se decía en los instantes fulgurantes en los que las palabras brotaban de sus dedos sobre el teclado.

Y lo mismo se repetía, «Escribe, maldito, escribe», cuando, estéril, su mente se vaciaba de ideas.

—Escribe. ¡Para eso has sido llamado!

Y escribió sin más pausa que la impuesta por la tiranía del verbo resistente, que se atrincheraba en las teclas con toda su furia.

Escribió con la fiebre de la urgencia y la angustia de cumplir con su obligación. Escribió entre el aturdimiento y la cordura. De noche y de día. Con sus luces cambiantes al abrigo de una vela que se fue consumiendo sobre el montón de papeles.

Escribió hasta el final de la tregua.

Y cuando la tregua concluyó, volvió (a) la guerra.

Y decidió, con plena voluntad y juicio, encontrarse con Costanza Mendiola para decirle todo eso que había sido silenciado.

Estaba dispuesto a pagar el precio de su verdad. Solo así y de ninguna otra manera podría quitarse la espina del amor que llevaba clavada tanto tiempo.

Media vida.

El día pactado con Costanza a través de los mensajes que se enviaron desde sus teléfonos transcurrió parsimonioso a ojos de los demás. Fue una jornada más en la vida de todos los que poblaban los estrechos dominios del joven sacerdote, ajenos a lo que ocurriría horas después de que el padre Mauro oficiara la misa de las ocho de la tarde. En aquellos días no era ni una sombra de lo que había sido. No es que se hubiera abandonado al desaliño, que no, seguía sus costumbres de aseo y de pundonor, pero el afligimiento de su mirada lo delataba a nada que uno se detuviera a observarlo. En esa circunstancia solo reparó el sacristán de San José. Tan dado a escudriñar las conductas ajenas, durante la misa que el padre Mauro cumplió de manera responsable, don Adamino confirmó que a aquel hombre le inquietaba algo.

—Y lo que es peor —mascculló para sus adentros según avanzaba la liturgia—, lo quiere ocultar.

Aquel día nada fue casual. Una vez hubo terminado la ceremonia, el padre Mauro se retiró de manera apresurada a la sacristía. Se desvistió y guardó el alba en uno de los cajones de la enorme cómoda reservada para las vestiduras. Don Adamino lo vio agitado y nervioso. Advirtió incluso que ni siquiera había doblado el atuendo. Ese detalle fue determinante porque el padre Mauro era ordenado y metódico. También lo vio peinarse, comprobar la hora en su reloj antes de subir la cremallera de la cazadora que descolgó del perchero de los sacerdotes y abandonar San José por la puerta de Marqués de Valdeiglesias a zancada limpia.

Por supuesto, no se detuvo a comprobar si alguien estaba examinando cada uno de sus movimientos. Pese a las precauciones que tomaba dentro de la parroquia, ese era un escenario que no barajaba bajo ningún concepto. Su paso era decidido y firme. También el del sacristán, que siguió, como un sabueso, la huella de sus zapatos negros. El padre Mauro recorrió la acera estrecha de la calle Barquillo. Podía oír cada una de sus pisadas. Las manos en los bolsillos. Los puños cerrados. Las gentes pasaban y lo rozaban con el codo. Todos eran lo mismo para él: anónimos que habían aprendido a comunicarse de otra manera, a amarse distinto, a besarse sin rozarse los labios.

Avanzó conteniendo la angustia.

Un metro más. Un semáforo en rojo.

—Estoy dispuesto a pagar el precio de confesar mi verdad —se dijo como queriendo justificar el pecado mientras esperaba a que se pusiera en verde.

La vida solo es eso. Asumir que pagarás un precio por vivirla.

El padre Mauro tenía prisa por llegar al portal de Costanza. Cuando torció en la esquina para subir Piamonte, el sacristán se detuvo. La calle estaba vacía y don Adamino temió ser descubierto. Así que cambió de acera y desde allí lo vio entrar en el número 25. En un papel arrugado que sacó del bolsillo del pantalón anotó la dirección exacta. Lo que ya no pudo ver, y solo fue pasto de la endiablada imaginación de aquel hombre, fue cómo el sacerdote subió las escaleras, cómo llamó al timbre del segundo exterior izquierda y cómo secó el sudor de sus manos en la tela del pantalón. Tampoco vio cómo se aflojó la bufanda anudada al cuello ni lo vio desconectar su teléfono móvil antes de pronunciar las dos únicas palabras que pudieron salir de su boca:

—Hola, Costanza.

La otra media vida a la que había decidido entregarse se abrió ante él como los pétalos en primavera y la realidad se sacudió todo lo demás.

—Vengo a hablarte de mí. Y de ti. De nosotros. No puedo seguir así, ocultando lo que siento.

Pero antes de que las palabras discurrieran por ese camino trazado, se besaron. Fue ella la que se abalanzó sobre él. ¿O quizá fue el padre Mauro? Ya daba igual. Nada importaba. Se besaron en la comisura de los labios, pero enseguida sus bocas se encontraron y se convirtieron en una.

Él la rodeó por los hombros y la abrazó bajo las mangas de su cazadora negra.

—Quítatela —rogó Costanza.

El padre Mauro se deshizo de la prenda. Cayó al suelo, sobre sus pies, sobre esos zapatos negros, acaso los únicos con los que pisaba la tierra. Sonaba un fado en el altavoz del salón. Circunstancial. Costanza no había elegido los acordes. Había reparado en otros detalles, pero no en la música porque lo que deseaba de verdad era escucharlo en su silencio. O en el estruendo de su confesión. No imaginó que sería su excitación, tantas veces fabulada, la melodía de aquella noche que grabó en su memoria para recurrir a ella el día después.

La hora azul de Madrid, preñada de los últimos rayos del sol de invierno, se había agotado. La luz tenue de la lámpara de pie, entre los sofás blancos, iluminaba el terciopelo de los cojines sobre los que se recostarían minutos después. Las barreras parecían superadas por las ansias de los amantes en unos labios descosidos por las ganas. Sin embargo, algo pareció enturbiar al padre Mauro.

—¿Qué necesitas? —preguntó Costanza al comprobar que se removía y se alejaba marcando una distancia que ella ya creía recortada.

—¿Nos sentamos? —propuso él dirigiéndose hacia el salón.

Soltó a Costanza de entre sus brazos, recogió la cazadora del suelo, se bajó la cremallera del cuello del jersey negro. Sobre la mesa de centro, agua con gas. Ginebra. Tónica. Una cubitera con hielos.

Costanza solo estaba pendiente de él, de cada gesto, de cada mueca, de cada expresión en su mirada.

—Llevo toda la vida esperando este momento —susurró ella.

El padre Mauro se sentó en un extremo del sofá y Costanza advirtió el miedo en sus ojos. Y se lo dijo:

—Tienes miedo.

Aunque no quería volver a escarbar, sí necesitaba que él le dijera que había tomado la decisión de volver a verla de acuerdo con su conciencia, y que sí, que quería que fueran, otra vez, esos amantes que se quedaron a medias.

El padre Mauro se detuvo en sus manos y, agarrándolas entre las suyas, empezó a hablar:

—No me preguntes por mis miedos. No son de este mundo.

Respiró profundo, abrió la botella de agua, sorbió un trago.

Costanza habría querido hablar de las clases de miedo, del miedo a la muerte, a la soledad, a la imperfección, el miedo al vacío, el miedo al arrepentimiento, a no saber cómo aflojar las esposas de la culpa, el miedo, el miedo a la mentira que se convierte en la sombra sobre el asfalto allá donde vayamos.

El miedo.

«Dime, ¿qué harías si no tuvieras miedo?», le habría preguntado.

Pero no lo hizo. Costanza se recostó sobre su hombro.

—Al menos, estás aquí. Ni mi matrimonio ni los placeres de otros hombres que he conocido han conseguido borrarte de mi memoria.

Mauro se sintió incómodo. Nada había salido como lo había pactado con su conciencia. Ese maldito beso había hecho saltar todo por los aires y ahora no sabía si debía pagar el precio o retroceder hasta el instante en el que pronunció «Hola, Costanza».

—Lo que ha sucedido no estaba previsto —musitó titubeante—. Yo por fin he encontrado las palabras. Aquel día en Gran Vía, entre el bullicio y la gente, que nos encontráramos no pudo ser solo un capricho del destino. Tiene que ser una imposición. Pero tengo dudas. Tengo dudas de querer vivir lo que siento porque supone una enorme traición a mis convicciones.

Una lágrima desbordó sus ojos y recorrió su mejilla. Aunque quisiera controlar las emociones, aquel instante había parado el mundo a sus pies. El padre Mauro se limpió la cara con la yema de los dedos.

—Costanza…

—No quiero forzar tus palabras. Mejor si no decimos nada —susurró ella.

El hombre luchaba por sobreponerse a todas sus creencias. A los años de seminario. Al sacerdocio al que se había entregado. Todo había cambiado también para él, pero eso no contradecía su amor a Dios. «Al revés», pensó.

«¿Estás dispuesto a pagar el precio de vivir este momento hasta sus últimas consecuencias?», le preguntó la conciencia.

El padre Mauro habría empezado a hablar de su guerra, de cómo peleó cuando era joven, de cómo venció al instinto y a sus deseos, pero enmudeció porque sabía que las palabras romperían aquel momento iluminado para ellos.

Volvió Costanza a él. O él a ella. Y en sus besos ardió todo lo demás. Lo que eran. Sus circunstancias. Las consecuencias.

—Ven, sígueme —dijo ella ofreciéndole su mano hasta el dormitorio.

La camisa abierta dejaba al aire sus pechos agitados. Los pies, descalzos.

Las velas perfumadas con olor a cedro habían empezado a consumirse sobre las mesillas de noche. Recordaba que le gustaba aquel aroma. Las sábanas blancas recién mudadas. La ropa ordenada. La oscuridad que Costanza procuró para hacerlo más sencillo.

La música se desvaneció en la distancia.

El padre Mauro la siguió hasta el dormitorio, pero soltó su mano cuando atravesaron la puerta y la dejó llegar sola hasta la cama.

Cerró los ojos. En su imaginación, Costanza le desabrochó los botones de la camisa negra, aflojó su cinturón, notó la excitación entre sus manos.

Desnudos, sus cuerpos, enfermos de miedo, se derrumbaron sobre la cama. Las manos del padre Mauro la recorrieron, temblorosas en los meandros de su cadera, atormentadas sobre las cicatrices de la media vida que habían estado separados.

Los labios de ella se estremecieron de placer y, en su hoguera, Costanza quiso convertirse en la ceniza que sucede al fin.

«¿Qué sientes?», le preguntó ella.

Silencio.

Las palabras habrían rasgado el momento en el que él la penetró y sus ojos verdes se clavaron en aquella mujer. Solo quería mirarla de cerca para que nada escapara a la memoria.

Robarle a la vida cada uno de sus instantes.

Los segundos que preñan la felicidad.

Silencio.

Solo pudo ser una ensoñación. La advertencia del pecado no aflojó sus resistencias. Al contrario. Su cuerpo quedó paralizado. Y, mirándola, escuchó en su propia voz el lamento:

—¡Señor, ten piedad de mí!

La voz de Costanza lo rescató:

—Ven...

El padre Mauro entró en la habitación. La foto de Costanza sonriendo junto a una niña asomaba en un marco blanco apenas distinguible bajo la luz tenue del dormitorio.

—¿Es Valeria? —preguntó.

—Es Valeria. Nunca me acostumbraré a vivir sin ella.

—Valeria está dentro de ti, Costanza.

Esa frase le recordó la carta de despedida cuando él se marchó al seminario: «Allí donde esté, llevaré dentro de mí tu recuerdo. Eso nadie podrá arrebatármelo».

Y como si hubiera llegado el momento de resarcir el dolor que empezó a acumularse veinte años atrás, cuando Costanza le confesó que había empezado a quererlo, le preguntó:

—¿Te acuerdas de lo que me escribiste?: «Siempre seremos nuestra primera vez».

El padre Mauro no contestó.

—Mira —le dijo enseñándole la pulsera con la pequeña cruz de madera que él le regaló—. La encontré hace unas semanas.

Él desvió la mirada para atenuar el azote de la memoria.

—¿No me contestas?

—Pienso en tu hija, Costanza. Valeria siempre estará dentro de ti —repitió.

—Valeria se fue demasiado pronto. Nunca entenderé las razones. La injusticia. Dios...

—No invoques su nombre en vano —balbuceó.

El padre Mauro no estaba dispuesto a encararse con Dios. Cerró los ojos y se vio alzando el cuerpo de Cristo en la comunión que entregaría por esa niña Valeria y por la señora de Mendiola, de nombre Rosalinda, a petición de la familia, Costanza y el viudo, don Santiago. Sintió un pellizco en el estómago. Tragó saliva y se contuvo para no salir corriendo.

—¿Sabes dónde sueño con viajar?

—¿Dónde? —preguntó él.

—A Lezzeno —contestó—. Contigo.

Se imaginó con él a los pies de las montañas, envueltos en la niebla alpina de los meses de invierno. Aquel refugio estaba vacío de los malos recuerdos que esculpían su biografía. Allí no había imágenes de Valeria. Lezzeno se convirtió en un destino al que nadie quiso volver tras la falsa muerte de doña Rosalinda. Solo lo hizo Costanza porque, para ella, suponía reeditar la felicidad que le legó su madre. De cuando en cuando, necesitaba pisar su tierra mojada y mantener impecable el panteón al que la prometió que volvería.

Recordó que de jóvenes ellos hablaban de Villa Gelsomino con la naturalidad de lo habitual.

—Aún me acuerdo de tus cartas desde Lezzeno —apuntó Mauro con timidez—. Y me acuerdo de cuando te visité y decidí que debía marcharme sin ti.

—Pero ahora ya no somos los mismos y nada me gustaría más que volver contigo —susurró—. Allí estoy yo…

—Tú estás aquí —contestó él.

Costanza no interpretó su respuesta como una negativa taxativa. Le pareció que fue evasivo y no categórico. Fue relativo. No fue un no, pero tampoco un sí.

—Déjame convencerte.

—No corras, Costanza.

—Escapémonos —insistió—. No tendrás que ocuparte de nada. Ni siquiera tendremos que viajar en el mismo avión. Nadie nos verá juntos. Nos haremos transparentes. Nos encontraremos en Milán.

Aunque lo deseara con todas sus ganas, el padre Mauro no estaba en disposición de aceptar aquel ofrecimiento.

—Hagamos ese viaje, Mauro. ¡Hagámoslo! —le rogó.

—Tú tienes algo que yo no tendré jamás...

—Yo no tengo nada, Mauro. Lo he perdido todo.

—Tú tienes libertad.

El amor no había desmontado ninguna frontera. Seguía siendo el padre Mauro. Lo era aquella noche y lo sería mañana. Por mucho que hubiera sido capaz de confesar su verdad a aquella mujer. Por mucho que, en su divina ensoñación, se hubiera imaginado libre de las ataduras y desprovisto del voto de castidad y entrega al celibato.

No se enredaron en las disquisiciones de la libertad porque la conclusión era cristalina y solo podría ahondar en el dolor de él y en la pena de ella, pero Costanza se concedió la licencia de vivir aquellos instantes en la prosa inventada de un futuro encuentro.

El padre Mauro pasó en vela la noche que quedó pendiente al lado de Costanza, sin llegar a desnudarse, y, antes de que amaneciera, se levantó sin hacer ruido. El espejo del vestidor multiplicó el vértigo de la escena. Detrás de él, envuelta en el suave edredón blanco, la imagen de Costanza se había convertido en un nuevo horizonte que no podría dejar de mirar nunca más. Si algo tenía claro era que la guerra había estallado dentro de él.

Bajó la escalera perfilando con la suela de los zapatos cada peldaño. Respiró el aire de la calle y, cuando cerró el portal del 25 de Piamonte, la llovizna del amanecer le recordó las veces que se había despedido de Costanza. También aquellas en las que se fue sin decir adiós. Y no supo si la agitación que lo invadía era por estar yéndose para no volver o porque sabía que, tarde o temprano, volvería.

CAPÍTULO 34

El padre Mauro arrastró los pies por el asfalto de aquel Madrid que empezaba a amanecer. Las calles vacías, las farolas a punto de concluir su horario, los cerrojos de los locales echados. El agua del camión municipal que limpiaba las aceras lo salpicó a su paso, pero no le importó.

Caminó lento, como si necesitara retrasar el momento de llegar a San José. En realidad, no quisiera hacerlo nunca porque lo que deseaba era alojarse en ese rincón del mundo llamado Lezzeno adonde Costanza quería llevarlo.

«¿Lo harías? —se preguntó—. ¿Serías capaz?»

El padre Mauro no se contestó porque hacerlo supondría ser preso de su respuesta.

Consciente de su terrible soledad, constató que solo podía recurrir a Costanza. Solo la tenía a ella y, llegado el momento, solo ella podría dar fe de sus amores en el mundo de los mortales.

—No hay tiempo, Mauro —se dijo—. El tiempo se acabó. Ya no quedan veinte años por delante. Ya no.

La constatación de la vida escasa agrandó su tormento.

—Tengo cuarenta años —recalcó en el borde de los labios.

La edad que no existe a los dieciséis. Que uno no se plantea a los veinticinco. La que parece aún lejana a los treinta.

Cuando ingresó en el seminario el tiempo dejó de importarle. Se detuvo en la sotana y ya no fue medida de nada. El tiempo pasó a ser una circunstancia, un invento de los hombres para programar su ocaso.

Y sin embargo...

«¿De cuánto dispongo, Dios mío?», pensó.

Miró al cielo como si, en efecto, Dios fuera a ofrecerle una señal certera o fuera a arrojar la llave de la puerta de salida o la clave de la caja fuerte con el remedio que amortiguara las pasiones.

Pero no hubo señal, ni llave ni clave. Ni remedio.

Solo la felicidad extraña que envuelve el pasado se abalanzó sobre él. Aquel amor que soñaron volvió a ser realidad en ella.

Aligeró el paso para deshacerse de la sensación de ahogo, pero sus zancadas, cada vez más amplias, también imprimían velocidad a sus pensamientos.

«Llegado el momento pediré la dispensa.»

Había pronunciado la palabra proscrita y su conciencia bramó exagerada.

«¡La dispensa no puede ser una opción!»

«Llegado el momento», insistió.

Esa conversación podría haber derivado hacia cualquier derrotero indigno. El padre Mauro se habría enzarzado en una discusión endiablada consigo mismo. La palabra prohibida habría quedado suspendida en el aire o habría sido arrasada por un caudal ominoso, sepultada bajo su propio significado. Dispensa.

La dispensa.

Llegó a Alcalá y sintió que debía reflexionar. Se imponía una pregunta:

«¿Las razones de hoy tendrían la misma convicción que las que me llevaron a entregarme a la Iglesia?»

Sintió la fiebre de contestarse. Se sentó en la silla del escritorio y empezó a escribir sin tregua. Le sudaban las manos. Notaba abotargadas las muñecas. Necesitaba separarlas del papel para estirar los dedos. Mover los pies. Sentir el frío de la baldosa.

He fracasado.

Escribo para confesar que no he encontrado la paz necesaria. Tengo que asumir que me he equivocado y que debo buscar otra manera de encontrarme con Dios. Los ejercicios espirituales a los que encomendé mi recuperación han resultado baldíos. Mi espíritu está yermo. No veo luz en ningún horizonte.

Soy, en mí mismo, un fracaso. Un fraude. Un estafador que ha llegado a pensar en llevar una doble vida, en comunión con la Iglesia y con la mujer que, por un lado, me atormenta y, por otro, me provoca profundas emociones y una felicidad que nunca pensé que resucitaría dentro de mí.

¡Soy un pecador! ¡Yo, que me entregué en cuerpo y alma a la Santa Madre Iglesia convencido de que su camino era el único y el correcto!

Es tal mi desconsuelo y la angustia que me contamina, tal la sensación de haber traicionado todos mis principios que la posibilidad de solicitar una dispensa cobra fuerza en mi interior.

¡Maldito sea yo!

Se derrumbó sobre los folios desordenados. Un llanto desmedido inundó el vacío de los pasillos de su vivienda y empapó la soledad infinita del padre Mauro, el hombre, el cuerpo.

El sol había brotado entre las nubes. La claridad le molestó cuando descorrió las cortinas para abrir la ventana y respirar. Aire. La calle. La vida.

Descubrió que la capital se movía demasiado rápido. Coches que no respetaban los semáforos, bicicletas de repartidores que hacían quiebros en las esquinas o zigzagueaban entre furgonetas, caminantes que saltaban atropellados de las aceras a los pasos de cebra. También le molestaron los cláxones. Los tubos de escape, ensordecedores. Voces que gritaban a sus teléfonos móviles.

Se tapó los oídos para no oír la calle y el olor a almizcle lo inundó todo, como en los tiempos de la habitación cerrada con llave.

Su quejido resonó en todo el edificio de la Casa del Cura minutos antes de que don Andrés se dirigiera a la primera misa de la mañana. Alertado por la lamentación, el párroco corrió escaleras arriba hasta su puerta.

—¿Padre Mauro? —lo llamó aporreándola con los nudillos—. ¿Qué le ocurre, que le oigo llorar de ese modo?

Se recompuso, se pasó la manga del jersey por la cara para limpiarse las lágrimas y se acercó a paso ligero hasta el recibidor.

—¡Todo está bien, hermano! No tiene de qué preocuparse. Vaya a oficiar, vaya. Que ya se me pasa.

—¿Quiere que le escuche en confesión?

—No será necesario. Créame, estoy bien.

—Me deja preocupado, pero no debo llegar tarde.

—Vaya, vaya. Siento haberle preocupado.

El párroco descendió veloz hacia la sacristía. Nunca había retrasado el inicio de una misa.

El padre Mauro se concentró en recuperar el ritmo normal de la respiración no sin antes fustigarse con pensamientos macabros en los que se veía en una hoguera. Las llamas escalaban su cuerpo sin que pudiera hacer nada por evitarlo. Inmóvil. Atado a una estaca de madera.

En su imaginación, el sacrificio se producía la noche previa al funeral de la hija de Costanza y de doña Rosalinda. Ya había elegido las lecturas y planchado la casulla, bien estirada en una percha en el filo del armario del dormitorio. De repente, tres hombres corpulentos y armados, caras cubiertas con pasamontañas, irrumpían en su habitación y se lo llevaban por las mismas escaleras que había recorrido el párroco de San José sin que, esa vez, oyera sus gritos.

Se sacudió a golpes los pensamientos. Encendió un mechero. La llama prendió vívida en la piedra. Abrió la palma de su

mano y recorrió con la mirada las líneas que dibujaban su biografía. Los pliegues ásperos de las coyunturas. Los dedos erguidos, tensos, enarbolados como faros.

«¡Manos impuras!», rugió para sí al recordar que las imaginó en los contornos excitantes del cuerpo de Costanza.

Colocó el fuego sobre la piel hasta que sintió el dolor insoportable de la carne quemada y el olor de la derrota circundó la llaga.

—Ese funeral... —gimió.

Se había visto a sí mismo desde fuera de la escena. Se había recreado en el altar. Sabía que el borboteo que lo invadía cada vez que veía a Costanza se reproduciría con milimétrica precisión. Cada vez que pronunciaba su nombre en silencio —Costanza—, la distancia que lo separaba del precipicio se acortaba a una velocidad de vértigo.

Agarró el teléfono móvil y desbloqueó la aplicación de los mensajes. Recorrió con la mirada las palabras de Costanza, las primeras y las últimas. Las releyó y, sin poder reprimir el nuevo llanto, escribió unas líneas para ella:

> Querida Costanza: Creo que ahora soy yo el que ha empezado a quererte, pero no puedo abstraerme de mi condición de sacerdote. Necesito recapitular. Nos veremos el jueves en San José. Intentaré dar lo mejor de mí para aliviar tu sufrimiento, pero te ruego que me dejes pasar estos días en silencio.

Una vez enviado, apagó el teléfono.

Aquel día y también los siguientes, el padre Mauro no pudo concentrarse. Le costó ordenar la rutina. Se sentía agitado y no se atrevía ni a salir a la calle por si se encontraba con Costanza. Su único contacto con el exterior se producía a eso de las siete y media de la tarde. Bajaba al templo a preparar el oficio de las ocho, eludía el contacto con el sacristán, solo contestaba al párroco.

—¿Está bien, padre Mauro?

—Sí, don Andrés.

—¿Necesita algo?

Siempre contestaba que no, hasta el día que le pidió que le hiciera llegar alguna vianda que le sobrara del almuerzo. Al pronunciar esa frase sintió cómo le golpeaban los recuerdos de su encierro adolescente tras la terrible muerte de Cecilia. Ese viaje al pasado también llevaba zurcida la imagen de Costanza, de tal manera que la salida del laberinto se antojaba cada vez más complicada.

—Don Andrés —le dijo un día el sacristán al párroco—, ¿qué le pasa al padre Mauro? Ha cambiado tanto y en tan poco tiempo… —añadió mientras disponía por orden alfabético las partidas de bautismo de los alumnos del colegio del barrio que ese año harían la primera comunión—. No es que yo quiera meterme donde no me llaman…

—¡Pues si no quiere meterse, Adamino, no se meta! —le amonestó el párroco.

—Lo que les pasa a los curas de esta casa siempre ha sido de la incumbencia de todos, don Andrés.

—De algunos más que de otros —contestó el párroco tratando de cortar de cuajo la conversación.

—¿A usted no le preocupa que solo salga de su casa para la misa de ocho? Viene y se va. Como un fantasma, oiga.

—Adamino, no me venga con historias. ¿El padre Mauro cumple o no cumple con su obligación?

—¡Hombre, pues depende! Dejó de ir a la residencia de Gravina porque tenía mucho trabajo, pero, hasta donde sé, ya ha entregado ese misterioso documento que le había pedido el cardenal y no ha vuelto a ver a los ancianos. Tampoco participa en las tareas de la iglesia, no pasa confesiones… ¡Ya me dirá usted qué hace!

—Tiene pendiente un funeral, ¿no?

—¡Cierto! Tendrá un funeral en unos días. ¡Por fin lo veremos trabajar!

El párroco se levantó de la silla de su despacho mientras el sacristán terminaba de colocar las partidas en la carpeta.

—Métase en sus asuntos y deje al hombre en paz.

—¡Usted lo ha dicho! A ver si es que va a ser más hombre que cura… —farfulló don Adamino.

—¿Qué dice? —le preguntó con la mirada cargada de reproches.

—Cosas mías.

Don Andrés salió de la sacristía con el gesto torcido. Por supuesto, él intuía que algo no iba bien, que ese sacerdote estaba sufriendo y que por eso se aislaba. También le preocupaba que no pidiera ayuda, pero estaba convencido de que el tiempo sería la medicina que lo sanaría. Lo que ignoraba era que el padre Mauro había dejado de pensar en él en singular.

Una mujer era su «nosotros».

Una mujer con mirada eran «ellos dos».

Una mujer conocida había ocupado un espacio allí donde las certezas agotaron su reino.

Ajeno a los rumores, el padre Mauro siguió examinando su conciencia. Rescató las confesiones que había ofrecido a mujeres enamoradas de otros hombres a las que carcomía la culpa y a hombres que se habían esposado a la pasión de otros cuerpos.

Siempre les decía lo mismo:

«Recuerda lo que os prometisteis. Recuerda que se lo prometisteis a Dios y ante Dios.»

En todos los pecadores había un anhelo de volver a casa y reconstruir lo que quedara del andamiaje de su pasado. Por eso el padre Mauro siempre les recetaba la medicina de la reconquista y les hacía la misma pregunta:

«¿Merece la pena rendirse? Ve con Dios y evalúa con serenidad de espíritu lo que perderás en la aventura de lo desconocido.»

Ahora él se formulaba esa cuestión:

«¿Merece tanta pena tu rendición, Mauro?»

La respuesta a esa pregunta la encontró el día que decidió

encender el teléfono móvil. Los mensajes de Costanza brotaron como una cascada.

Pero fue el último el que se le clavó como un dardo:

«Querido Mauro, quiero que sepas que nunca he dejado de quererte. Léelo mil veces. Y siempre te esperaré en Lezzeno.»

Se quedó paralizado con el teléfono en la mano. Lo volvió a leer, si no mil veces, sí las suficientes como para sentir el temblor de su piel. Arrodillado a los pies de la cama, hundió los codos en el jergón y, ocultando la cara entre las manos, rogó a Dios que le diera una respuesta. Ya no le importaba cuál fuera, pero necesitaba encontrar la salida del laberinto antes de morir de hambre. Y de sed. Y de pena.

CAPÍTULO 35

Amaneció el jueves señalado y algo cambiaría para siempre en las vidas del padre Mauro, de Costanza Mendiola y de su padre don Santiago.

Pese a que había pedido el día libre en el despacho de Roth & Co., Costanza había madrugado más de lo habitual. Quería hablar con su madre antes del funeral que se oficiaría en su nombre y en el de su nieta muerta.

La puerta del número 20 de Gravina estaba entornada, pero un golpe de aire la cerró justo cuando ella se disponía a entrar.

«¡Qué mala suerte!», pensó mientras presionaba el botón del telefonillo.

—Adelante —pronunció una voz.

Empujó el portalón y accedió al *hall* de siempre donde la señora de siempre leía o hacía que leía al otro lado del mostrador. María Tomé, la responsable de planta de doña Rosalinda, apareció como un fantasma al acecho, como si supiera que Costanza iba a visitar la residencia ese día y a esa hora.

—¡Qué madrugadora! —exclamó extendiéndole la mano como en ella era habitual—. No sabe cuánto me alegro de verla. Tenía pensado llamarla porque tenemos que tomar decisiones relacionadas con doña Milagros y quizá usted pueda ayudarnos.

—Sabe que no soy yo quien debe tomar ese tipo de decisiones, ¿no? —preguntó Costanza en un intento vano por distanciarse de la anciana.

—Lo sé, lo sé. Pero, ya que la veo, quería comentarle algo.

—¿No se puso el señor Lerma en contacto con ustedes cuando le fue diagnosticado el cáncer?

—Sí, sí... Lo hizo. Y es de eso de lo que quería hablarle. Verá...

—¿Podemos sentarnos? —preguntó Costanza al sentir los síntomas de un repentino mareo.

—Claro, vayamos ahí —contestó María Tomé señalando un austero banco de madera a la derecha de la recepción.

Las dos mujeres se sentaron.

—¿Y bien...? —Costanza cogió aire dispuesta a escuchar.

—Debemos decidir si doña Milagros será incinerada o enterrada en algún cementerio. Es algo que compete a los familiares y más en las circunstancias de su... —María Tomé dudó sobre la palabra que debía pronunciar. ¿Familiar? ¿Amiga? ¿Conocida? Pero enseguida siguió hablando—: En las circunstancias de doña Milagros, hay que tenerlo todo previsto.

—¿Ha avanzado la enfermedad?

—Los médicos no se atreven a decirlo ni cuándo se producirá el desenlace. Por eso, insisto, debemos tomar decisiones.

—Me dijo el señor Lerma que estaba respondiendo bien al tratamiento.

—Así es. El avance del tumor es lento.

—Comprendo perfectamente la situación —dijo Costanza levantándose del banco—. Hoy mismo hablaré con su hermano y se pondrá en contacto con usted. Déjelo en mi mano, señora Tomé. Y ahora, si no tiene inconveniente, me gustaría subir a verla. —Dibujó en su cara una mueca de sonrisa gélida y doliente.

—Por supuesto. No quería robarle más que estos minutos.

—¿Sufre? —preguntó antes de marcharse.

—No. No tema por eso.

—Gracias —contestó Costanza y, sin despedirse, subió a zancadas las escaleras hasta la tercera planta, habitación 324.

Cuando abrió la puerta, un odio que nunca antes había identificado dentro de su cuerpo corrió por sus venas. Era un impulso preñado de rabia ronca que tornó en una retahíla de reproches contra sí misma. Se sintió culpable por haber abandonado a su madre en una residencia alejada de su hogar, lejos de su marido vivo y de los que aún seguían queriéndola y recordándola. Le pareció una vileza insoportable de la que jamás se podría recuperar.

«Benita. ¡Oh, sí, Benita!»

Su costurera de toda la vida la habría cuidado con el mimo que necesitaba esa anciana desahuciada por la medicina.

En su soflama, también clamó contra los médicos que no habían encontrado ni cura ni tratamiento. Contra los diagnósticos vacíos. Contra los análisis, los escáneres, los tubos de resonancia que nunca desvelaron el mal sin nombre que había robado a su madre la vida en vida.

Y al final, cuando no tuvo a nadie más a quien maldecir, se sentó a la vera del cuerpo de doña Rosalinda e intentó serenarse.

—Y ahora dime. Dime qué hago contigo —dijo acariciando la piel de su madre, fina como el papel de fumar.

> Y cuando muera de verdad, incinerarás mi cuerpo y me llevarás a Lezzeno con mis bisabuelos, mis abuelos y mis padres. Quiero descansar a su lado.
>
> Sé que lo harás.

Las palabras que leyó en la voz de su madre en su escrito de últimas voluntades resonaron en su cabeza. Podía haberlas pronunciado, una detrás de otra, ante la señora Tomé. Se habrían desvanecido las dudas de un plumazo.

«Doña Milagros pidió ser incinerada. Fue su voluntad, señora Tomé. No perdamos más tiempo.»

Si no lo dijo fue porque, en ese momento de tensión, de mentira e impostura, no se acordó.

Se acercó a su madre y, besándola despacio y suave en esas mejillas atravesadas de arrugas como un cristal rajado por una pedrada, le susurró su último deseo:

—Cuando venga la muerte y te lleve para siempre, no tengas miedo, mamá. —Se retiró las lágrimas de los ojos—. Y cuando mueras de verdad, tu cuerpo será ceniza y yo te llevaré a Lezzeno con tus bisabuelos, con tus abuelos, con tus padres. Descansarás a su lado. Yo lo haré. Te lo prometo.

En ese momento empezó a llover con ferocidad y saña. Las gotas de lluvia parecían disparos contra las persianas aún bajadas. Costanza se asustó tanto que procedió a subirlas para confirmar que el ruido ensordecedor estaba provocado por la tromba de agua.

—Tranquila, mamá, tranquila. Solo es lluvia. Pasará.

El cielo estaba negro. El día se había cerrado en sí mismo y daba miedo siquiera mirarlo. Los semáforos, los rótulos de la calle Gravina, los árboles; todo parecía que iba a troncharse en cualquier momento. De forma apresurada bajó de nuevo las persianas y volvió a acariciar a doña Rosalinda.

—Voy a contarte un secreto. Quiero viajar a Lezzeno. Quizá lo haga este mismo fin de semana... —Suspiró—. Necesito volver.

Dudó unos segundos.

—Y si lo hago, será con Mauro.

Costanza sonrió al mencionar su nombre.

—El otro día no quisiste decirme nada, pero sé que te acuerdas de él. Mauro, sí, Mauro. Ahora ya es el padre Mauro. Estuviste con él y le pediste que me cuidara.

No podía evitar que se le iluminara la mirada al hablarle de ese hombre.

—Y te voy a contar otro secreto. Le he pedido que oficie un funeral para ti y para Valeria. Va a ser esta tarde, mamá.

La besó de nuevo en la frente, metió las manos entre las sábanas para tocar las suyas y las apretó con fuerza. La mujer ni se inmutó. No movió un solo músculo de su cuerpo agotado.

Costanza se levantó del colchón, estiró el edredón hasta cubrirle el cuello y se marchó.

La iglesia de San José había sido decorada por Benita con flores blancas que lucían hermosas a los pies del altar. Costanza no se lo había pedido, pero a ella le salió hacerlo porque sabía lo mucho que le gustaban a doña Rosalinda.

La costurera se sentó en el primer banco. A la altura de su mirada, la Virgen del Carmen. Y por encima de ella la imagen de San Hermenegildo.

Se persignó, se quitó los guantes y los colocó sobre las piernas. Vestía la falda de los domingos y el abrigo de cuello de piel sintética.

Aún faltaba media hora para que empezara la misa. Andaba entretenida en las bellas vidrieras de los laterales de la nave, cuando el padre Mauro subió al altar con el alba blanca ceñida por un cíngulo dorado y desapareció en la sacristía. El eco del espacio le devolvió la voz del sacerdote y la llenó de emociones contradictorias.

«¿Cuántos años hace que no veía a ese muchacho?», se preguntó.

Le resultó imposible sacudirse la imagen de Costanza. Tragó saliva y se pasó los guantes por la frente. Cómo olvidar todo lo que ella había vivido con esa pareja de muchachos que parecían tener el viento a su favor para amarse toda la vida. Y no como ella, que había sido una gran desgraciada en el amor. Nunca encontró al hombre que la quisiera como ella habría querido. Como el señor Mendiola a su señora doña Rosalinda. Por ejemplo.

En ese momento, agarrada del brazo de su padre, Costanza entró por el pasillo central. El señor Mendiola vestía un traje azul de lana, camisa blanca, corbata negra. Zapatos que brillaban como si la piel fuera charol. La costurera sintió un nudo en la garganta que apretaba las palabras cuando se acercaron a saludarla.

—La iglesia está preciosa. Estoy segura de que las flores las ha colocado usted —le dijo Costanza.

—A tu madre le encantarían. Anda, siéntate aquí —contestó

señalando con el dedo el sitio que había reservado para ella y para su padre.

El señor Lerma llegó poco después con JL, pero Costanza los evitó y siguió hablando con Benita.

—¿Quién hará las lecturas? —le preguntó inquieta por si le hubieran reservado alguna. No tenía ninguna intención de subir al altar.

—Yo haré una y ahora le digo al señor Lerma que lea la segunda. Yo me encargo. Todo irá bien, Costanza —añadió la costurera.

—Todo irá bien —se dijo ella en voz baja.

Benita se acercó al abogado y arregló ese asunto pendiente. Mientras, la gente, amigos, conocidos de la familia, fueron entrando y ocupando sus asientos. Costanza advirtió que su padre no se acercaba a saludarlos. Era como si hubiera enmudecido de repente.

—Papá, ¿estás bien?

Don Santiago asintió con la cabeza sin atreverse a girarla para mirarla a los ojos. No podía disimular su pena.

JL se acercó a ellos y solo en ese momento don Santiago se puso en pie para cumplir con quien había sido marido de su hija y sería siempre el padre de su nieta Valeria.

—Celebro verte, JL —le dijo.

—Lo mismo te digo. Es una lástima que tengamos que hacerlo en estas circunstancias.

El señor Mendiola balbuceó algunas palabras y volvió a su asiento y a su mirada fija en el altar.

Después JL se dirigió a Costanza:

—Gracias por invitarme.

Costanza lo miró con un gesto de desaprobación.

—¿Cómo puedes pensar que no lo haría?

—Te recuerdo que fuiste al cementerio a ver a nuestra hija sin mí.

—¿De verdad que vas a volver a eso?

—Mírame a los ojos. No cumpliste nuestra promesa.

Costanza se asustó al escucharlo tan lleno de rabia. Su mirada también delataba una furia inoportuna.

—Te pido que no ensucies el funeral de mi hija y de mi madre.

Quería que empezara cuanto antes.

El padre Mauro también quería que dieran las seis en punto de aquel jueves marcado en el calendario. Había preparado la misa a conciencia. Llevaba cuarenta y ocho horas repasando las lecturas y el contenido de la homilía, concentrándose para no desvanecerse en el momento en que viera a Costanza sentada en un banco, tan hermosa, tan de cerámica, tan desnuda bajo la ropa como se la imaginaba.

Con el breviario y el misal entre las manos para disimular el temblor, el padre Mauro abandonó la sacristía y se dirigió al altar. Se reclinó ante él y lo besó con los labios secos y la boca áspera.

Costanza no fue capaz de levantar la mirada de la punta de sus zapatos de tacón de aguja. Las rodillas, una pegada a la otra, le dolían por la tensión acumulada. Fue escuchar su voz y la memoria tuvo el antojo de volar allí donde el padre Mauro era un abrazo y un beso, y no un sacerdote tocado por la casulla. Notaba que el corazón se le salía por la boca.

—Estamos aquí reunidos para celebrar esta eucaristía por el eterno descanso de doña Rosalinda y de Valeria. Dios llamó a doña Rosalinda después de una larga vida para descansar en paz. A Valeria, en cambio, Dios nos la arrebató antes de lo que habríamos deseado. Nos consuela saber que está con Dios Padre, que la abraza. Pero no podemos ocultar que nos ha desgarrado el corazón. Por eso venimos a celebrar la eucaristía, porque solo aquí encontramos paz, consuelo y fortaleza. En el nombre del Padre, del Hijo y del Espíritu Santo…

Con la cabeza baja, Costanza no pudo contener la emoción.

«Nos ha desgarrado el corazón —repitió su pensamiento—. ¡Oh, no, Mauro! Cambia esas cinco palabras por las que pronunciaste en mi casa de Piamonte: "Ella está dentro de ti".»

Esa frase sencilla, pronunciada al abrigo de sus deseos, fue suficiente para que Costanza sintiera a Valeria dentro de ella, como si nunca la hubiera parido, como si aún flotara en sus entrañas y palpitara a su ritmo. Esas cinco palabras eran las que llevaba esperando desde el día en el que su hija murió.

De repente, el sonido de la urraca negra que la madrugada que murió Valeria la despertó golpeando con su pico el cristal del dormitorio que compartía con JL se hizo nítido en el templo. Asustada, Costanza buscó al pájaro entre las columnas, bajo los bancos corridos o tras los cortinajes que separaban el altar de la sacristía. La agitación de su respiración parecía que iba a ser advertida por cualquiera de los allí presentes, pero nadie se inmutó. La pertinaz urraca estaba agujereando sus sienes como si quisiera recordarle que la muerte era su sino y su perdición. El único camino certero de su existencia. Una macabra constante que no se despegaría de ella. ¿O quería recordarle todo lo contrario? Que con la muerte no se juega, que jamás debió cumplir el mandato de su madre, que a los vivos no se les da por muertos. Fuera de una u otra manera, lo cierto es que la pájara quería castigarla con lo peor de sus recuerdos.

—Este funeral —continuó diciendo el padre Mauro— en memoria de doña Rosalinda Mendiola y su nieta Valeria, por petición expresa de quienes seguís honrando su memoria, especialmente Costanza y don Santiago, es un ejemplo más de que nunca moriremos mientras nuestros seres queridos nos recuerden.

Al escuchar su nombre en la voz del padre Mauro sintió una sacudida dentro de ella. Cerró los ojos y trató de calmarse.

«Oh, Dios mío.»

Sobrecogida por un frío helador, se cubrió los hombros con el abrigo que se había quitado al llegar.

—Costanza y el señor Mendiola, pero también el padre de la pequeña Valeria, nos reúnen hoy aquí en torno al Evangelio según san Juan: «No se turbe vuestro corazón. Creéis en Dios, creed también en mí. En la casa de mi padre hay muchas mansiones; si no, os lo habría dicho; porque voy a prepararos un lugar. Y cuando haya ido y os haya preparado un lugar, volveré y os tomaré conmigo para que, donde esté yo, estéis también vosotros».

Costanza apretó las muelas hasta que le dolió la mandíbula. Creía que cada palabra estaba dirigida a ella. O a ellos dos, los mortales encadenados por las tensiones de la pasión.

—¡Escúchanos, Señor! ¡Estén tus oídos atentos a la voz de mi súplica! Todo hombre siente en algún momento de su vida la soledad, el miedo, el corazón desgarrado. Y se resiste a hundirse en el dolor. Levanta la mirada al cielo. Y ora. Y llora. Y confía en que alguien lo escuche.

—Yo te escucho, Mauro —susurró Costanza.

—Este mundo —continuó el padre Mauro— es caduco, pasajero e imperfecto. En este mundo hay enfermedad, dolor y muerte. Estamos deseando el nuevo día, los cielos nuevos y la nueva tierra en los que ya no habrá muerte, ni enfermedad ni llanto. Lo anhelamos y lo esperamos, como el centinela la aurora.

El padre Mauro acercó sus labios a las Sagradas Escrituras y las besó intentando que el ejemplar tapara su rostro entero. Los asistentes al funeral no pudieron apreciar cómo sus lágrimas se derramaron hasta el cuello de la vestidura. La fina línea que separaba la verdad de la mentira había sido cercada por sus palabras y refrendada por el gesto que nadie advirtió. Solo él pudo interpretar la hondura de sus emociones. La grieta de su fe y la urgencia de amar a aquella mujer marcaría los tiempos que aún le quedaran por vivir.

Llegó el momento de darse la paz. Costanza se levantó del banco, se estiró la falda y se abrazó a su padre. No pudo evitar que ahora fuera ella la invadida por las lágrimas como si llevaran años esperando a brotar de lo más profundo de su alma. No le importó que todos la vieran, que la miraran con misericordia. El padre Mauro también la buscó y Costanza no rehuyó sus ojos verdes mientras susurraba:

—Perdóname, papá, perdóname.

Costanza hubiera querido confesarle la verdad. «Mamá está viva —le habría dicho—, pero nunca quiso que vieras cómo la ha maltratado la enfermedad. Es solo un cuerpo arrugado, una mujer sin lustre y saqueada por la vida. No, papá, no tiene nada que ver con la mujer que conociste, amaste e hiciste feliz.»

Embebida en sus cavilaciones, Costanza no retuvo las palabras de vuelta de su padre:

—Soy yo el que tiene que pedirte perdón, Costanza. Por Valeria... Pero también por ti. Sé que no he estado a tu lado cuando me has necesitado.

Don Santiago no siguió. Ese escuálido perdón era suficiente para aliviar la pesada culpa que llevaba años rajándolo por dentro. En realidad, llevaba esperando ese momento toda su vida.

Costanza volvió a sentarse, sobrecogida por descubrir la debilidad de su padre y estremecida por constatar que ninguno de los dos había sido capaz de perdonarse en tanto tiempo. Con la conciencia limpia, irguió la mirada y buscó al padre Mauro y, cuando sus pupilas se encontraron, Costanza descubrió que él también estaba llorando.

CAPÍTULO 36

Al acabar la misa, el padre Mauro se retiró a la sacristía. No fue capaz de saludar a la familia de Costanza. También había reconocido a la costurera Benita, pero tampoco a ella pudo acercarse. Necesitó esconderse. Borrarse de la escena. Aquella tarde la señal que esperaba se hizo nítida y transparente. Tanto como la que le había guiado al seminario veinte años atrás.

Costanza lo esperó e incluso alargó las despedidas por ver si él aparecía, pero no lo hizo. Y aquella circunstancia la maltraía porque no sabía cómo interpretarla. Si como un desprecio, como un desaire. Como un síntoma de miedo. ¿Quizá cobardía? ¿Acaso un nuevo intento de desaparecer para siempre?

Solo tuvo fuerzas para acercarse al señor Lerma y susurrarle al oído:

—Revise su teléfono. Tiene un mensaje.

El abogado de la familia pareció no inmutarse, pero, en cuanto Costanza y el señor Mendiola subieron al taxi que los devolvió a sus hogares, llamó a la residencia de Gravina número 20, pidió hablar con la señora María Tomé y dio las precisas instrucciones para que doña Milagros fuera incinerada cuando se produjera su muerte.

A media noche, de madrugada, cuando ya se habían recogido los borrachos y los mendigos dormían el vino en sus cartones, Costanza se despertó agitada. Necesitaba saber de Mauro.

Cogió el teléfono móvil y escribió:

«Perdona las horas, pero no puedo dormir.»

Enviar.

Se levantó de la cama, se calzó y se dirigió al salón.

Revisó la pantalla. Esperó unos segundos y escribió de nuevo:

«No quiero molestarte, Mauro, pero pensé que te vería después del funeral.»

Enviar.

«Me ha removido recordar a mi madre y a mi hija, Valeria. Y has conseguido que me reconcilie con mi padre. Era importante para mí», tecleó en su teléfono móvil.

Descorrió las cortinas del balcón y miró a través del cristal. Piamonte era a esas horas una foto fija del desierto urbano. Las tiendas cerradas a cal y canto, las aceras vacías, los luminosos de los bares apagados. Gravina, a lo lejos. A oscuras. Ancianos en tinieblas. Una madre. Su madre.

Costanza encendió la luz de la cocina y la cafetera. Introdujo una cápsula de descafeinado. Abrió el grifo, llenó un vaso con agua, lo bebió de un trago. Mientras se hacía el café, buscó un cigarrillo en alguna de las cajetillas que iba dejando a medias en los lugares más insospechados. Encontró una dentro del cajón de los cubiertos. A la vista, sobre la encimera, un mechero. Prendió la llama, aspiró el humo. Con la taza en una mano y el pitillo en la otra, volvió al dormitorio. El teléfono brillaba entre las sábanas.

«Yo tampoco puedo dormir», había contestado el padre Mauro.

Costanza no sintió ninguna emoción al leerlo, pero sonrió al comprobar que no interrumpía su comunicación.

«Me alegro de que te hayas reconciliado con tu padre», escribió el padre Mauro pasados unos minutos.

«Perdona si me marché sin despedirme, Costanza.»

Silencio.

Costanza: «No tengo que perdonarte, Mauro».

Enviar.

«Mi madre estará feliz. Valeria, ya sabes, vive dentro de mí. Nunca te podré agradecer la paz que me da recordar esa frase. La dijiste tú. ¿Recuerdas?»

Padre Mauro: «No podré olvidarlo jamás».

«No conocía a tu marido», escribió a continuación.

«Ya no lo es.»

«Tienes razón. Corrijo. No conocía al padre de Valeria.»

«Es un buen tipo.»

«¿Qué os pasó?», preguntó con curiosidad.

«Murió Valeria. Dejamos de querernos», contestó ella.

«No digas eso.»

«Me has preguntado tú.»

«Cierto, quizá no debería haberlo hecho», admitió él.

«No te preocupes, Mauro.»

Aunque el padre Mauro tenía una necesidad palpitante por saber de JL —quién era, dónde se conocieron, en qué momento prendió el amor, por qué la hizo sentir tan malquerida—, decidió que no debía seguir preguntando. No sabía si aquel desamor aún la hacía sufrir o si lo había superado. En realidad, ¡no sabía nada de su vida después de veinte años!

Costanza se levantó a apagar el cigarrillo. La ceniza se había caído sobre la alfombra sin que ella lo hubiera advertido.

Volvió a teclear:

«Pensé que jamás me contestarías.»

«¿Por qué?»

«No sé.»

«Me gusta hablar contigo aunque sea de esta manera. Te siento cerca», confesó el joven sacerdote.

«¡No es verdad!», exclamó ella.

«Lo es.»

«Me gustaría volver a verte», se atrevió a escribir Costanza.

«Y a mí», contestó el padre Mauro.

«¿De verdad?»

«De verdad», repitió él.

«¿Puedo creerte esta vez?»

El padre Mauro dudó antes de contestar. La mujer a la que estaba escribiendo no merecía un nuevo desgarro. «Detrás de su fachada, hay mucha guerra», pensó mientras meditaba la respuesta.

Le hubiera gustado salir del edificio de Alcalá y volar hasta Piamonte para confesarse como confesaba él a los pecadores, arrodillado ante ella, con su carga, con su dolor, con sus contradicciones.

Le hubiera gustado, sí, marcar el número de teléfono para escuchar su voz y contarle que le rondaba la idea de solicitar la dispensa. Que esa tarde, mientras derramaba lágrimas a la vista de todos, había recibido la señal.

Y le hubiera gustado, al fin, estar a su lado, recorrerla a besos, rodearla de abrazos, sentirla dentro. Sin tener que imaginarla.

«¿Por qué te has esfumado después del funeral?», preguntó Costanza para sacarse la mala espina que se le había clavado en San José.

«Tenía que salir de ahí.»

«¿Por qué, Mauro?»

«Te vi llorar.»

«Y yo a ti», contestó ella.

«No pude evitarlo. Ha sido el oficio más difícil al que me he enfrentado.»

«Llorar es sano porque sana», escribió Costanza.

«Lo es», ratificó él.

«Me han consolado tus palabras, pero sigo preguntándome por qué me ha maltratado tanto la vida.»

«¿Crees que lo ha hecho?»

«Me ha quitado a mi hija, ¿te parece poco tormento?»

«Está dentro de ti. Y nadie puede arrebatártela.»

«Oh. Sí. Está dentro de mí», confirmó Costanza llevándose las manos al vientre como si así pudiera sentir a la hija que llevó en sus entrañas.

«Y ahora dime: ¿por qué hemos tardado tanto en encontrarnos?», le preguntó ella.

«No lo sé.»

Los amantes hicieron una pausa.

«¿Te estoy molestando?»

«No», zanjó el padre Mauro.

«¿De verdad?», preguntó ella.

«De verdad.»

«¿Puedo preguntarte algo?»

«Sí —contestó él—, dímelo.»

«¿Por qué te fuiste con Cecilia?»

«Yo también me he hecho esa pregunta millones de veces.»

«¿Y sabes la respuesta?», preguntó Costanza.

«Sí.»

«¿Puedo saberla yo?»

«Me duele recordar todo aquello, Costanza.»

«Lo entiendo. No contestes si no quieres.»

Pero el padre Mauro pensó que debía hacerlo. Ya no cabía más olvido. Ni más borrones y cuentas nuevas. No podía haberlas.

«Cuando fui a verte a Lezzeno —empezó a escribir Mauro—, descubrí que tu nuevo mundo ya no era el mío. Me resultó extraño y ajeno. Éramos demasiado jóvenes, nos movían las primeras impresiones, no sabíamos que existían los malentendidos. Tú me presentaste como un "amigo de Madrid" y yo sentí que ya no éramos los enamorados de las cartas. Al llegar a Madrid, me fijé en Cecilia. Lo hice con el propósito de olvidarme de ti.»

Enviar.

El texto era largo, pero resumía lo que pasó en Lezzeno. Mientras Costanza lo leía, el padre Mauro siguió escribiendo.

«Yo también quisiera preguntarte algo. ¿Me equivoqué?»

«Sí, Mauro. Yo te pedí que me esperaras en Madrid», contestó Costanza.

«Pero ¿qué significaba eso? Precisamente yo necesitaba una

respuesta y nunca me la diste. Los viajes de tu familia nos fueron distanciando cada vez más y más.»

Costanza no encontró argumentos para rebatir aquella realidad.

«Tienes razón, Mauro», concluyó.

«No me gustaría volver ahí, Costanza.»

«Y a mí tampoco. Solo te diré que a nosotros nos rajó por la mitad el mismo destino que nos ha vuelto a poner cara a cara. Y ahora, sueño con ir contigo a Lezzeno.»

«¡Oh, Costanza!», se lamentó Mauro.

«Está bien. No volveré a decirlo.»

«Me gusta leerte. Me gusta leer Lezzeno.»

«¡Vayámonos! Todo saldrá bien.»

«No sé si puedo», tecleó el padre Mauro modulando la respuesta. Era lo que más quería, pero no podía ofrecer a Costanza un sí incondicional.

«Sí puedes. No te engañes.»

«No me digas eso, Costanza.»

«Perdóname... —se disculpó ella—. Solo quiero pasear contigo, volver a casa, que me acompañes al cementerio de mis antepasados.»

El sacerdote sabía que todo aquello solo era un propósito de buenas intenciones.

Silencio.

«Mauro.»

«Dime.»

«Vayámonos. Vayámonos el sábado. El lunes estaremos de vuelta. Serán apenas setenta y dos horas. Yo me encargo de todo. Ni siquiera coincidiremos en el avión. Dime que sí», escribió Costanza antes de desconectar el teléfono para que el padre Mauro pudiera tomar una decisión sin interferencias.

Le hubiera gustado añadir una frase más: «No nos sobra tiempo». Pero contuvo las ganas.

Nadie tiene respuestas para dilemas intransferibles. Las tiene uno mismo, y el padre Mauro decidió que no debía buscar más señales en horizontes lejanos. La había recibido ese día, ese jueves, en ese altar: debía hacer ese viaje.

En el andén de la huida solo le aturdían los detalles menores: qué le diría al párroco, qué le explicaría al sacristán, ¿se lo diría al arzobispo? Todo lo demás había sido superado por el deseo de estar con esa mujer.

«Diré que tengo que viajar a Roma para recoger el título de la Santa Croce», contestó para sus adentros.

«Al menos, es un deseo puro —pensó en la antesala del viaje inevitable que emprendería con ella—. Solo tres días —insistió—, setenta y dos horas agarrado a su cintura, lejos de la vigilancia extrema, en Lezzeno, donde habita lo mejor de Costanza.»

«Espero tus indicaciones», escribió el padre Mauro antes de abandonarse al reino de las sibilas, que aquella noche no entorpecieron su sueño ni lo preñaron de pesadillas.

El primer mensaje de la de Delfos había sido una sentencia que él intentó torcer sin remedio.

CAPÍTULO 37

De la noche a la mañana, sin que mediara nadie más que ellos, embobados en sus fábulas y sin ser conscientes de las consecuencias de sus actos, Costanza Mendiola y el padre Mauro embarcaron en un vuelo de la compañía Ryanair rumbo a Milán que despegó de Madrid a una hora temprana.

Apenas concedieron importancia a que el corazón latiera desbocado bajo la camisa de él, bajo la blusa de ella. No se miraron en la cola de acceso al avión, ni se sentaron juntos. Tampoco coincidirían cuando la nave tomara tierra en el aeropuerto de Malpensa. Se encontrarían en el aparcamiento de la compañía de alquiler de coches, Europcar. Costanza lo había organizado todo. Hasta ese momento, solo intercambiaron unos mensajes de texto para coordinar la entrega de los billetes y asegurarse el uno al otro que habían cumplido la promesa de huir juntos por un tiempo escaso para Costanza y suficiente para el padre Mauro.

Vista desde el cielo, la tierra era tan minúscula como ellos dos y esa circunstancia suponía la mejor de las coartadas. Si fueran descubiertos, el mundo tendría problemas más importantes que resolver, la humanidad no se detendría ni los lapidaría en la plaza pública. Las únicas represalias las firmaría la conciencia, pero en aquellos días parecía domesticada para la ocasión.

Mientras vuelan, Costanza piensa que la vida se la debe. Que su existencia ha consistido en contar infortunios y que ha llegado el momento de compensarlos.

Piensa en el padre Mauro, a quien acierta a identificar en el asiento pegado a la ventana cinco filas por delante de ella. Sonríe como si estuvieran cometiendo una travesura adolescente que podrá ser perdonada sin castigo. Al instante toma conciencia de quiénes son. Observa sus movimientos, la cortesía con la que se dirige a la azafata que le ofrece un refresco, la manera en la que apoya la cabeza en el respaldo. Le hubiera gustado elegir un asiento a su lado para agarrarle la mano y llevársela hasta los labios, pero no lo hizo para cumplir con la palabra dada.

El vuelo dura poco más de dos horas. Costanza conoce de memoria las curvas de las nubes. Ha recorrido ese mismo itinerario cientos de veces. A Mauro lo llevó ella en sus cartas lacradas desde allí, pero se ha esforzado en borrar el único viaje que hizo a Villa Gelsomino.

Lo ve levantarse y Costanza se inquieta. Se miran como dos desconocidos a ojos de los turistas. Ella hace verdaderos esfuerzos por retener las ganas de preguntarle «¿Dónde vas, mi amor?». El padre Mauro avanza por el estrecho pasillo. Costanza se gira y lo ve entrar en el baño. Mira a su alrededor. No conoce a nadie. Nadie los hubiera descubierto, pero él se siente mejor así, simulando que cada uno viaja por separado, que no se han visto nunca, que es la primera vez que sus vidas se cruzan. Cuando vuelve a su sitio, ella lo busca, pero él baja la cabeza y se sienta impostando normalidad, pero su cabeza no deja de pensar. Y piensa. Piensa en el párroco de San José y en lo que él habrá pensado al leer el pretexto para ausentarse.

Decidió no dar detalles. Solo informar de que debía viajar a Italia. No apuntó a qué ciudad ni, por supuesto, con quién. Tampoco para qué.

> Padre Andrés, marcho a Italia, pero estaré de vuelta en solo tres días. Le pido que me dispense de los oficios del sábado y el domingo. El del lunes lo atenderé con normalidad. Reciba un abrazo, Mauro.

El folio que colocó bajo la puerta de la vivienda del párroco, escrito a mano y doblado por la mitad, no contenía ninguna mentira.

Costanza también repasa lo que ha dejado en Madrid. Solo le preocupa su madre, pero respira aliviada al recordar que está reaccionando bien al tratamiento. Solo se ha despedido de ella. A su padre le envió un escueto mensaje para informarle de un viaje de fin de semana. Y con Benita acordó verse más adelante. Tampoco ha avisado al bufete. Pero no le importa. Llamará el lunes por la mañana y se excusará por no ir a trabajar.

El comandante anuncia el aterrizaje en Milán. El pasaje contiene la respiración durante la maniobra hasta que les es permitido desabrocharse el cinturón de seguridad.

Costanza Mendiola se levanta, coge su maleta, sonríe al pasar por la fila del padre Mauro. «Sígueme», parece decirle con la mirada.

Los amantes saben que sus vidas empiezan a correr contra el reloj.

Con la expectación centelleando en el GPS del Fiat alquilado de color blanco, el padre Mauro y Costanza Mendiola emprendieron el viaje a Lezzeno, la villa de doña Rosalinda de orillas remojadas por el lago Como que brillaba en verano y se sumergía en la niebla alpina en los meses de invierno.

Conducía ella. Él, a su lado. Se miraron con la ilusión de los recién enamorados y Costanza le retiró el alzacuellos y desabrochó el primer botón de la camisa.

—Qué bonito es tenerte cerca, Mauro.

Él sonrió y sin más certeza que la de saberse allí juntos, uno al lado del otro, se rozaron la mejilla con la ternura acumulada en los años de sus mutuos desiertos.

—Ojalá pudiera quedarme a vivir en este instante.

El padre Mauro no necesitaba palabras, podía suscribir las

suyas, prefería el silencio, observarla de perfil, escondida su mirada bajo unas gafas de sol negras, el contorno de sus labios, la sonrisa que asomaba.

Aquella pudo ser la primera vez que el padre Mauro y Costanza se sintieron libres, la primera en la que no temieron ser observados, la primera en la que, si quisiera, él podía sorprenderla con un beso en la yema de los dedos.

Sin embargo, según quemaban kilómetros de autopista en dirección al norte, siempre al norte, el padre Mauro empezó a sentir la cadena de la conciencia y el miedo a lo desconocido fue nublándole poco a poco hasta hacerlo enmudecer.

—¿No me dices nada? —preguntó Costanza.

—Prefiero escucharte —se excusó depositando sobre ella el peso de manejar las palabras—. Nunca tuve tiempo de visitar esta zona durante los años que viví en Roma.

—Es un viaje hermoso. Si no tuviera tantas ganas de llegar a Gelsomino, podríamos pasear la vieja ciudad de Como —dijo Costanza.

El padre Mauro no contestó. En la contemplación del paisaje acomodó sus temores y los condujo por las estrechas y zigzagueantes carreteras salpicadas de casas humildes o mansiones de ensueño habitadas por los ricos que habían tejido la leyenda lombarda.

Atravesaron la ciudad de Como y, una vez superada la silueta de sus tejados, su catedral y su contorno marino, Costanza sintió que dejaba atrás el sueño de pasear con él.

De compartir un helado juntando sus labios.

De sacudirse la turbación en la transparencia que les ofrecía la muchedumbre.

No quiso concederle importancia porque era consciente de que cualquier comentario deslizado a destiempo o una pregunta improcedente podría arruinar las setenta y dos horas que tenían por delante. Además, Costanza Mendiola era consciente del esfuerzo titánico que estaba haciendo aquel hombre. Era capaz de imaginar el tormento que precedió a las líneas que escribió en su teléfono móvil:

«Espero tus indicaciones.»

... Y sus ganas de agarrar el teléfono y teclear su número para exigirle, de viva voz, garantías de que nadie en este mundo los vería abandonar el país y nadie los recibiría cuando aterrizaran. Podía suponerlo en su duda sin límites, en el infinito titubeo, en la tentación de abandonar y abandonarla de nuevo, otra vez, como siempre. Y sin embargo, él confió en ella. Estaba allí sentado a su lado, silente, pero entregado a ella. Y solo por eso Costanza estaba dispuesta a consentirlo.

Descubrió que su memoria había archivado todas las historias que le contó doña Rosalinda. Nunca imaginó que algún día ella las rescataría y se convertiría en la narradora principal de aquellos cuentos que, verdaderos o falsos, cosían la historia de ese rincón del mundo.

«Ojalá tuviéramos tiempo para visitar Villa Melzi —suspiró Costanza sin llegar a pronunciar su deseo—. ¡Disfrutarías tanto, Mauro, paseando por sus jardines! Mamá se quedaba embobada contemplando las vistas al lago y los nenúfares que flotan en los estanques.»

Sonrió y siguió imaginando la conversación que nunca existiría.

«Al final del paseo de los plataneros de Melzi hay un quiosco morisco donde nos sentaríamos a conjugar el verbo que más te guste.»

«¿Cuál elegirías tú?», le preguntaría el padre Mauro.

«Besar. Te besaría ante los emperadores de Austria, Fernando I y Marianne de Saboya. Te besaría sin tiempo hasta que nos echaran y te llevaría a cenar a Bellagio para pasear por sus calles empinadas y alfombradas por piedras de cantos redondeados. Y, de madrugada, nos iríamos a Varenna a oler la lavanda del paseo de los Enamorados y nos haríamos fotos con el oriente del lago a lo lejos. Y al día siguiente visitaríamos Villa Carlotta, en la costa poniente. Mamá y yo siempre íbamos al menos una vez durante los largos veraneos. Fue el refugio de Albert Einstein y Mitza Maric. Ella fue el gran amor de su vida. La mujer que lo inspiró y lo animó cuando los números estallaban en su cabeza. La mujer que entregó su cabeza para que la de Einstein creciera hasta el infinito. ¿Tú has tenido un gran amor, Mauro?»

Se lo habría preguntado sin rubor y, llegado el caso, Costanza habría recitado la oración anotada en su libreta: «Líbranos, Señor, de encontrarnos años después con nuestros grandes amores».

Hubiera podido trabar con supuestos imposibles el relato de una vida entera. «Nos pasamos media vida haciéndolo —pensó—, fabulando escenas vacías, compañías que se deshacen, abrazos que no abrazan y besos que no damos. Y solo por eso soñaba con abrazarlo y besarlo y alojarlo allí donde él quisiera quedarse. Para siempre. O mientras tanto.

Al menos, el silencio del viaje le permitió darse cuenta de que también era la primera vez que podía pensar en su madre sin dolor y sintió que por fin estaba haciendo realidad el deseo expresado por ella en su carta de despedida.

> Quédate para ti lo mejor de nuestra vida vivida. Quédate con nuestros veranos en Lezzeno. Consérvame a orillas del lago Como. Escúchame en tu niñez…

Ninguno miró el reloj ni consultó el teléfono móvil durante el tiempo que pasaron dentro del Fiat. Apenas les restaban unos kilómetros para llegar a Villa Gelsomino cuando Costanza exclamó:

—¡Mira! Annetta. Es una de las villas más imponentes del lago.

Villa Annetta se alzaba altiva desde finales del siglo XVIII en una de las curvas más pronunciadas de la carretera, a la altura de Faggeto Lario. Soberbia e imponente, daba miedo incluso mirarla de frente, en lo alto de la colina donde aparecía como un esqueleto de terrazas y miradores condenados al abandono. Los árboles habían crecido a su albur rodeando las espléndidas columnas que sostenían la construcción.

—Perteneció a Plinio Stoppani, un industrial que amasó una fortuna incalculable —explicó Costanza cortando el silencio—. Acabó muy mal…

—¿Por qué? ¿Qué pasó? —preguntó el padre Mauro.

—Es una historia larga. Al parecer, las fábricas de Stoppani contaminaron durante décadas. Más de cincuenta trabajadores murieron de cáncer y toneladas de venenos fueron vertidas en la desembocadura del río Lerone. Un drama.

—¿Vivían aquí?

—Yo nunca los vi, o no tengo el recuerdo. Era una familia muy misteriosa. Solo salían de Villa Annetta para navegar por el lago. Y fíjate ahora. Misterio, tragedia, abandono…

El padre Mauro giró la cabeza para volver a contemplarla. En efecto, había algo inquietante en la mansión.

—Annetta —leyó en las enormes letras en relieve, entre la tercera y cuarta fila de ventanales pintados de verde, en la mitad exacta del bloque de piedra blanca cerrado a cal y canto, como si sus dueños temieran que los fantasmas también desertaran de su misión custodia—. Es una estampa sobrecogedora —dijo sintiendo por dentro un escalofrío que solo el destino, tan dado a esconderse en subterfugios que se nos escapan, podría explicar.

—Estamos a punto de llegar a Gelsomino, mi querido Mauro.

Costanza cayó en la cuenta de que no había avisado a Piero, el vecino de Lezzeno encargado de mantener la vivienda y cuidar los jardines.

—Déjame que lo llame.

—Preferiría que estuviéramos solos, Costanza.

—No tienes que preocuparte, Mauro. Piero lleva más de treinta años trabajando para mi familia.

—Preferiría… —balbuceó.

—Está bien. No lo haré, pero escúchame: aquí estamos a salvo —dijo agarrando su mano.

La verja de Villa Gelsomino estaba cerrada con un inmenso candado. Costanza paró el coche, rebuscó en su bolso y sacó las llaves. Acertó con la primera. El candado y la cadena de hierro cayeron al suelo y la puerta se abrió para ellos. La vegetación había crecido desordenada en los márgenes del camino de grava que desembocaba en la residencia.

—Hay que arreglar todo esto —señaló Costanza al observar el abandono—. Si hubiera avisado a Piero, estaría impecable.

—No tiene importancia, Costanza. ¡Deja que la naturaleza crezca a su antojo!

—¡Oh, no, no! Si mi madre lo viera… —Sintió un pellizco en el estómago.

—¿Cuándo fue la última vez que estuviste aquí con ella?

Costanza evitó contestar aquella pregunta. La memoria no quería echar cuentas. «La última vez —pensó— aún no se ha escrito.»

—¡Qué maravilla! —exclamó el sacerdote al divisar la enorme heredad—. No lo recordaba así.

En su entrada majestuosa, el padre Mauro tampoco pudo contener la exclamación cuando Costanza giró la cerradura de la puerta principal y ante ellos apareció una fachada de cristal con vistas al lago. Ante aquella escena, lo de menos eran los muebles, piezas macizas de principios del siglo pasado o las obras de arte de sus paredes. O las lámparas que colgaban del artesonado. O las alfombras que cubrían los suelos de madera que crujieron bajo sus pies. Todo podía pasar inadvertido, salvo doña Rosalinda. Al fondo, la señora presidía la estancia en una acuarela desde la que sonreía sin llegar a separar los labios, melena suelta sobre los hombros desnudos, brazos cruzados a la altura del pecho, en la muñeca derecha asomaba un brazalete que el pincel no llegó a definir.

—Siempre pareció una reina —observó el padre Mauro

acercándose al cuadro y contemplándolo a una distancia prudente.

Costanza tuvo la tentación de contarle la verdad sobre su madre, pero enseguida cambió de opinión.

—Ella quiso estar aquí. Y aquí está. Heredó Villa Gelsomino de sus padres. La construyeron en los años veinte, y allá por 1948, después de la guerra, la restauraron y abrieron esa fachada posterior para poder admirar las vistas. Es la única propiedad por la que mi madre luchó cuando su familia abandonó Italia.

—¿No tuvo hermanos?

—No, mi abuela solo la tuvo a ella —contestó tajante.

Costanza siguió avanzando por el salón. No quería alargar ese momento.

—Ven —le dijo—, déjame que te enseñe algo.

Tiró de su mano y lo dirigió a los jardines hasta los pies de un ciprés solitario.

—Aquí, a la sombra de este árbol centenario, he pasado lo mejor de mi vida. Y aquí, Mauro, exactamente aquí, te vi el día que viniste a Lezzeno.

Las imágenes se revolvieron dentro de él. No quería volver a escarbarlas. Estaban bien ahí, donde la memoria las quisiera conservar. No necesitaban ser agitadas.

—Y ahora soy muy feliz por haber vuelto contigo. Pese a que tú creyeras que yo era otra, siempre he sido la misma.

Desde el ciprés partía el camino hacia el embarcadero que Costanza había recorrido miles de veces de la mano de doña Rosalinda. Tantas que aquel día volvió a sentir la piel de su madre y volvió a escucharla en su niñez.

Pero ya no era ella quien agarraba su mano. Mauro la rodeó por los hombros y la abrazó. Había conseguido silenciar su conciencia, maniatarla, esperar el momento de besar a Costanza sin pedir permiso. Le hubiera gustado que lo inevitable sucediera sin preámbulos, que acabaran sobre la hierba fresca desnudos, entre besos y adornados de caricias.

CAPÍTULO 38

—A quién puede importarle todo esto —pensó Costanza al observarlo recostado en su cama.

Qué, si ella era un deseo pétreo que se interpuso entre él y Dios, pensaría más tarde.

—Ahora sí que todo el tiempo es para nosotros —dijo al tumbarse a su lado.

Mauro se acercó a ella y la besó en los labios. Ya no le importó que sus palabras volvieran a ser escasas. Jamás encontraría la que definiera la belleza de Costanza. Ni lo que le provocaba estar a su lado. No podía ver más allá, ciego ante sus rasgos y sus ganas, consciente de la fragilidad de las setenta y dos horas que tenían por delante. Y así, rendido, se impuso la necesidad de abrazarla y besarla y hacerle el amor.

El remordimiento debía ser retrasado. La urgencia de la conciencia, aplazada. Todo era verdadero aunque nada respondiera a una verdad duradera.

Sus cuerpos se reconocieron al simple tacto de sus manos. Se excitaron al encontrarse en sus alientos y en sus caricias. Entre ellos ya no había cerrojos ni cadenas. Acaso solo existía la cuchilla del tiempo, que recorría veloz las agujas de sus relojes. Costanza hubiese querido arrancarlas de cuajo para detenerlo en su placer y en el placer que atravesaba al padre Mauro.

Jadeantes y exhaustos, erguidas las emociones, contraídos

los cuerpos, los dos se abandonaron como ya hicieran cuando, jóvenes y plenos, militaban en la eternidad.

Las palabras quedaron ahogadas en el momento justo en el que el padre Mauro la penetró. La noche de Piamonte solo hubo pecado en su pensamiento. En Lezzeno lo confirmó y reprodujo el eco del mismo lamento:

«Señor, ten piedad de mí.»

El sacerdote se encogió en su universo de contradicciones y el goce culminado adquirió la insolencia del pecado carnal. Pero ya nada importaba. Al revés.

Costanza volvió a sus labios:

—Quédate conmigo toda la vida. Aquí nadie sabrá quién eres. Quédate conmigo —repitió.

Sus pupilas parecían implorar una respuesta contundente que apaciguara sus miedos a volver a quedarse sola y sin él.

—Te he sentido como la primera vez. Habíamos bebido güisqui de una petaca que llené a escondidas. No quiero que volvamos a detenernos.

Pero el padre Mauro quería silencio. Y el silencio acabó dominándolo todo con su estruendo sofocado de deseos.

Desnuda, sintiéndolo cerca y relajado en su fervor, Costanza entrelazó sus piernas a las de él. Nada podría apagar las ganas de repetir una y otra vez.

Con él.

Allí.

Fundidos en la profundidad de las raíces de su vida, Costanza vio centellear las primeras luces al otro lado del lago Como. Imaginándose que cada una alumbraba un hogar, con su historia, su drama y su felicidad, se preguntó cuándo amar fue un error. Quién mató el instinto. En nombre de quién.

Las mismas preguntas ocuparon el espacio del pensamiento del padre Mauro, pero la ausencia de respuestas acabó por agotarlos, hasta que los amantes durmieron en la oscuridad de aquel dormitorio.

En Gelsomino había una cajita de música con una bailarina de ballet que daba vueltas sobre su pie en punta y sus brazos se elevaban y bajaban de nuevo hasta tocar el tutú. Sonaba por la mañana y al anochecer. Doña Rosalinda le daba cuerda cada día. Ni uno faltó. Hasta que faltó para siempre. Pero esa cuenta solo la llevaba Costanza Mendiola. Cogió la bailarina entre sus manos y giró la manivela hasta que la sintonía, algo afónica y desafinada, empezó a sonar.

Pasaban unos minutos de las diez de la noche. La noche había caído a plomo sobre ellos. Mauro aún dormía en su lado de la cama. Descalza recorrió el salón de Villa Gelsomino y sus pasillos alfombrados. La música siguió sonando mientras Costanza subía las escaleras para despertarlo. Se estaba haciendo tarde para salir a cenar. Tenía hambre, la nevera estaba vacía, en unas horas estarían hambrientos y se arrepentirían.

Se arrodilló ante él y lo besó en la frente. Aún sentía la excitación entre sus piernas.

—Amor —le dijo—. Salgamos a cenar algo. Te enseñaré Bellagio.

El padre Mauro abrió los ojos.

—Ven aquí.

Se arrullaron entre las sábanas y se dejaron engatusar por las ganas de volver a hacerlo. Rieron como adolescentes a los que no les importa nada más que el goce permanente. Se tocaron. Se acariciaron de nuevo y Mauro volvió a excitarse. La cascada de emociones resultaba incontrolable.

—Me da miedo salir de aquí —dijo él—. A ver si la casualidad quiere que nos encontremos con algún español que nos conozca o con algún sacerdote de Roma. Podría estropearlo todo.

Costanza entendía sus temores, pero trató de explicarle que no eran fechas para el turismo español.

—Bellagio está vacío —le dijo—, incluso nos costará encontrar un restaurante abierto. ¿Cómo puedo convencerte?

Así estuvieron un buen rato, ella rogándole, él revolviéndose entre besos, ella insistiendo y él, al final, claudicando.

—Está bien, pero prométeme que será una cena rápida.

—Lo que tú quieras.

Se vistieron y volvieron a recorrer el frondoso camino en el Fiat alquilado hasta alcanzar la carretera principal. No se cruzaron con ningún otro coche. El alumbrado apagado y las casas de persianas bajadas ofrecieron al padre Mauro la seguridad que necesitaba para empezar a aflojar los candados.

Y una vez en Bellagio él confirmó que las calles estaban vacías y los restaurantes a medio cerrar.

—Sentémonos ahí —dijo ella señalando una terraza sobre el lago—. ¡No hay nadie!

Hacía frío y la carta estaba incompleta. Solo pudieron ofrecerles un *risotto* y vino de la zona, una tapa de mortadela y parmesano, unas olivas negras que sabían agrias. Pero todo compensaba por la sensación de saberse anónimos, acogedor ese instante en el que parecía evaporado el miedo a que los confiscara una mirada ajena. Ella y él, ellos, se habrían instalado eternamente en ese pedazo de tierra en el que Costanza acercó su mano hasta la del padre Mauro. Aquella era su patria.

—Retengamos este momento para siempre —musitó luchando para que los ojos no se le llenaran de lágrimas.

Estaba cansada de llorar. De llorar por Mauro y por las consecuencias de Mauro y las circunstancias de Mauro. Y en aquel segundo en el que agarró su mano y sintió el frío de su noche, contempló el mundo en su mirada y lo vio hermoso.

—Me gusta cómo miras.

Creyó haber conquistado la dicha, ese delicioso estado de calma absoluta, el encantamiento del amor en su cuerpos.

Solos. Los dos.

El padre Mauro no deshizo el lazo de sus dedos ni se ruborizó cuando ella lo tocó. Al revés, se dejó hacer hasta que el camarero los interrumpió, ajeno a la escena que no iba con él, ni sabría de sus protagonistas ni le importaría lo más mínimo quién era la mujer, quién el hombre.

—*Il ristorante chiuderà tra trenta minuti* —dijo con desgana y con ganas de que los imprevistos clientes se marcharan cuanto antes.

—*Non ti preoccupare* —contestó el padre Mauro.

Cenaron con prisa, pagaron la cuenta, no se despidieron del camarero. El rumor de los platos sobre la bandeja fue lo último que oyeron camino del Fiat alquilado, al que llegaron pisándose las sombras que los precedían.

—Paseemos unos minutos más —le rogó Costanza—. Solo unos minutos. No importa si se nos hace tarde. Nadie nos espera.

En efecto, nadie los esperaba en Villa Gelsomino. Y nadie los esperaría al amanecer. Ni en las primeras horas de la mañana, que Costanza imaginó regadas por la escarcha del invierno y el rocío que sucede al primer deshielo.

Le hubiera gustado que alguien los bendijera dando fe de cuanto aconteció aquella noche. Porque si algo temió Costanza fue el olvido. Miedo a que aquello no fuera verdad, que estuviera soñando y, de repente, se despertara y su lado de la cama estuviera vacío. Ese pensamiento la achicaba por dentro.

La hacía más pequeña.

Una molécula en el aire.

Y de aire.

CAPÍTULO 39

Amaneció el día peleando por abrirse paso entre la niebla. Mauro aún estaba dormido cuando Costanza se acercó a él y caligrafió su espalda con los dedos.

—Buenos días —murmuró Costanza—. ¿Has soñado con nosotros?

Él sonrió, el párpado entornado, el aliento cálido del despertar.

—Te quiero amanecer. Y atardecerte. Te quiero anochecer. Te quiero.

Ella pretendía que él la sembrara de besos, que volviera a sujetarla en la debilidad de sus emociones, que lo hicieran de nuevo para empezar a descontar veces a las miles que habían estado prohibidas.

El padre Mauro cerró los ojos y recordó los instantes que sucedieron a la conquista del placer. Recordó cómo antes de quedarse dormido con ella entre sus brazos, la mano en su cintura, la boca rozándole el cuello, la omnipresencia del pecado lo había invadido todo, pero fue capaz de serenarse tras el naufragio de su cuerpo y arribó por fin a la tierra firme que habitaba en Costanza. Deseó decírselo para ganar la batalla a sus fantasmas, pero acabó arrodillado ante la dulce sensación de los instantes a su lado.

«¿Qué haré cuando regrese a Madrid? —se preguntó—. ¿Cómo no volver a este cuerpo?»

El paraíso se dibujó en el horizonte de la mujer desnuda. No era capaz de alojar dentro de él ninguna seguridad, ninguna certeza. La única era ella y ese amanecer.

Costanza se levantó de la cama y se dirigió al baño. Abrió el grifo de la bañera, dejó que el agua la llenara hasta casi rebosar y, cuando estaba a punto de meter un pie, sonó su teléfono móvil en la mesilla de noche.

«¿Quién puede ser a estas horas tempranas?», pensó mientras se cubría el cuerpo con una bata de raso que colgaba en la percha de cerámica detrás de la puerta.

De forma apresurada se ató el cinturón y salió del baño. Cuando llegó, el señor Lerma había colgado. Frunció el ceño con preocupación y notó cómo el corazón se aceleraba. Se sentó en un pliegue del colchón, casi al borde, a espaldas del padre Mauro. Notó su mano en la cintura.

—¿Va todo bien?

Costanza no contestó. Colocó sus dedos en la pantalla y marcó el número. No tuvo que esperar más que un par de tonos antes de escuchar la voz temblorosa del abogado. No hubo disimulos ni cortesía. No medió un saludo, ni un *buenos días* ni un *dónde estás*.

—Costanza, tu madre ha muerto.

—¿Va todo bien? —volvió a preguntar el padre Mauro apoyado sobre un codo, tapado con las sábanas.

Costanza colgó el teléfono o el teléfono se descolgó de sus manos hasta estrellarse en el suelo. Nunca será capaz de recordar este detalle.

Quiso aullar de dolor. Quiso tirarse en el suelo, llorar a demanda, sin tregua y sin fin, pero se mantuvo erguida e inmóvil, la mirada fija en la pared entelada de su dormitorio. No pudo siquiera parpadear. Temía que las lágrimas empezaran a brotar y que el padre Mauro le preguntara: «¿Qué ha pasado, quién era, qué te han dicho?».

—Costanza —insistió él.

Se levantó del colchón y alejó la mano del sacerdote, que trataba de retenerla.

—¿Qué ha pasado? ¿Quién era? ¿Qué te han dicho?

Sus preguntas quedaron suspendidas en el aire. Tambaleándose, consiguió llegar al baño. Cerró la puerta. El padre Mauro oyó el pestillo y el agua que corría de nuevo. Y un grito de angustia que inundó el silencio y que el amante reconoció como si ya lo hubiera oído en un territorio conquistado.

CAPÍTULO 40

—No enciendas la luz —le rogó Costanza.

—Necesito verte.

La biblioteca de Villa Gelsomino estaba en penumbra. Costanza se había refugiado en la estancia en la que doña Rosalinda acostumbraba a leer sobre el diván de terciopelo con forma de violín.

—Costanza.

El padre Mauro la encontró allí hecha un ovillo, cubierto su cuerpo desnudo por la bata de raso. Con sus dedos, recorrió el tejido desde la rodilla hasta los tobillos.

—Quiero saber qué ha pasado…

Costanza no había dejado de llorar desde que recibió la noticia ni había sido capaz de pronunciar una sola palabra después del grito que el padre Mauro oyó desde la cama. Tan solo había tenido fuerzas para hacer los trámites necesarios desde su teléfono móvil y cambiar su billete de vuelta. Igual que su padre voló desde Caracas para llegar a tiempo al falso entierro de doña Rosalinda en Madrid, el destino le pagaba ahora con la misma moneda.

—En unas horas cogeré un vuelo de regreso a Madrid. No he podido cambiar tu billete. No quedaban más plazas en el avión. Te dejo el coche de alquiler para que puedas llegar al aeropuerto.

—¿De qué estás hablando, Costanza? No me quedaré aquí sin ti.

—Debes hacerlo. No hay otra solución —añadió entre sollozos—. No me lo pongas difícil. No, no más difícil —imploró.

—Necesito, insisto, necesito…

Costanza retiró su mirada para escapar del padre Mauro. Pero, sobre la marcha y a la velocidad de la necesidad de su consuelo, pensó que había llegado el momento de contar su verdad. Porque si había un abrazo en el mundo al que entregarse era al de ese hombre. Solo en él podría mecerse hasta que llegara la hora de abandonar Gelsomino. Sintió la vergüenza y el miedo en carne viva cuando sus labios temblorosos fueron silabeando las palabras que dejaron al aire su secreto:

—Mi madre ha muerto.

El padre Mauro se alejó de ella para verla con la distancia necesaria que le permitiera entender.

—Costanza, ¿qué estás diciendo?

—Mi madre ha muerto, Mauro —repitió.

Un llanto inconsolable acabó por invadirla. Y temió que él la odiara o que sintiera por ella algo peor que lástima. Temió que la rechazara por haber sido capaz de hacer eso que solo pudo bordear el pensamiento del sacerdote.

—Tu madre ya murió, Costanza —le dijo pensando que ella estaba delirando.

—Mi madre se ha muerto esta madrugada en una residencia de Madrid —balbuceó.

Mauro enmudeció. No podía creer lo que estaba escuchando. Ella tampoco podía darle más detalles porque la llamada del señor Lerma se interrumpió. Cuando salió del baño y antes de refugiarse en la biblioteca, envió un mensaje de texto al abogado para comunicarle que no estaba en Madrid:

«He venido a pasar el fin de semana a Lezzeno, pero cogeré un vuelo esta misma tarde.»

Y que el señor Lerma le había contestado que iba a hacer todo lo posible para acelerar la cremación, que no se preocupara si no llegaba a tiempo, que no habría velatorio y que doña Rosalinda había muerto sin sufrir.

Al releer el mensaje sintió una furia tan inmensa como la distancia que las separaba.

«Quiero verla otra vez, necesito abrazarla y besarla, despedirme de ella. ¿No puede entenderlo, señor Lerma?», se preguntó.

Ahora, confesado su secreto, Costanza pudo expresar su lamento en voz alta:

—Ni siquiera voy a llegar para acariciarla por última vez.

Un pesado manto de tristeza cayó sobre Costanza Mendiola hasta paralizarla y helar su sangre.

—Costanza.

—Dime, Mauro.

—No puedo entender lo que me estás diciendo.

—Mauro, no tengo fuerzas para explicártelo todo.

—Pero necesito saber…

—Mauro —repitió ella—, mi madre enfermó y no quiso que mi padre conviviera con una mujer que solo le daría sufrimiento. Ella diseñó su muerte. Y yo ejecuté su voluntad. Fui yo quien la ingresó en una residencia de ancianos para que poco a poco se fuera muriendo sin dar tormento, sin molestar.

El llanto sobrevino de nuevo y Costanza no pudo seguir hablando. Le habría gustado decirle que, en realidad, su madre puso su cuerpo a disposición de Dios, pero lo hizo a su manera. No tuvo otra opción. No es posible decidir cómo morimos. «¿Puedes entenderlo? —le habría preguntado—. ¿Qué hacemos con los cuerpos que solo son un pedazo de carne?»

El padre Mauro se había quedado pensativo.

—Costanza, tu madre es la mujer que habló conmigo en la residencia de Gravina y me pidió que te cuidara. Es ella, ¿verdad?

Costanza asintió con la cabeza.

—Era ella, Mauro.

Apenas le salió un hilo de voz y un hilo de vida para empezar a recoger sus cosas. Después se marcharía de allí dejando solo a ese hombre que tenía la encomienda de cuidarla, pero que ya no sabía si sería capaz de quererla.

Trató de adormecerse en los recuerdos expresados por doña Rosalinda en su última carta y, al cerrar los ojos, vio ranas panza arriba, peces de colores, cubos esparcidos en la orilla del lago.

Y aunque por fin entendió que ese era el legado de su madre, Costanza recordó una frase pronunciada por el señor Linh en la novela de Philippe Claudel: «No es posible volver a lo que se ha perdido».

Ni burlar al destino.

Y con pena, miró a Mauro y se preguntó: «¿Tampoco tú eres posible?».

—Todos albergamos secretos... —musitó como si necesitara justificarse.

Apoyó la cabeza en su pecho y notó cómo borboteaba su corazón.

—No podrás quererme, ¿verdad? —le preguntó.

—¿Por qué no? —le contestó él abrazándola con una ternura que ella pensaba que ya no existía.

—Porque te he mentido, porque he mentido a mi padre y porque, al final, he mentido a todos.

—Costanza, ahora soy yo el que te pide que te vayas tranquila y que me esperes en Madrid.

Unas horas después, Villa Gelsomino se fue alejando en el retrovisor del Peugeot que conducía Piero. Se quedaría para su memoria el soniquete de su acento, su aspecto algo desaliñado, su entrega absoluta a Costanza, a quien abrió la puerta del vehículo con gentileza.

Costanza besó al padre Mauro en la mejilla y antes de fundirse en la arboleda del camino de vuelta solo se atrevió a decirle:

—Lo siento mucho.

Y esa vez fue Costanza la que no quiso despedidas ni adioses.

El padre Mauro se quedó allí, a las puertas de la enorme mansión, abandonado al contratiempo de aquella huida, consciente de la gravedad de lo sucedido.

El resto del día pasó lento y abotargado como una tarde de

bochorno. No podía dejar de pensar en doña Rosalinda y en que había oficiado un funeral por una mujer viva. Estaba seguro de que las razones de Costanza eran poderosas, pero era inevitable que un escalofrío lo recorriera.

Dio vueltas sobre sí mismo. Se sentó a los pies del ciprés.

Se tumbó en la cama en la que había amanecido con Costanza y sobre la que se habían amado. Se envolvió en las sábanas por ver si recuperaba algo de su olor, el rastro del aroma de su carne.

Bajó y subió las escaleras tantas veces que acabaron doliéndole las rodillas y dio cuerda a la cajita de música hasta que la bailarina empezó a bailar al son de aquella musiquilla que había oído a lo lejos.

Rezó y se arrodilló ante el paisaje como si Dios estuviera escondido tras las montañas o fuera a surgir de las profundidades del lago.

Anduvo por el embarcadero que hubiera querido recorrer con Costanza porque ella y solo ella asomaba cada minuto, cada segundo, presencia constante en el tiempo que le quedaba de vida.

Y allí, en aquella esquina de la tierra, diminuto e intrascendente, Mauro se acordó del padre Juan, el hombre débil que dudó de su fe, y al que no había sabido socorrer. Su imagen se abalanzó sobre él.

«Se tenía que salvar solo», pensó.

A renglón seguido se preguntó si lo habría hecho y se reprochó no haberlo ayudado. Pero lo que más le preocupaba era salvarse de sí mismo. Porque si algo tenía claro es que cuando volviera a Madrid tendría que aprender a convivir con el hombre en el que se había convertido.

Si volvían las preguntas, estaría obligado a darles una respuesta que solo estaba dentro de él, en la decisión íntima que decidió convertir en palabra.

Abandonó los jardines de forma apresurada. Entró en el salón y, ante doña Rosalinda, impertérrita en la acuarela, el padre

Mauro se confesó y confesó que Costanza había sido y sería el amor de su vida.

—Y quizá, Rosalinda, haya llegado el momento de actuar de acuerdo con mi sentimiento, que no es otra cosa que un amor tan grande que solo quien lo ha sentido es capaz de entenderlo.

El viento alpino se coló por los ventanales abiertos mientras aquel hombre sentía su corazón acelerado y el temblor de sus manos a la altura del pecho.

—También lo fue para ti. Y tú lo fuiste para ella. Te quiso tanto que hizo lo que tú le pediste.

Doña Rosalinda lo miró y pareció asentir e incluso tornar la cara hacia un lado en un gesto de completa aprobación.

—¿Me entiendes, verdad? Tú sabes de lo que hablo. Pediré la dispensa, renunciaré a mi sacerdocio y mis superiores tendrán que comprender que a esta decisión me ha encaminado el mismo Dios que en su día me llamó para entregarme a él.

Se retiró las lágrimas de los ojos y volvió a recorrer los salones y las estancias, la biblioteca en la que se guareció Costanza, su habitación y el dormitorio de los señores de Mendiola. Y, entrada la madrugada, al filo del amanecer, notó que sus fantasmas también estaban de vigilia. El agotamiento rondaba su locura y necesitó salir de allí. Arrancó el Fiat alquilado y condujo por la carretera que había recorrido con Costanza, atravesando la noche oscura y el cementerio de Lezzeno, iluminada su entrada con una bombilla que pendía de un cable. Entonces empezó a llover con furia.

El avión se sacudió como un pájaro empapado. Surcaban el cielo agitado del Mediterráneo rumbo a la ciudad en la que habitaban los vivos de Costanza y, desde entonces, todos sus muertos.

Estaba nerviosa. No había conseguido controlar la ansiedad desde que se despidió de Piero a las puertas del aeropuerto de Malpensa.

—Le voy a pedir un favor —le dijo—. Cuide Gelsomino y esté pendiente de Mauro, el hombre que se ha quedado allí. Él es importante para mí.

Sabía que Piero lo haría.

Costanza se agarró con fuerza al brazo de la butaca y al viajero que ocupaba el asiento de la ventana.

—Discúlpeme —le dijo cuando el hombre la miró de reojo, quizá molesto por su reacción—. Discúlpeme —repitió en voz baja retirando sus uñas del antebrazo—. Me da miedo el aterrizaje.

El pasaje desembarcó con prisas. Habían acumulado varios retrasos en cadena y la madrugada se les había echado encima. Activó su teléfono móvil y marcó el número del señor Lerma. A esas horas era difícil que contestara, pero volvió a intentarlo y otra vez saltó el contestador automático.

—Maldita sea —rugió.

Revisó los servicios de mensajería. La voz del abogado había quedado registrada:

«Querida Costanza, no sé a qué hora aterrizas en España. Solo quiero comunicarte que tu madre ya ha sido incinerada hoy a las ocho de la noche en el crematorio del Cementerio Sur de Madrid. No ha estado sola. No me he movido de su lado desde que me comunicaron el fallecimiento hasta que se la llevaron. La señora Tomé me ha contado que tu madre sufrió varios infartos. Del primero consiguieron reanimarla, pero luego tuvo otro más y ya no pudieron hacer nada por su vida. Mañana a las nueve de la mañana recogeré las cenizas. Dime a qué hora quieres que te las entregue. Y dime también qué hacemos con la ropa y con las cajas. Solo nos dan veinticuatro horas para desalojar la habitación. Nada más, Costanza.»

Pero cuando estaba a punto de colgar, el señor Lerma recordó que tenía algo más que decirle:

«¡Olvidaba algo! Tu madre llevaba puesto en el dedo anular de la mano izquierda una sortija de amatista y en su cuello lucía la medalla de la Virgen del Carmen. Se lo quité todo. Lo tengo guardado para ti. Te gustará recuperarlo.»

Costanza no pudo ni llorar al escucharlo.

«Ya no puedes hacer nada más —pensó—. Te entregarán unas cenizas y todo habrá acabado para siempre.»

Salió de Barajas y la lluvia la empapó. En efecto, todo había acabado. Se había cerrado el círculo. Todos sus frentes de batalla se habían replegado a sus posiciones. Su madre muerta, el banquero sentenciado, pensó en Mauro. Y en qué estaría haciendo. Dudó en llamarlo, pero sobre la marcha resolvió que sería mejor escribirle un mensaje de texto para decirle que había llegado bien a Madrid, que llovía a cántaros y que su madre ya había sido incinerada. También le dijo que de Lezzeno se había traído las ganas de volver.

Cuando llegó al 25 de Piamonte eran las cinco de la mañana. Había huelga de taxis en la capital y tuvo que soportar una cola interminable de viajeros encolerizados por el caos. A Costanza la cólera le resbalaba como la lluvia que empapaba las aceras de la capital.

No pudo dormir. Apenas consiguió hacerlo durante cuarenta o cuarenta y cinco minutos. Quiso tomarse un ansiolítico para conciliar el sueño, pero le dio miedo no despertarse a tiempo para recoger las cenizas. Era lo último que debía hacer por su madre.

Dio vueltas en la cama, se mareó entre las sábanas, encendió y apagó la luz, comprobó el teléfono móvil por ver si Mauro había escrito. Se levantó, bebió agua, se duchó, fumó tres cigarrillos. Los últimos de Bellagio.

CAPÍTULO 41

La lluvia empañó la vista del padre Mauro. Los limpiaparabrisas no daban abasto para retirar el agua. Al amanecer le quedaban pocas horas. A punto de estallar entre las montañas, la niebla sombreaba el horizonte hasta difuminarlo.

Condujo hasta Bellagio y volvió a Lezzeno, y repitió el camino.

Una vez. Otra. Y otra más.

Necesitaba volver a las escenas compartidas con ella.

Se acercó hasta la terraza en la que cenaron. A lo lejos, el café San Remo y el Hotel Metropole. Se sentó en una de las sillas varadas bajo la tormenta y se empapó de Costanza hasta descubrir que su cuerpo dócil se había plegado a ella y al torrente de felicidad que imaginó, por fin, inagotable. Seguían teniendo en común ese tiempo eléctrico de la juventud, no exento de sus traumas, pero hermoso. Los años habían quedado extinguidos en los calendarios, pero quedaban ellos. Habían sobrevivido. Y eso era suficiente.

Calado hasta los huesos, recordó a Costanza alejarse en el coche de Piero y supo que volvería a ella. La palabra *dispensa* había dejado de estar prohibida. Doña Rosalinda había sido testigo de su decisión. Pronunciarla ya no dolía, ni le escocía la boca ni su sabor era amargo. Y, como en las películas que grababa su madre en super-8, se vio de niño y de mayor. Se vio sentado ante el folio en blanco que tantas veces había rellenado con palabras para Costanza.

Se vio masticando la rabia de su debilidad, pero esa imagen ya no lo definía.

Al revés.

Se sintió aliviado cuando al aire de la madrugada le confesó que seguía queriéndola. Que nunca había dejado de hacerlo. Que el enamoramiento se había consumado y ya no tendría otra vida para vivirla a su lado. Con Costanza.

Arrancó el coche, metió la marcha, siguió dando vueltas sin destino concreto. No sabía por qué lo hacía. Estaba cansado y se le cerraban los ojos. Incluso varias veces sintió que el coche hacía un quiebro. Paró en una cuneta. Respiró profundo. Volvió a la carretera. Se concentró en no mover las manos del volante. Encendió la radio. Bajó las ventanillas para que el aire lo espabilara. Luchó con todas sus fuerzas para no rendirse.

«Vete a dormir y descansa», se dijo.

Pero no quería volver al vacío de Gelsomino. Esperaría a que el sol saliera del todo, recogería sus cosas y se marcharía al aeropuerto. Allí aguantaría las horas necesarias hasta que el avión despegara con destino a Madrid. No quería molestar a Costanza ni escribir un mensaje que la agitara más. Cuando pisara el suelo de la capital, iría a su encuentro. Recreó el momento de visitarla en su casa de Piamonte. La imaginación ya no sería un espacio habitable. Ya no habría barreras y se entregaría a ella.

Todo fue tan real que se descubrió excitado. Sintió la boca seca y el pulso acelerado. Estaba demasiado cansado. Agotado.

Cuando Piero enfiló la SS583 para dirigirse a Villa Gelsomino, adivinó a lo lejos unas luces que lo alarmaron. No era la primera vez que las veía. Ya las conocía. Oyó el sonido de las ambulancias y la sirena de un coche de policía. Algo había pasado. Otra vez.

«La maldita curva de Annetta», pensó.

Aceleró.

Los vecinos de Lezzeno necesitaban varias manos para contar las desgracias de esa carretera con forma de culebra.

«Dios sabe a quién le ha tocado ahora.»

Piero no conocía más caminos que aquellos. Nunca había salido de su país. Lo más lejos que había llegado había sido a Milán, de luna de miel tras la boda con Beatrice. Pisaron la plaza del Duomo, bebieron Campari en las galerías Vittorio Emanuele, pasearon por el Navigli, se vieron reflejados en el agua de sus canales. Con eso les bastó para ser felices. De vuelta a Lezzeno, Piero se entregó a sus trabajos de poda y Beatrice se dedicó a parir hijos y a servir en las casas de los pudientes que cercaban la suya. Hacía más de treinta años, treinta y tres para ser exactos, que se ocupaba de mantener Gelsomino. Nunca tuvo queja de los señores de Mendiola y pensó en el tiempo que llevaba sin ver a don Santiago. «Desde que doña Rosalinda murió», se contestó.

Con Costanza, en cambio, sí se había reencontrado. Le daba pena pensar en ella. Sus palabras a las puertas de Malpensa se habían convertido en una obsesión para él. No podía fallarle. No se entretuvo en sus razones para pedirle que estuviera pendiente de ese hombre, Mauro, dijo que se llamaba. Le daban igual. Le bastaba con saber que era importante para Costanza.

Una ambulancia bloqueaba el tráfico. Estaba cruzada en medio de la carretera. El espectáculo era pavoroso: médicos que corrían de un lado a otro, la policía que registraba el vehículo, las linternas que iluminaban el interior en busca de algún documento que permitiera identificar al conductor.

Piero salió del coche y corrió despavorido hacia la escena. En su mirada se dibujó el miedo a descubrir quién yacía en el suelo bajo la manta, de quién era ese cuerpo que intentaban reanimar con bruscas sacudidas en el pecho.

Elevó la mirada y buscó el coche por ver si lo reconocía o podía ayudar a los agentes. Se acercó hasta el cordón de seguridad, pero alguien pronunció su nombre:

—¡Piero!

Miró atrás y a ambos lados.

—¡Piero!

La voz se hizo nítida. Era el jefe de la comisaría de Como, un tipo acostumbrado a levantar cuerpos de esa curva.

—¡Piero, apártate!

—¿Qué ha pasado? —exclamó.

—No lo conocemos. No es de aquí. No es ningún vecino.

—Da igual. Déjame pasar —insistió.

Piero se agachó para sortear la cinta con la que habían delimitado la zona del accidente y, al bordear la ambulancia, descubrió el Fiat alquilado de Costanza y, a escasos metros, los zapatos negros de aquel joven al que había visto a las puertas de Gelsomino.

Eran las nueve y cinco de la mañana.

El señor Lerma presionó el botón del telefonillo de Piamonte y esperó a que Costanza contestara. Llevaba en sus manos las cenizas de doña Rosalinda en una cajita con una chapa plateada en la que alguien había grabado: «Doña Milagros Lerma».

Costanza no lo invitó a subir. No tenían nada que decirse y no le apetecía alargar una historia que había llegado a su fin (para siempre).

Se calzó unas deportivas y bajó las escaleras saltando los peldaños de dos en dos. En su rostro eran visibles las escasas horas de sueño, y el tormento por lo acontecido había hecho más profundas las arrugas de su frente.

Apenas hablaron.

—Gracias, señor Lerma —le dijo cuando el hombre le entregó la urna.

—¿Puedo ayudarte en algo más?

Costanza negó con la cabeza.

—Ha hecho usted todo lo que le pidió mi madre. Hasta aquí hemos llegado, señor Lerma. Y se lo agradezco.

Se despidieron con un beso en la mejilla y Costanza subió de nuevo a casa. Solo sentía la necesidad de descolgar el teléfono para llamar a Mauro y decirle:

—Ya está conmigo. Ya la tengo.

Imaginó el polvo denso en el que nos convertimos cuando las llamas alcanzan nuestro cuerpo. El de doña Rosalinda, tan mermado, debió de arder rápido. Apenas pesaba.

Costanza se sentó en el sofá y descubrió la inscripción con el falso nombre de doña Rosalinda. Una cólera desconocida se apoderó de ella. Intentó arrancar la chapa hasta romperse las uñas. La sangre se derramó por sus dedos y llegó a los nudillos.

—¡Maldita sea!

Colocó las manos bajo el grifo de agua fría y la sangre acabó diluyéndose.

—¡Maldita sea! —repitió.

Trató de serenarse. La ansiedad solo le produciría el ahogo de siempre y la visión nublada y el pensamiento opaco.

Se calentó un café y volvió al sillón. Miró a su madre de frente.

—No tardarás en volver a Lezzeno.

Revisó la hora en el reloj y pensó que Mauro aún no habría cogido el avión con rumbo a España. Según el billete que compró para volver con él, despegaría a las diez menos veinte de la mañana.

Lo único que la aliviaba era saber que le había abierto las puertas de su intimidad de par en par como el que deja la correspondencia a mano o las llaves del primer diario para que todo se sepa. Ya no necesitaría buscar escondites para las palabras. Ya no.

Sintió la urgencia de oír su voz. Se levantó, buscó el teléfono, marcó su número. La comunicación se cortó y volvió a intentarlo. Una vez. Y dos. Y cuando tecleaba de nuevo, se adelantó una llamada con el prefijo de Lezzeno.

—Señora Costanza, soy Piero.

EPÍLOGO

Solo el tiempo sentencia.

Y dicta los verdaderos epílogos.

Nadie se salva de las llamas del amor.

Tampoco del destino.

Y en su nombre escribimos lo que somos.

Igual que Costanza.

Y Mauro.

Y doña Rosalinda.

Don Santiago Mendiola.

Benita, la costurera.

El párroco de San José y su sacristán.

El abogado, el señor Lerma.

El banquero de la Gran Estafa.

Cuando oyó la voz de Piero, Costanza supo que algo terrible había ocurrido. Ese hombre solo dijo cuatro palabras que retumbaron en la casa de Piamonte:

—Ha tenido un accidente.

—¿Quién? —le preguntó—. ¡Dígamelo!

Piero pronunció el nombre de Mauro y el mundo volvió a derrumbarse bajo sus pies como un edificio cargado de dinamita en los cimientos.

—¿Dónde está, Piero? —exclamó al borde del ahogo.

—En el hospital de Moriggia Pelascini.

—Acompáñelo, por favor. No lo deje solo —le rogó.

Costanza arrastró la misma maleta del último viaje por las escaleras, paró un taxi en la calle y pidió que la llevara veloz al aeropuerto. Compró un billete en los mostradores de una compañía y se subió al primer avión que volaba a Milán. Como los desenlaces que había ido escribiendo a lo largo de su vida, todo volvió a ocurrir muy rápido. Solo deseaba que Mauro no se muriera. Que estuviera vivo y que la esperara.

Aún ahora Costanza Mendiola no sabe cómo fue capaz de conducir por las endemoniadas carreteras que la llevaron hasta Como. Recuerda que el coche temblaba en las curvas, que aceleraba sin importarle el riesgo, sin miedo, sin pensar en nada más que en llegar a ese hospital.

Habitación 16. Planta primera.

Corrió por los pasillos, subió a pie las escaleras, abrió la puerta sin llamar.

Y lo vio.

Allí estaba Mauro, anestesiado de dolor, dormido en una cama desnuda, su corazón era una línea en una máquina.

Se acercó a él y colocó su frente sobre la suya, como hacía con Valeria cuando quería compartir sus pensamientos.

—Ya estoy aquí, mi amor —le dijo—. Ya estoy aquí.

Pero Mauro no contestó. Tampoco abrió los ojos. Ni movió esas manos frías que entrelazó a las suyas. Era una sensación que ya conocía. Su madre le había devuelto un silencio idéntico durante demasiado tiempo.

Se arrodilló a los pies de la cama y rezó a Dios que no se lo quitara. No sabía si la escucharía o si estaba castigándola por haberle robado el amor de ese hombre. Pero recordó lo que ella misma le dijo a Mauro:

«Dios no castiga.»

Y lo repitió una y mil veces durante las noches en vela que pasó sin separarse de él ni un minuto.

En aquellos días, Costanza descubrió las caras de la distancia. Cada una, distinta.

La distancia eran JL y ella en esos años en los que se miraban sin verse, se acostaban sin poder tocarse y no se arropaban con una manta cuando se descubrían dormidos en el sofá.

La distancia fue su hija Valeria y su corazón enfermo y su bañador mojado del agua que la ahogó.

Su madre ausente se distanció de su propia vida y su padre nunca fue capaz de recortar la distancia que los había empezado a alejar.

Lo mismo ocurrió con Gerardo Barrios, al que le traicionó la soberbia y acabó distanciándose de ella hasta resultar irreconocible.

Y la distancia, al fin, estaba en ese hombre grave y herido, pero aún vivo. Lo prefería en las cartas que dejaron de escribirse para que la maldita distancia fueran solo kilómetros que pudieran recortar y no esa cicatriz que recorrería su rostro para siempre desde la frente hasta los labios.

Los médicos informaron a Costanza de que habían rebajado la dosis de la sedación para que Mauro pudiera despertar. La hoja de ruta se cumplió y ocurrió durante la segunda madrugada que ella pasó en el hospital Moriggia Pelascini intentando dormir en un sofá con las piernas apoyadas sobre una silla. Lo oyó balbucear:

—Costanza, ¿eres tú?

Se abalanzó sobre él como si le hubiera dado un calambre y lo abrazó como él había hecho en Gelsomino.

—Soy yo, mi amor, soy yo.

Costanza recuerda que llamó a las enfermeras a voz en grito y que Mauro empezó a preguntar sin parar: «¿Qué me ha pasado, cuándo, dónde estoy?». Y recuerda también que, al pasarse la mano por la cara, empezó a llorar como aquel joven lleno de miedos de la habitación en la que se amaron por primera vez.

Los días largos se hicieron cortos y el tiempo presente se

agotó. Ya no había más espacio para la impostura. Así que, uno a uno, empezando por la madre de Mauro, Costanza Mendiola fue llamando a todos los que debían escuchar la verdad del sacerdote. También habló con el párroco de San José y este, a su vez, lo hizo con el sacristán. Y don Adamino repitió aquella sentencia ya pronunciada: «No hay dos sin tres». Y, al final, telefoneó a don Santiago y a Benita. Ella, como el resto, merecía saber que después de tanto tiempo el caprichoso destino les estaba ofreciendo otra oportunidad para ser razonablemente felices.

Nada ocurrió como lo habían planeado, pero ya no importaba.

La dispensa dejó de ser una palabra escuálida. La renuncia había adquirido la categoría de decisión. Y, pronunciada en voz alta, sonaba a lunes y a uno de enero. Todo empezó de nuevo para Mauro y Costanza. No necesitaron construir lo que querían ser. Ya lo habían hecho durante toda la vida.

Siempre serían su primera vez.